Pete Hackett Western Special Dezember 2017 - Vier Wildwest-Romane: Sammelband

Pete Hackett

Published by Cassiopeiapress/Alfredbooks, 2017.

Pete Hacket Western Special Sammelband Dezember 2017

Dieses Buch enthält folgende Western:

PETE HACKETT: ALLGEGENWÄRTIG ist der Tod

Pete Hackett: Jeder zahlt für seine Schuld

Pete Hackett: Am Ende der Fährte wartet der Tod

Über den Autor

Unter dem Pseudonym Pete Hackett verbirgt sich der Schriftsteller Peter Haberl. Er schreibt Romane über die Pionierzeit des amerikanischen Westens, denen eine archaische Kraft innewohnt, wie sie sonst nur dem jungen G.F.Unger eigen war - eisenhart und bleihaltig. Seit langem ist es nicht mehr gelungen, diese Epoche in ihrer epischen Breite so mitreißend und authentisch darzustellen.

Mit einer Gesamtauflage von über zwei Millionen Exemplaren ist Pete Hackett (alias Peter Haberl) einer der erfolgreichsten lebenden Western-Autoren. Für den Bastei-Verlag schrieb er unter dem Pseudonym William Scott die Serie "Texas-Marshal" und zahlreiche andere Romane. Ex-Bastei-Cheflektor Peter Thannisch: "Pete Hackett ist ein Phänomen, das ich gern mit dem jungen G.F. Unger vergleiche. Seine Western sind mannhaft und von edler Gesinnung."

Hackett ist auch Verfasser der neuen Serie "Der Kopfgeldjäger". Sie erscheint exklusiv als E-book bei CassiopeiaPress.

Copyright

www.AlfredBekker.de[1]

postmaster@alfredbekker.de

1. http://www.AlfredBekker.de/

U.S.-Marshal Bill Logan
Unschuldig und geächtet
Western von Pete Hackett

EIN CASSIOPEIAPRESS E-Book

1. http://www.haberl-peter.de/

www.AlfredBekker.de[1]

LANCE BANNISTER HATTE den North Pease River überquert. Auf seiner Fährte ritten drei Kopfgeldjäger. In dem kleinen Ort Narcisso war er ihnen im letzten Moment entkommen. Vor Lance dehnte sich totes, felsiges Terrain. Das Land, das hinter ihm lag, war ebenso felsig, staubig, ausgestorben und gefährlich.

Sie kamen wie hungrige Wölfe auf seiner Fährte. Sie wollten sich das Kopfgeld verdienen, das die Regierung von Texas auf Lance Bannisters Kopf ausgesetzt hatte. 1000 Dollar! Tod oder lebendig...

Du musst diese drei Bluthunde von deiner Fährte fegen, Lance!, durchzuckte es ihn. Du bist unschuldig. Wenn du sie in die Hölle schickst, dann ist es Notwehr.

Er trieb das Pferd zwischen die Felsen, suchte sich einen guten Platz, saß ab und zog seine Winchester aus dem Scabbard...

Bannister mahnte sich zur Ruhe. Die drei Hombres waren tödlich gefährlich. Er würde vor ihnen erst Ruhe haben, wenn sie nicht mehr reiten und ihm folgen konnten.

Der Himmel war bewölkt. Es war schwül. In der Nacht hatte es geregnet. Die Erde begann zu trocknen. Das Land dampfte. Nach Westen zu zog sich Nadelwald. Die Wipfel der Bäume verschwanden im grauen Dunst.

Die drei Schufte näherten sich schnell. Es waren Killer. Ihr Gesetzbuch war der Colt, die Steckbriefe in ihren Satteltaschen legitimierten

1. http://www.AlfredBekker.de/

sie. Sie schossen erst und stellten dann die Fragen. Ja, sie waren tödlicher als Klapperschlangengift.

Lance lud durch. Das scharfe, trockene Klirren stand für den Bruchteil einer Sekunde in der Luft. Lance hasste es, zu kämpfen und zu töten. Aber sie zwangen ihn, sich seiner Haut zu wehren.

Kalte Entschlossenheit prägte seine Züge.

Schnell wurden die drei schwarzen Punkte vor der Kulisse der bizarren Landschaft größer. Dann konnte Lance Einzelheiten erkennen. Ihre knöchellangen Staubmäntel flatterten im Reitwind. Das ferne Rumoren der Hufschläge erreichte Lances Gehör.

Sein Gesicht war kantig geworden, der Mund schmal. In den tagealten Bartstoppeln hing der Staub der Felswüste. Lance zog das Gewehr an die Schulter.

Auf der anderen Seite des Creeks parierten die drei heruntergekommenen, hohlwangigen Kerle die Pferde. Die Tiere stampften auf der Stelle. Die Prämienjäger sicherten über den Fluss. Ihre hartlinigen Gesichter lagen im Schatten der Hutkrempen.

Über Kimme und Korn ruhte Bannisters kaltes Auge auf dem linken der drei Reiter. Er zielte genau auf seine Schulter. Der Abzug erreichte den Druckpunkt. Bannister staute den Atem. Er zögerte. Es war nicht seine Art, einem Mann aus sicherer Deckung eine Kugel in die Figur zu knallen. Aber diese drei Sattelwölfe wollten seinen Skalp. Sie würden nicht lange fackeln, ritte er ihnen vor die Mündungen.

An diesen Gedanken klammerte sich Bannister.

Er zog durch.

Die Winchester schleuderte ihren Knall über den Fluss. Als er über die Menschenjäger hinwegstieß, hatte die Kugel schon den linken Reiter aus dem Sattel gerissen. Sein Pferd vollführte einen erschreckten Satz nach vorn.

Raunend verhallte das Echo der Detonation.

Bannister hatte schon den rechten der Kerle im Visier. Aber als er abdrückte, hatten die beiden Strolche die Spanne zwischen Erkennen und Reagieren überwunden. Sie hämmerten ihren Pferden die Sporen in die Seiten und rissen sie herum. Die Tiere streckten sich erschreckt. Die Kopfgeldjäger lagen flach auf den Pferdehälsen.

Bannisters Kugel ging fehl. Er zerkaute eine bittere Verwünschung zwischen den Zähnen. Die beiden Schufte waren zwischen den Felsen verschwunden. Jäh riss das Poltern des Hufschlags ab. Gewehre wurden durchgeladen. Dann peitschten die Schüsse. Sie feuerten blindlings. Querschläger wimmerten nervtötend.

Ebenso schlagartig, wie das Gewehrfeuer einsetzt, riss es ab.

Bannister lief geduckt zu seinem Pferd. Er wollte fort sein, wenn die Kopfgeldjäger einen anderen Übergang über den Fluss genommen hatten und versuchten, ihn in die Zange zu nehmen.

Der Geächtete führte das Tier am Zaumzeug. Feuchter Staub und Sand mahlten unter den Hufen. Das Pochen, das die Hufe des Tieres verursachten, versank schon nach wenigen Schritten. In sicherer Entfernung saß Bannister auf. Er stellte die Winchester mit der Kolbenplatte auf den Oberschenkel. Die Rechte umspannte den Kolbenhals. Mit der linken Hand führte Bannister die Zügel.

Er folgte den Windungen zwischen den Felsen, die Augen waren unablässig in Bewegung.

Bannister dachte an den Burschen, den er ohne Warnung vom Pferd geschossen hatte. Er konnte nichts empfinden. Es war der Selbsterhaltungstrieb, der ihn leitete - eines der ältesten Prinzipien der Menschheit. Es war das erbarmungslose Gesetz der Wildnis. Bannister hatte das Leben eine Reihe harter Lektionen erteilt. Er hatte daraus gelernt. Das war überlebenswichtig. Ein Mann lernte in diesem gnadenlosen Land seine Lektionen entweder schnell und nachhaltig, oder er verschwand in einem namenlosen Grab.

Bei den Kerlen auf seiner Fährte handelte es sich um echte Jäger. Sie waren erfahren und kampferprobt. Sie hatten ihr Wild sozusagen gestellt. Und nun wollten sie es erlegen.

Bannister ließ das Pferd traben. Immer wieder schaute er hinter sich. Seit dem Fluss hatte er viele Meilen zurückgelegt. Manchmal hielt er an, um zu lauschen. Von den Kopfgeldjägern war weder etwas zu sehen noch zu hören.

Aber sie waren in der Nähe.

Davon war Bannister felsenfest überzeugt. Unbehaglichkeit beschlich ihn. Er trieb das Pferd in eine schnellere Gangart. Manchmal klirrte ein Huf, wenn er auf felsigen Untergrund traf. Bannisters stellte sich darauf ein, gedankenschnell reagieren zu müssen. In diesem Landstrich, den der Satan eigenhändig geschaffen haben musste, konnte der Tod hinter jedem Felsen lauern.

Es ging auf Mittag zu. Das felsige Terrain lag hinter Bannister. Das Land war ziemlich abgetrocknet. Bannister zog über eine tafelflache Ebene. Aus dem Dunst schälte sich eine Stadt. Rauch stieg aus den Schornsteinen.

Der Geächtete überlegte nicht lange. Er dirigierte das Pferd auf die Ansammlung von Häusern und Hütten zu. Am Ortsrand war ein verwittertes Brett an einen Baum genagelt. 'Tampico' war mit schwarzer Farbe auf dieses Brett gepinselt.

Bannister stieß die Winchester ins Sattelholster und ritt zwischen die ersten Häuser von Tampico. Er sah hier und dort einen schlafenden oder streunenden Straßenköter. Die Häuser reihten sich wie die Perlen an einer Schnur zu beiden Seiten der Main Street aneinander. Die meisten hatten falsche Fassaden. Es gab einige Läden, eine Kirche mit einem spitzen Glockenturm und einen Saloon.

Ein alter Mann zog eine zweirädrige Karre voll Stroh über die Fahrbahn. Auf dem Gehsteig vor dem Store sprachen zwei Frauen in langen Röcken und hochgeschlossenen Blusen miteinander. In einer Gassenmündung spielten drei Buben und ein Mädchen. Keines der Kinder war älter als acht Jahre.

Erleichtert stellte Bannister fest, dass es kein Sheriff's Office gab.

Er spürte Hunger und Durst und schaute sich um nach dem Mietstall. Bevor er sich der Befriedigung seiner körperlichen Bedürfnisse hingab, wollte er sein Pferd versorgen.

Der Oldtimer mit dem Karren war in einer Lücke zwischen den Häusern verschwunden. Das Quietschen der Räder auf den Naben und das Rumpeln konnte Bannister noch hören.

Vielleicht besitzt der Saloon einen eigenen Stall, dachte er und hielt darauf zu.

Da trat aus einer Gasse ein Mann. Der lange Staubmantel schlug ihm beim Gehen um die Beine. In seiner Rechten lag ein schwerer, langläufiger 45er Colt. Die Mündung deutete schräg zu Boden.

Bannister zerrte an den Zügeln. Der Braune stand prustend. Der Geächtete staute sekundenlang den Atem.

Indes der Mister langsam in die Mitte der Fahrbahn schritt, ließ er Bannister nicht aus den Augen.

Hinter Bannister dröhnten schwere Schritte auf dem Bohlengehsteig. Lance drehte fast zeitlupenhaft langsam den Kopf.

Der andere seiner beiden Jäger kam auf dem Gehsteig entlang. Auch in seiner Hand lag der Colt. Das Gesicht des Kerls war wie aus Granit gemeißelt. Seine Augen waren kalt wie die eines Reptils.

In Coltschussentfernung hielt der Hombre an.

Mit der Intensität eines Mannes, nach dem der Sensenmann die knöcherne Klaue ausstreckt, begriff Lance, dass sich die Falle geschlossen hatte.

Sie hatten ihn in der Zange.

DIE ATMOSPHÄRE AUF der Straße war wie mit Elektrizität geladen; unheilvoll, bedrückend, an den Nerven zerrend.

Bannisters Rechte tastete sich kaum wahrnehmbar zum Revolver. Mit den Schenkeln bannte er das Pferd auf der Stelle.

Die rasselnde Stimme des Kerls vor ihm erklang: "Okay, Bannister. Das war's. Steig ab und geh von deinem Gaul weg. Wir wollen nämlich nicht das Pferd treffen. Es bringt gut und gerne 100 Bucks."

Der Hombre griente niederträchtig. Seine Zähne funkelten zwischen den rissigen Lippen. Die Schicht aus Schweiß und Staub in seinem Gesicht brach.

"Warum dieser faule Zauber?", rief Bannister heiser vor Anspannung. Ja, jede Faser seines Körpers war zum Zerreißen angespannt. Jeder seiner Sinne war aktiviert. Seine Rechte war nur noch zwei Zoll vom Coltknauf entfernt. Der Hals des Pferdes verbarg seine verstohlene Bewegung zum Colt vor dem wachsamen Blick des Kerls, der zehn Schritte vor ihm stand.

Auf ihn konzentrierte Bannister sich in erster Linie.

"Du hast einen guten Amigo von uns niedergeschossen", kam es klirrend zurück. "Du hast ihn vom Pferd geknallt, ohne ihm den Hauch einer Chance zu lassen. Er wird seinen rechten Arm nie mehr richtig bewegen können, Bannister. Aber es ist wohl deine Art, aus dem Hinterhalt auf Männer zu feuern. Denk nur an den Hombre in Fort Worth, den du in den Rücken geschossen hast."

"Warum schießt ihr nicht einfach? Auf meinem Steckbrief steht doch 'tot oder lebendig'."

"Der Steckbrief ist zweitrangig geworden, nachdem du unseren guten Amigo Milt zum Krüppel geschossen hast, Bannister. Ich will in deinen Augen die Todesangst sehen, wenn wir dich in Stücke schießen. Jetzt steig ab! Wir haben genug geredet."

Für einen Augenblick wollten sich Resignation und Hoffnungslosigkeit in Bannisters Herz senken. Ein eisiger Hauch streifte ihn. Doch dann zwang er sich zu Ruhe und Besonnenheit. Seine Kiefer mahlten. Er spürte den kühlen Griff des Sechsschüssers an der Handkante. Er war nicht der Mann, der die Flinte einfach ins Korn warf. Bannister rechnete sich eine Chance aus. Eine vage Chance zwar nur - aber er wollte sie wahrnehmen.

Bannister nickte. "All right. Es wäre wirklich schade um das Pferd."

Er hob das linke Bein über das Sattelhorn.

Der Oberkörper des Prämienjägers vor ihm pendelte etwas nach vorn. Er nahm die Beine etwas auseinander, als suchte er festen Stand, um gegebenenfalls der ersten Kugel zu trotzen. Sicher war ihm diese Haltung in zig Kämpfen zur Gewohnheit geworden.

Bannister rutschte vom Pferd. Aus den Augenwinkeln sah er jetzt rechter Hand auch den zweiten Kerl. Und als Bannister mit beiden Beinen auf der Straße landete, hatte er den Colt in der Faust.

Der Kerl auf dem Gehsteig wollte eine Warnung brüllen. Sein Eisen stach ins Ziel. Lance Bannister fiel auf die Knie und feuerte. Mit dem Belfern des Schusses ließ er sich zur Seite kippen. Er rollte herum und feuerte zwischen den Beinen des Pferdes hindurch auf den Burschen, der sich mitten in der Fahrbahn postiert hatte.

Die Schüsse brüllten durch die Stadt. Bannister bekam eine Ladung klumpigen Straßenstaub ins Gesicht. Sein Pferd wieherte und stieg auf die Hinterhand. Und wieder brüllte der Colt in Bannisters Faust auf. Dann rollte Lance Bannister sich gedankenschnell vom Pferd weg in Sicherheit. Als die Hufe auf die Fahrbahn krachten, wurden sie ihm nicht mehr gefährlich.

Die Detonationen zerflatterten über den Dächern. Der Pulverdampf wurde vom sachten Wind zerpflückt. Lastende Ruhe senkte sich zwischen die Gebäude.

Der Kopfgeldjäger, der Lance Bannister auf der Straße erwartet hatte, lag mit ausgebreiteten Armen auf dem Rücken. Seine Rechte hielt noch immer den Griff des Sechsschüssers umklammert. Blut färbte das zerschlissene Hemd über der Brust dunkel und feucht.

Bannisters Kopf zuckte zu dem anderen herum.

Er hing mit baumelnden Armen über dem Gehsteiggeländer. Seine Kanone lag am Straßenrand. Der flachkronige Hut war ein Stück davongerollt.

In Lance Bannister löste sich die Spannung. Er kämpfte sich auf die Beine. Aus der Mündung seines Revolvers kräuselte noch ein feiner Rauchfaden. Bannisters Kehle war pulvertrocken. Er hatte dem Tod ins höhnisch grinsende Antlitz geschaut und war noch einmal davongekommen.

Das nervöse Pferd scheute vor Lance Bannister zurück. Prustend warf es den Kopf in den Nacken. Die Gebisskette klirrte. Der Mann erwischte es am Kopfgeschirr. Er lehnte sich gegen das Tier. Einige Male atmete er tief durch. Dann hatte er den Aufruhr seiner Gefühle unter Kontrolle.

Ein Name geisterte durch seine Gehirnwindungen.

Buster Kincaid!

Diesem Burschen hatte er sein Dilemma zu verdanken. Buster Kincaid hatte den Mord begangen, für den er büßen sollte. Der Mörder hatte es geschickt verstanden, ihm, Lance Bannister, den Mord in die Schuhe zu schieben. Er war zum Geächteten, zum Verfemten geworden.

Die Spur Buster Kincaids führte in den Panhandle.

Bannister schluckte trocken. Zwischen seinen Zähnen knirschte der Staub, den ihm die Kugel ins Gesicht geschleudert hatte. Kleine Dreckklumpen klebten auf seiner Haut. Ein Ruck durchfuhr ihn.

Er ging um das Pferd herum und näherte sich dem Kerl auf der Straße. Nur unterbewusst nahm Bannister wahr, dass aus den Häusern Menschen traten und sich langsam näherten. In einiger Entfernung rotteten sie sich in Gruppen zusammen. Mit einer Mischung aus Argwohn und Neugierde musterten sie ihn.

Der Prämienjäger war tot. Sein offener Mantel war auseinandergerutscht. Aus der Innentasche ragte ein Stück eines zusammengefalteten Papierbogens.

Bannister bückte sich und zog das Papier heraus. Er faltete es auseinander. Es war sein Steckbrief. In einem zornigen Impuls zerriss der Geächtete den Bogen. Die beiden Teile segelten zu Boden.

Bannister schritt steifbeinig zu dem anderen der beiden Kopfgeldjäger. Er fasste ihm in die Haare und hob seinen Kopf etwas an. Bannister starrte in weitaufgerissene, gebrochene Augen. Der Mund war noch von seinem Warnschrei verzerrt, der jedoch vom Krachen der Schüsse verschluckt worden war.

Bannister ließ den Kopf des Toten wieder nach unten sinken. Jetzt erst holsterte er den Colt. Er wandte sich um und schwenkte seinen Blick die Fahrbahn hinauf und hinunter. Die Menschen schauten betreten zur Seite. Niemand sprach ein Wort. Es war, als duckten sich die Männer und Frauen vor Lance Bannister.

Dieser kehrte zu seinem Pferd zurück und kletterte in den Sattel. Der Vierbeiner hatte sich beruhigt. Lance schnalzte mit der Zunge und ruckte im Sattel. Er ritt zwischen den Menschengruppen hindurch und verließ Tampico. Der Appetit war ihm vergangen. An seinen Händen klebte das Blut der drei Prämienjäger. Nicht nur, dass Buster Kincaid ihm einen Mord anhängte. Jetzt war er deswegen gezwungen gewesen, zu töten.

Diese Erkenntnis schürte Bannisters Hass auf Buster Kincaid.

JOE UND ICH HATTEN unser Abenteuer am Alamocito Creek gut überstanden. Um ein Haar hätten wir Federn gelassen. Aber Brad Sheldon hatte eiskalt und mit tödlicher Präzision unsere Gegner von der Hackknife Ranch am Flussufer zusammengeknallt.

Als wir ihn stellten, rastete er aus.

Wir mussten ihn töten.

Jetzt war ich auf dem Weg zum Mulberry Creek, um Jane Carter und ihren kleinen Sohn Lonny zu besuchen.

Ehe ich den Stern des U.S.-Marshals nahm, half ich Jane in Clarendon aus einer üblen Klemme. Dann befreiten Joe und ich sie und den kleinen Lonny aus der Hand zweier Banditen.

Jane war Witwe. Ihr Mann war vor nicht ganz einem Jahr ermordet worden. Der Mörder wurde nie ermittelt. Lionel Hastings, Janes Vater, war davon überzeugt, dass es ein Killer der Green Belt Ranch war.

Die Frau, von der ich in einsamen Nächten immer geträumt hatte, hatte mit Jane Fleisch und Blut angenommen.

Ich spürte ein Kribbeln im Bauch, wenn ich an Jane dachte.

Ich ritt über die Weide der Green Belt Ranch.

Es war später Nachmittag. Die Wolkendecke am Himmel war aufgerissen. Blacky trabte. Alles an seinem Körper war ein harmonisches Zusammenspiel von Muskeln und Sehnen.

Als im Westen die Wolken vor der Sonne zu glühen schienen und von Osten her die Abenddämmerung ins Land schlich, sah ich vom Kamm einer Bodenwelle aus die Gebäude der Horseshoe Ranch vor mir liegen. Dahinter zog sich die dunkle Wand des Ufergebüsches und erhoben sich die alten Flusspappeln.

In den Corrals der Ranch tummelten sich an die 100 Pferde. Jane hatte sich auf die Pferdezucht spezialisiert. Sie verkaufte sie an die Armee oder auf dem Pferdemarkt in Amarillo. Zwei Cowboys arbeiteten in einem der Corrals. Sie sonderten Pferde aus und trieben die ausgesonderten Tiere in einen Nebencorral, in dem schon über ein Dutzend Tiere standen.

Im Ranchhof jagte Lonny eine Hühnerschar mit einem dünnen Stock vor sich her. Mit vorgestreckten Hälsen, erregt gackernd und mit schlagenden Flügeln flohen die plumpen Vögel vor dem Knaben.

Der grauhaarige Lionel hockte im offenen Scheunentor auf einem Dengelbock und begradigte mit einem Hammer die Schneide der Sense, mit der er immer das Futter für die Milchkuh mähte. Die hellen Hammerschläge erfüllten die Abendluft.

Ich zügelte zwischen den Corrals mein Pferd.

Es war ein Bild des Friedens und der Ruhe, das sich mir bot.

Da sah mich Lonny. Er hörte auf, die Hühner zu jagen, schaute einige Zeit zu mir her, dann krähte sein kindliches Organ: "Grandpa, Ma, da ist Logan! Logan mit dem schönen schwarzen Pferd."

Er schleuderte den Stock davon und rannte mir entgegen.

Lionel, der falkenäugige Kauz, senkte die Hand mit dem Hammer und drückte sich vom Dengelbock in die Höhe.

Aus der Tür des Haupthauses trat Jane.

Ich sah sie und mein Herz schlug einen Takt höher.

Lonny, der sechsjährige Blondschopf, langte bei mir an und schaute zu mir in die Höhe. Seine Augen strahlten. Ich beugte mich aus dem Sattel, er streckte mir die Hände entgegen. Ein Ruck, und er saß vor mir auf Blacky. Lonny lachte hell und hämmerte mit seinen Schuhen gegen die Seiten des Rappen.

Jane blickte uns entgegen. Sie lächelte. In ihren dunklen Augen glaubte ich Wärme und Freude wahrzunehmen. Ich saß ab. Lonny ließ ich auf Blacky sitzen. Ich fühlte Verlegenheit und suchte nach Worten.

Jane rettete mich aus meiner Not, indem sie sagte: "Hallo, Logan, ich freue mich sehr, dass Sie den Weg zu uns gefunden haben. Wie ich sehe, tragen Sie jetzt den Stern eines U.S.-Marshals. Das heißt also, Sie bleiben im Panhandle."

"Yeah." Ich nickte. Meine Stimme klang etwas belegt. "Ich denke, es ist ein guter Job. Joe Hawk und ich sind ziemlich gute Freunde geworden. Ja, Jane, ich glaube, im Panhandle habe ich den Platz gefunden, den ich jahrelang gesucht habe."

Vielleicht schaute ich sie eine Idee zu intensiv an, denn sie errötete.

Diesmal war es Lionel, der mich über meine Verlegenheit hinweggrettete. Der Oldtimer mit dem runzligen Gesicht, das an die Rinde einer der alten Flusspappeln erinnerte, keifte: "Richtig. Ein Mann muss zu etwas gut sein auf der Welt. Er muss von einer Sache überzeugt sein und für seine Überzeugung einstehen. Sonst taugt entweder seine Überzeugung oder er selbst nichts."

"Kommen Sie rein, Logan", lud mich Jane ein.

"Hat die Green Belt Ruhe gehalten?", fragte ich, indes ich Lonny vom Pferd hob. Er zappelte und schimpfte. Schließlich aber stand er am Boden. "Du darfst ihn wieder reiten", versprach ich und strich ihm über die weichen Haare.

Er funkelte mich an und stapfte beleidigt davon.

"Ja", erklärte Jane. "Von der Green Belt hat sich niemand mehr hier sehen lassen. Aber dieser Friede ist sicher nur trügerisch und nicht von Dauer. Charles McLeod wird seine schmutzigen Finger wieder nach der Horseshoe ausstrecken."

Lionel nahm mir die Zügel Blackys ab und führte das Tier zum Tränketrog.

Jane machte eine einladende Handbewegung.

Ich schritt an ihr vorbei ins Haus. In der Wohnstube war es düster. Als ich mich der Frau zuwandte, die mir gefolgt war, konnte ich den Duft ihrer Haare riechen. Ihr Gesicht wirkte weich und gelöst im diffusen Licht. Ernst, sachlich und klar sagte sie: "Ich freue mich wirklich, dass du gekommen bist, Logan. Ich habe oft an dich gedacht."

Sie ließ die Förmlichkeiten einfach weg und benutzte das vertraute 'du'. Ein Blick in ihre dunklen Augen ließ mich erkennen, dass sie jedes Wort so meinte, wie sie es sagte. Ihr Mund war sinnlich und ein wenig geöffnet. Zwischen ihren schön geschwungenen Lippen glitzerten ihre ebenmäßigen Zähne.

Jede andere Frau hätte ich jetzt wahrscheinlich in die Arme genommen und geküsst.

Bei Jane aber hielt mich etwas zurück. Ich wusste es selbst nicht zu deuten. Vielleicht ahnte ich, dass sie noch Zeit brauchte. Ihr Mann war ermordet worden. Sicher, die Zeit heilt Wunden. Aber als ich sie vor kurzer Zeit kennen lernte und wir an dem Abend, an dem Joe und ich auf der Horseshohe blieben, lange miteinander gesprochen hatten, da war mir nicht entgangen, dass sie noch nicht ganz darüber hinweg war.

Ich wollte mir nichts nehmen, was sie nicht mit Herz und Seele bereit war zu geben.

Sie brauchte Zeit.

Ich wollte mir nichts verscherzen.

Also hielt ich mich zurück und erwiderte: "Mir erging es genauso. Und ich konnte es kaum erwarten, hier zu sein. Yeah, Jane. Als ich dich zum ersten Mal sah, brachtest du etwas in mir zum Schwingen, etwas, das ich nie vorher kennen gelernt habe. Es ist so und du sollst es wissen."

Sie senkte den Blick. Ihre Brust hob und senkte sich unter einem tiefen Atemzug. "Ich bin noch nicht so weit, Logan. Ich denke, du verstehst das. Ich..."

Sie brach ab. Ihre Züge nahmen einen herben Ausdruck an. Jane ging an mir vorbei zum Ofen. "Willst du eine Tasse Kaffee? Ich habe auch frischen Apfelkuchen gebacken. Oder soll ich dir ein Glas Bourbon einschenken?"

"Kaffee und Apfelkuchen." Ich ging zum Tisch und setzte mich.

Draußen nahm die Düsternis zu. Die Hühner gackerten. Ich hörte das Schlagen ihrer Flügel. Dem Oldtimer schien es zuviel zu werden, denn er keifte: "Jetzt lass endlich die Viecher in Ruhe, Lonny, du kleiner Bengel. Wie sollen sie Eier legen, wenn du sie zu Tode hetzt?"

Jane, die mit einer eisernen, rußgeschwärzten Kanne und einer Tasse zum Tisch kam, lachte. "Lonny ist ein ziemlicher Wildfang", erklärte sie dann. "Er macht seinem Grandpa das Leben oft sehr schwer."

Der Bann der Betretenheit nach ihren klaren Worten war gebrochen. Sie schenkte mir Kaffee ein, brachte Zucker und einen Teller voll Apfelkuchen und sah mir dann zu, wie ich das Gebäck in mich hineinmampfte. Der Kuchen schmeckte vorzüglich.

Plötzlich ging die Tür auf. Lionel schob den widerstrebenden Lonny in den Raum. Der Oldtimer blaffte: "Es nähert sich der Ranch ein Reiter. Er kommt von Süden herauf. Wenn das bloß kein Schnellschießer der Green Belt ist!"

Er war mit drei Schritten bei einem Schrank, riss die Tür auf und holte sein Gewehr heraus. Entschlossen repetierte er.

Ich schob den letzten Bissen Apfelkuchen in den Mund und schwemmte ihn mit Kaffee hinunter.

Jane zeigte Unruhe. Sie hatte sich erhoben. Fremde Reiter auf ihrem Grund und Boden waren für sie ein schlechtes Omen. Sie sah mich besorgt an.

"Keine Sorge", murmelte ich und drückte mich hoch. "Bleibt im Haus. Ich werde dem Hombre einen gründlichen Blick unter den Hutrand werfen."

"Ich komme natürlich mit!", begehrte der Oldtimer auf. Seine Augen funkelten kriegerisch.

Ich konnte es ihm kaum verwehren. Darum nickte ich. "Sie können mit ihm reden. Sollte es rauchig werden, lassen Sie mir den Vortritt. Klar?"

Lionels Miene verkniff sich. Schließlich aber war er einverstanden.

Wir verließen das Haus. Ich schloss die Tür hinter mir. Durch die Lücke zwischen Haupthaus und Pferdestall konnte ich den Reiter sehen. Er ließ das Pferd im Schritt gehen und saß nach vorne gekrümmt im Sattel.

Blacky stand am Holm beim Tränketrog. Lionel hatte die Sattelgurte gelockert und eine Schwinge voll Hafer vor ihn hingestellt. Ich holte mein Gewehr.

Lionel und ich erwarteten den Reiter.

Als er in den Hof ritt, war mir klar, dass sowohl er wie auch das Pferd ziemlich am Ende waren. Obwohl der Mann zusammengesunken auf seinem Braunen saß, konnte ich feststellen, dass er ziemlich groß sein musste. Er hatte sich den Hut weit in die Stirn gezogen. Seine Augen waren entzündet und blickten erschöpft. Die tagealten Bartstoppeln verliehen ihm ein verwegenes Aussehen. Er war gekleidet wie ein Cowboy, mutete aber abgerissen und heruntergekommen an.

Auf den ersten Blick bot er alles andere als eine Vertrauen erweckende Erscheinung.

Das ermüdete Tier blieb fast von selbst stehen. Der Fremde stemmte die Arme auf das Sattelhorn und sagte heiser: "Mein Name ist Tex Sherman. Ich..."

Er verschluckte sich fast. Sein Blick verkrallte sich an dem Abzeichen an meiner Weste. Dann wanderte er langsam höher und saugte sich an meinem Gesicht fest. "Sie sind U.S.-Marshal", murmelte er. "Über euch Burschen kursieren ja die wildesten Gerüchte. Ihr sollt sehr schnell mit dem Colt bei der Hand sein und zieht eine ziemlich rauchige Spur durchs Land."

Ich zuckte mit den Schultern. "Ich habe selbst davon gehört. Beurteilen kann ich es nicht. Ich bin nicht lange genug dabei."

Sherman befeuchtete sich mit der Zunge die Lippen. Dann saß er ab. Die Unruhe, die mein Stern bei ihm zu verursachen schien, entging mir nicht. Er widmete seine Aufmerksamkeit Lionel, der neben mir stand und Sherman mit dem Ausdruck des tiefverwurzelten Misstrauens musterte. Shermans Lippen sprangen auseinander: "Ist das Ihre Ranch, Mister?"

"Sie gehört meiner Tochter. Was treibt Sie auf unser Land?"

"Es ist Zufall, dass ich hier landete. Ich habe einen langen Trail hinter mir. Wird Ihre Tochter mir Gastfreundschaft gewähren?"

"Wo kommen Sie denn her?", fragte Lionel gedehnt. Er starrte diesen Sherman an, als wollte er seine geheimsten Gedanken ergründen. "Und wohin möchten Sie. Oben am Salt Fork Red River liegt die Green Belt Ranch. Ist sie vielleicht Ihr Ziel?"

Die letzte Frage kam lauernd.

Ich beobachtete Sherman scharf. Nicht ein Muskel zuckte in seinem Gesicht, als er erwiderte: "Green Belt Ranch? Nie gehört. Ist es eine große Ranch?"

"Eine der zehn Hauptranches der Panhandle Cattle Company", versetzte ich und beobachtete seine Reaktion.

Shermans Schultern strafften sich. "Ich suche einen Job hier im Panhandle. Warum also sollte ich nicht mal bei dieser Green Belt

Ranch anklopfen. Von der Company habe ich schon gehört. Der größte Teil des Landes im Panhandle soll ihr gehören. Außerdem beansprucht sie das Regierungsland. Mehr jedoch weiß ich nicht. Ich war unten, in der Nähe von Fort Worth, als Cowboy tätig. Als..."

Er verstummte, seine Brauen schoben sich zusammen, seine Lippen wurden dünn.

"Was? Warum reden Sie nicht weiter, Sherman?", schnappte der Oldtimer.

"Als mein Boss starb, verlor ich meinen Job", vollendete Sherman seinen angefangenen Satz von eben. "Also schwang ich mich auf mein Pferd und ritt nach Westen."

Ich konnte mich des Eindrucks nicht erwehren, dass er log. Sein ganzes Verhalten mutete mich seltsam an. Wie er sah ein Mann aus, der auf der Flucht war. Er hatte den unruhigen Blick des Gehetzten. "Und wer reitet auf Ihrer Fährte?", fragte ich.

Sein Gesicht zuckte zu mir herum. "Niemand", presste er hervor.

Lionel Hastings kämpfte mit sich. Seine Zähne mahlten, als kaute er einen Priem. Schließlich entrang es sich ihm fast widerwillig: "Auf der Horseshoe Ranch wurde noch nie einem erschöpften Mann und seinem Pferd die Gastfreundschaft verweigert. Also versorgen Sie Ihren Braunen, Sherman, waschen Sie sich den Schmutz aus dem Gesicht und dann kommen Sie herein. Sind Sie aber mit Hintergedanken hier aufgekreuzt, dann sollten Sie sich sofort wieder das Pferd zwischen die Oberschenkel klemmen und das Horseshoe-Land verlassen."

"Welche Hintergedanken? Ich bin froh, wenn ich was Warmes in den Bauch kriege und in einen Haufen Heu zum Schlafen kriechen kann. Keine Sorge, Oldman. Morgen früh sind Sie mich wieder los. Ich bin aber auch gerne bereit, für eine Mahlzeit und ein Dach über dem Kopf Holz zu hacken oder den Pferdestall auszumisten."

Sherman führte sein Pferd zum Trog. Er bewegte sich sattelsteif und etwas linkisch. Ich hatte längst registriert, dass er den Colt nicht trug wie ein Cowboy. Aber das hatte nichts zu sagen.

Dennoch: Alles an diesem Hombre erschien mir rätselhaft, geheimnisvoll und raubtierhaft gefährlich.

Ich nahm mir vor, ein Auge auf ihn zu werfen.

MIT DEM FEINEN INSTINKT der Frau schien Jane zu spüren, dass Tex Sherman ehrlich und geradlinig war.

Er aß mit dem gesunden Appetit eines Mannes, der seit Tagen nichts mehr Richtiges zwischen die Zähne bekommen hatte. Er hatte sich am Brunnen gewaschen und sogar rasiert und sah jetzt bei Weitem nicht mehr wie ein verwegener Sattelstrolch aus.

Geduldig beantwortete er alle Fragen, die ihm Lionel und Jane stellten. Lonny schlief bereits. Die Lampe, die über dem Tisch von der Decke hing, brannte und warf ihr Licht auf uns.

Ich hielt mich 'raus. Ich beobachtete nur.

Irgendwann sagte Jane: "Ich will in einigen Tagen eine größere Pferdeherde zum Verkauf nach Amarillo treiben, Sherman. Sie suchen doch einen Job. Als Cowboy können Sie sicherlich mit Pferden umgehen."

Sherman nickte: "Mit Pferden und Rindern. Ich bin 15 Jahre lang hinter Kuhschwänzen hergejagt, habe Wildpferde eingeritten sie zu zahmen Lämmern eingebrochen. Das war mein Leben, bis mein Boss -" er stockte kurz, "- starb."

"Woran starb ihr Boss?" Ich konnte es mir nicht mehr länger verkneifen, diese Frage zu stellen. Jedes Mal wenn die Rede auf den Tod seines Bosses kam, hatte er Mühe, sich nicht zu versprechen.

Ich musterte ihn zwingend.

Sherman seufzte. "Na schön, Marshal. Er wurde erschossen. Die Spur seines Mörders führt in den Panhandle. Er knallte Zack Wilder - so hieß mein Boss -, eine Kugel in den Rücken und nahm ihm 5000 Dollar ab, die er aus dem Verkauf einer Rinderherde erzielte."

"Und diesen Mann jagen Sie?"

"Ja. Sein Name ist Kincaid - Buster Kincaid."

Der Name sagte keinem etwas am Tisch. Kurze Zeit schwiegen wir nachdenklich.

Er wird nicht gejagt, sagte ich mir in dieser Zeitspanne, in der es ruhig war und nur das Surren der Fliegen um die Lampe zu vernehmen war. Er ist der Jäger...

Seine Geschichte klang glaubhaft.

Janes Stimme schnitt in mein Grübeln. Sie sagte: "Möchten Sie den Job haben, Sherman? Ich beschäftige zwar insgesamt vier Reiter, aber zwei muss ich zum Schutz der Ranch zurücklassen. Uns wäre also beiden gedient, wenn Sie annehmen."

In diesem Moment war sie nur die kühl rechnende und kalkulierende Geschäftsfrau.

Dennoch wollte in mir so etwas wie Eifersucht aufkeimen. Dieser Tex Sherman sah verdammt gut aus, war höchstens 32 Jahre alt - und er würde, wenn er den Job annahm, auf der Ranch in der Nähe Janes sein.

Ich hingegen würde irgendwo mit Joe durch den Panhandle reiten, im Auftrag Richter Humphreys, im Auftrag von Recht und Ordnung.

Meine Hoffnung, dass Tex Sherman ablehnte, wurde brutal zerstört, als er zu verstehen gab: "Ich wäre ein Narr, wenn ich nein sagen würde. Yeah, ich nehme den Job an. Sie werden sehen, dass Sie mit mir einen guten Fang gemacht haben."

Er grinste Jane blitzend an.

Und Jane lächelte zurück.

Ich registrierte es mit einem hohen Maß an Enttäuschung.

Sherman und ich schliefen auf dem Zwischenboden der Scheune im Stroh. Als der Morgen graute, erhob ich mich leise und stieg die Leiter hinunter. Sherman schnarchte wie ein Bär.

Ich ging in den Stall und sattelte Blacky. Ich spürte das Feuer, das in dem Pferd steckte. Blacky war unruhig und stampfte auf der Stelle, als konnte er es nicht erwarten, die Hufe wirbeln zu lassen.

Als ich ihn an der Mähne in den Hof führte, kam mir Jane vom Haupthaus her entgegen. Sie trug ein Nachthemd und darüber einen Hausmantel. Als sie vor mir stand und hinauf in mein Gesicht blickte, wurde es mir wieder schmerzlich bewusst, dass dieser Sherman in ihrer Nähe sein würde, während ich vielleicht erst in einigen Wochen wieder die Horseshoe Ranch besuchen konnte.

"Keine Sorge, Logan", erklärte sie kehlig. "Wie ich schon sagte: Ich brauche noch etwas Zeit. Das habe ich in den vergangenen Monaten noch zu keinem Mann vor dir gesagt, und ich werde es auch zu keinem sagen, wenn du fort bist. Tex Sherman kann dir also nicht gefährlich werden."

Mit dem letzten Wort stellte sie sich auf die Zehenspitzen und hauchte mir einen schnellen Kuss auf die Lippen.

Ich wollte nach ihr greifen, sie an mich ziehen, sie küssen.

Aber Jane war schon herumgeschwungen und eilte ins Haus zurück.

Ich war wie vor den Kopf gestoßen.

Unter der Haustür wandte sie sich noch einmal um und rief: "Adios, Logan. Und denk daran: Die Türen auf der Horseshoe stehen dir immer offen."

Dann war sie im Haus.

Gedankenvoll saß ich auf. Wenn es auch nur ein hingehauchter Kuss war. Ich glaubte, ihre weichen Lippen noch immer zu spüren.

Ich ritt an.

Der Wind ließ die Blätter der Büsche und Bäume erzittern. Die Natur erwachte zum Leben. Ich war mit meinen Gedanken bei Jane.

BUSTER KINCAID HATTE auf dem Bergsattel das Pferd abgestellt und sich an einen Felsen gesetzt. Er rauchte.

Es war früher Morgen. Vor Kincaid lag der Mustang Creek, der seine Fluten von Norden herunter zum Canadian River wälzte. Von

Westen her mündete ein schmaler, namenloser Fluss in den Mustang Creek. Genau in diesem Mündungsdreieck hatte Duncan Riggs begonnen, eine Farm aufzubauen.

Nebenbei wollte Duncan Riggs Fleischrinder züchten. Riggs war vorher Cowboy gewesen. Er arbeitete fünf Jahre auf einer Ranch drüben in New Mex. Er bekam von seinem Boss zwar nur den halben Lohn, dafür aber für jeden Monat seiner Tätigkeit ein Hereford-Rind. Und als Riggs den Cowboys-Job an den Nagel hängte, legte sein Rancher den erarbeiteten 60 Rindern noch eine Prämie von zehn Kühen hinzu. Also kam Duncan Riggs vor einem halben Jahr mit 70 Herefords am Mustang Creek an.

Da unten war alles noch im Aufbau begriffen. Fertig war eigentlich nur die Hütte, in der Duncan Riggs lebte.

Buster Kincaid schnippte den Zigarettenstummel fort. Sein suchender Blick schweifte über den schmalen Fluss hinweg. Langsam wurde er ungeduldig. Im Osten schob sich die Sonne schon weit über den Horizont hinaus.

Der Mörder hatte auf der Bar-H Ranch angeheuert. Die Bar-H gehörte zur 'Panhandle Cattle Company'. Der Vormann der Bar-H hatte Kincaid vor über einer Woche als Weidedetektiv eingestellt. In Wirklichkeit war es Kincaids Job, den Farmern und Smallranchern rund um das riesige Weidegebiet der Bar-H zuzusetzen und sie zur Aufgabe zu bewegen.

Buster Kincaid rollte sich eine neue Zigarette. Tief inhalierte er den würzigen Rauch.

Ja, er war ein skrupelloser Mörder. Wegen 5000 Dollar hatte er unten bei Fort Worth seinen Ranchboss kaltblütig abgeknallt. Den Mord Lance Bannister anzuhängen war nicht allzu schwer. Eine halbe Stunde vor dem Mord hatten sich Zack Wilder und Lance Bannister heftig im Saloon gestritten. Es war wegen eines Girls. Wilder hatte ziemlich viel getrunken. Um ein Haar wären sie mit den Fäusten aufeinander losgegangen. Wilder hatte Lance Bannister gefeuert. Bannister, der auch nicht mehr nüchtern gewesen war, stieß einige Drohungen aus...

Bannister war entkommen. Er, Kincaid, musste Bannister fürchten und setzte sich ab. Hier, im Panhandle, auf der Bar-H, hoffte er seine Spur verwischt zu haben.

Endlich tauchte zwischen den Hügeln im Westen ein Reiter auf. Er führte an der langen Leine einen Bullen. Dem Tier war schon als Jungrind ein eiserner Ring durch die Nase gezogen worden. An diesem Ring war die Longe befestigt.

Duncan Riggs hatte den Zuchtbullen bei einer Viehauktion in Romero, im Westen des Hartley Countys, ersteigert. Der Preis für das Rind warf ihn zwar zurück, was den Aufbau der Farm anbetraf, aber eines Tages würde sich der Bulle bezahlt machen. Riggs hatte am Abend Romero verlassen und war die Nacht - abgesehen von einer Stunde Rast - durchgeritten.

Buster Kincaid beobachtete aus engen Augenschlitzen den Reiter. Die Sonne stand hinter ihm. Obwohl sie ihn nicht blenden konnte, hatte er sich den Stetson weit in die Stirn gezogen.

Riggs kam am Fluss entlang.

Entschlossen ging Kincaid zu seinem Pferd. Er ließ die Zigarette fallen und zog sich in den Sattel. Ohne Hast ritt er den Hügel hinunter. Kniehohes Gestrüpp wucherte hier zwischen verkümmertem Gras. Unten, bei den Flüssen, da war das Weideland grün und saftig. Da gediehen auch Büsche und Bäume. Die Hügel aber waren von der sengenden Sonne verbrannt, und der Regen vor zwei Tagen hatte daran nichts zu ändern vermocht.

Kincaid stellte sein Pferd neben der Hütte ab, die Riggs als sein Wohnhaus bezeichnete. Das Dach hatte der Neufarmer mit dicken Bohlen verschalt und diese wiederum mit Grassoden abgedeckt.

Zwei andere Hütten waren noch nicht fertig. Bei der einen fehlte das Dach, von der anderen stand erst das Gerüst. Es gab jedoch schon einen Corral. Er war zum Fluss hin offen, so dass Riggs' Pferd jederzeit zum Wasser konnte.

Alles hier mutete ärmlich und provisorisch an. Verächtlich schürzte Buster Kincaid die Lippen. Er rückte das Holster zurecht und drückte den Coltknauf griffbereit nach außen. Dann öffnete und schloss er einige Male die Rechte, um sie geschmeidig zu machen.

Schon bald hörte Kincaid den Hufschlag. Nach einiger Zeit ritt Duncan Riggs um eine Buschgruppe herum. Er saß auf einem Grulla-Hengst. Der Bulle trottete mit gesenktem Schädel neben dem Pferd her. Duncan Riggs war verstaubt und verschwitzt.

Als Buster Kincaid hinter der Hütte hervortrat, zügelte Riggs. Verdutzt starrte er den Mann an. Riggs schien die Sonne ins Gesicht und so konnte er keine Einzelheiten erkennen. Etwas Bedrohliches, Unheilvolles ging von dem Fremden aus.

"Wer bist du?", rief Riggs staubheiser. "Was hast du hier zu suchen?"

"Ich arbeite auf der Bar-H als Weidedetektiv, Riggs", kam es über Kincaids schmale Lippen. "Nachdem von der Bar-H Weide ein Dutzend Hereford-Kühe verschwunden sind, bin ich der Spur gefolgt. Sie führte hierher. Ich fand die Kühe mit dem Bar-H Brand zwischen deinen Rindern." Buster Kincaid schob das kantige Kinn vor. "Wie mögen sie da wohl hingekommen sein?"

"Ich habe sie nicht über den Creek getrieben, Mister." Riggs trieb sein Pferd weiter. Er ahnte Schlimmes. Die einzige Waffe, die er besaß, war der alte Winchester 66 Carbine in seinem Scabbard. "Sicher haben die Rinder von sich aus den Fluss überquert und sich in meine Herde gemischt. Du kannst sie ja aussondern und zurücktreiben."

Beim Corral saß Riggs ab. Er schlang erst die Leine des Pferdes um eine der Querstangen, dann die Longe, die zum Ring in der Nase des Bullen führte. Dann griff er nach dem Gewehr.

"Stopp!", erklang es kalt und schneidend.

Duncan Riggs erstarrte mitten in der Bewegung. Kincaids Rechte lag auf dem Revolverknauf.

"Zur Hölle mit dir!", knirschte Duncan Riggs. "Ich bin nicht verantwortlich für die Wege, die die Rinder der Bar-H einschlagen. Ihr müsst eben auf euer Vieh aufpassen. Wozu beschäftigt ihr eine halbe Kompanie Weidereiter?"

"Du hast die Rinder gestohlen, Riggs!", peitschte Kincaids Stimme. "Ja, du hast sie vor zwei Nächten von der Bar-H Weide abgetrieben und über den Fluss gebracht. Ich habe deutlich die Spur eines Pferdes zwischen den übrigen Spuren erkennen können. Du bist ein Viehdieb, Riggs!"

Duncan Riggs duckte sich. Sprungbereit stand er da, unruhiges Flackern in den Augen. Er atmete hart und stoßweise. "Verdammt, Mister", stieß er hervor, "ich war nicht auf der Bar-H Weide. Was willst du mir in die Schuhe schieben? Ist das ein mieser Trick der Bar-H, um einen lästigen Nachbarn loszuwerden?"

Buster Kincaid grinste scharf. "Mag schon sein. Was mit Viehdieben geschieht, wirst du ja wissen."

Duncan Riggs wurde der Hals eng. Ja, was oftmals mit Viehdieben geschah, wusste er. Der Atem fuhr wie eine scharfe Klinge durch seine Brust. Die Augen Kincaids zeigten eine unheimliche Drohung. Duncan Riggs schwieg, weil er plötzlich die ganze Wucht der Gefahr begriff, in der er sich befand. Er schielte nach seinem Gewehr.

Fast gemächlich zog jetzt Buster Kincaid den Colt.

Für Duncan Riggs gab es keine Fragen mehr. Seine Rechte zuckte zum Kolben der Winchester, der aus dem Sattelschuh ragte. Jeglichen anderen Gedankens beraubt war der Neufarmer nur noch von dem Willen besessen, sich seiner Haut zu wehren.

Kincaid jedoch schien unvermittelt zu explodieren. Und er tötete mit eiskalter Präzision.

Noch ehe Riggs das Gewehr aus dem Scabbard hatte, brüllte schon der Sechsschüsser in Kincaids Faust auf.

Duncan Riggs spürte den furchtbaren Schlag gegen die Brust, dann versank um ihn herum die Welt. Als er neben seinem Pferd auf den Boden krachte, war er schon tot. Das Tier tänzelte erregt. Das Blut des Neufarmers sickerte in den Staub.

Die Detonation war verhallt. Ohne jede Gemütsregung starrte Kincaid sekundenlang auf die leblose Gestalt, dann stieß er den Colt ins Holster und setzte sich in Bewegung.

Riggs lag auf dem Bauch. Mit dem Fuß drehte ihn Kincaid herum. Mitleidlos fixierte Kincaid das bleiche Gesicht, das die absolute Leere des Todes prägte.

Kincaid wandte sich ab. Er zog die Winchester Riggs' aus dem Scabbard, lud durch und feuerte einen Schuss in die Luft ab. Dann hebelte er noch einmal durch. Die Patrone wurde ausgeworfen und klimperte auf den Boden. Sie versank halb im Staub. Kincaid stieß das Gewehr wieder in das Sattelholster. Dann lud er den Toten auf das Pferd, nahm dem Bullen die Longe ab und band mit dem Strick die schlaffe Gestalt am Sattel fest.

"Alles muss seine Ordnung haben, mein Freund", murmelte Kincaid ungerührt. Dann führte er den Grulla-Hengst hinter das Wohnhaus und kletterte in den Sattel seines Pferdes.

ICH TRAF JOE IN DER Unterkunft hinter dem Court House, in dem Richter Jerome F. Humphrey die Fäden von Recht und Ordnung im Panhandle in seinen Händen hielt.

Mein Pferd stand im Stall des Distrikt Gerichts. Mein alter, gebrochener Sattel befand sich ebenfalls dort.

Es war ein Schlafraum mit sechs Bunks. Zu jeder dieser Feldliegen, die aus Armeebeständen stammten, gab es einen Spind für die persönlichen Dinge der Marshals.

An einem Tisch beim Fenster saß ein Mann. Er war schwarzhaarig, hatte ein dunkles Gesicht mit tiefen Furchen und harten Linien und trug eine schwarze Klappe über dem linken Auge. Ein mächtiger

Schnurrbart verdeckte seine Oberlippe. An seiner Weste schimmerte ein Stern, der aus einem Stück Messingblech geschnitten war.

Dieser düstere Mister reinigte seinen Colt mit einem weichen Lappen. Die Waffe war zerlegt, die Bestandteile lagen auf einer alten Zeitung um ein Kännchen mit Öl herum.

Er hob den Kopf, als ich eintrat und blickte mir entgegen.

Joe, der auf seiner Bunk lag und die Hände hinter dem Kopf verschränkt hatte, setzte sich auf und rief: "Heh, Jim, da kommt Logan. Ich habe dir von ihm erzählt. Er hat ein paar Figuren von der Green Belt ziemlich klein gemacht."

Der düstere Mister legte den Coltlauf weg und erhob sich, umrundete den Tisch und näherte sich mir. Er war groß und hager wie ein Wüstenwolf und erinnerte mich an einen Piraten. Sein Händedruck war fest. Seine Stimme klang dunkel und kehlig. "Ich heiße Jim Tucker."

"Wir nennen ihn 'One Eye'", gab Joe grinsend zu verstehen. "Eine Schrotkugel hat ihm das Auge gekostet."

'One Eye' Jim Tucker kehrte zum Tisch zurück.

Joe grinste süffisant. "Na, Amigo, wie war's?"

Er wusste, dass ich von der Horseshoe Ranch kam.

Ich warf die Satteltaschen auf meine Liegestatt. Tucker kümmerte sich nicht mehr um uns. Ich wandte mich Joe zu. "Was erwartest du? Ich hab Jane und ihrem Jungen einen Besuch abgestattet. Sie hat mich mit frischem Apfelkuchen und Kaffee bewirtet und ich habe von ihr erfahren, dass die Green Belt sich ruhig hält."

"Apfelkuchen", echote Joe. "Warum finde ich niemand, der mir Apfelkuchen serviert?"

Ich grinste ihn an. "Sicher gibt es hier in Amarillo ein Restaurant..."

Joe winkte ab und erhob sich. Er reckte seine und knurrte: "Du hattest dein Vergnügen, Amigo. Jetzt kommt die harte Arbeit. Gehen wir hinüber in unser Office und fertigen wir einen Bericht über die Vorkommnisse am Alamocito Creek." Er seufzte. "Das Leben eines U.S.-Marshal besteht eben nicht nur aus reiten und kämpfen. Es gibt auch trübe Tage, an denen du am Federhalter kaust, dir verständliche Sätze ausdenkst und eine Menge Papier vollkritzelst. Du kannst doch hoffentlich schreiben?"

"Nun, ja..."

"Hervorragend." Joe klatschte in die Hände, griff nach seinem Hut, der an einem Nagel hing, den er in den Spind geschlagen hatte und stülpte ihn sich auf den Kopf. "Dann wollen wir mal."

Er schob mich zur Tür.

An das Courthouse war ein flaches Gebäude angebaut, in dem der Countysheriff und seine Deputys ihre Büros hatten. Im Keller dieses Gebäudes befanden sich die Gefängniszellen. Das Gerichtsgebäude mit den unzähligen Fenstern, die Mannschaftsunterkunft, der Stall und ein weiteres Gebäude waren im Karree um einen Innenhof errichtet. Der Wind trieb Staubwirbel über den freien Platz.

"Dieser 'One Eye' Jim Tucker", brach ich nach einer Weile das Schweigen, "ist er schon lange dabei?"

"Von Beginn an. Er ist ein hervorragender Mann. Sein Auge hat er als 17-jähriger verloren, als ein paar Banditen die Viehherde rauben wollten, die er mit einigen Männern zum Verkauf trieb. Seitdem hasst er jeden Gesetzlosen. Tucker ist der Härteste von allen. Ein Mann der Tat, der kaum redet. Er geht mit einem Gefängniswagen auf die Jagd. Oft ist er einen Monat lang unterwegs. Wenn er zurückkehrt, ist sein Fuhrwerk voll mit großen und kleinen Gesetzesbrechern."

Joe rückte sich den Hut aus der Stirn. Dann hob er beide Hände, ließ sie wieder sinken und hub erneut an: "Manchmal bringt 'One Eye' auch einen Karren voller Leichen. Er fackelt nicht. - Jetzt ölt er seine Waffen. Das bedeutet, dass er bald wieder auf Verbrecherjagd geht. Sein Jagdrevier ist die Grenze zum Indianerterritorium oben im Norden. Viele zwielichtige Gestalten treibt es da hinauf, weil sie in Oklahoma für einige Zeit in der Versenkung untertauchen möchten."

Wir betraten das Court House und befanden uns wenig später in unserem Office. Die Luft hier war abgestanden und muffig. Ich ging zum Fenster, um es in die Höhe zu schieben. Da sah ich den Reiter. Er führte einen Grulla-Hengst, und über dessen Rücken hing eine schlaffe Gestalt.

Vor dem Sheriff's Office verhielt er. Etwas ungelenk saß er ab.

"Joe", sagte ich über die Schulter. "Sieh mal."

Joe trat neben mich.

Unten war der Reiter abgesessen und in dem Anbau verschwunden, in dem der Sheriff und seine Deputys die Büros hatten.

"Gehen wir hinunter", meinte Joe, als er die Eindrücke, die sich ihm boten, verarbeitet hatte. Er schaute ernst.

Als wir auf die Straße traten, standen der Mann, der den Toten in die Stadt gebracht hatte, und Chris Tucker, der Sheriff, bei dem Grulla-Hengst mit der makabren Last.

Wir schlenderten näher und konnten bald schon hören, was der Reiter sagte. "...ich ihn zur Rede stellen wollte, griff er nach dem Gewehr und schoss auf mich. Ich musste mich meiner Haut wehren und zog den Colt. Eigentlich wollte ich ihn nur kampfunfähig schießen. Aber er sprang zur Seite - und genau hinein in meine Kugel."

Wir waren heran. Der Sheriff fixierte uns kurz. Es gab etwas an Chris Tucker, das mich störte. Er war arrogant und fast krankhaft selbstgefällig. Von Joe wusste ich, dass er sich gerne auf die Seite der PCC schlug. Joe verdächtigte ihn sogar der Korruption. Mein Freund würde der Sheriff wohl niemals werden.

Ich hatte ihn erst zwei- oder dreimal gesehen, seit ich U.S.-Marshal war. Und jedes Mal hatte Tucker mich spüren lassen, dass die Antipathie auf Gegenseitigkeit beruhte.

"Wer ist der Mann?", hörte ich Joe fragen. Er griff dem Toten in die Haare und hob seinen Kopf etwas an. Wir sahen das erstarrte Gesicht eines etwa 30-jährigen.

"Duncan Riggs", knurrte der Sheriff. "Kincaid folgte der Spur einiger gestohlener Rinder. Sie standen auf Riggs Weide am Mustang Creek. Riggs schoss auf Kincaid."

Kincaid! Es durchfuhr mich wie ein Blitzstrahl. Ich starrte den Burschen an. Er war groß und indianerhaft dunkel. Und er verströmte etwas, das mich fast körperlich berührte. Es war wie ein animalischer Geruch.

Sprach nicht Tex Sherman, der seit gestern Abend auf der Horseshoe Ranch arbeitete, von einem Kincaid, der in der Nähe von Fort Worth einen Raubmord begangen haben sollte?

Sagte Sherman nicht, dass die Spur des Mörders in den Panhandle führt?

O verdammt! Stand ich diesem Buster Kincaid gegenüber, den Sherman suchte, um ihn zur Rechenschaft zu ziehen?

Ich ließ mir nichts anmerken. Ich schluckte trocken und fragte: "Waren es Ihre Rinder, Kincaid, die er stahl?"

"Es waren die Rinder der Bar-H Ranch", kam es kühl zurück. "Ich arbeite dort als Weidedetektiv. Aus der Fährte, die die Rinder gezogen haben, konnte ich deutlich eine Pferdespur herauslesen. Dass Riggs nach dem Gewehr griff und auf mich feuerte, war so etwas wie ein Schuldeingeständnis."

Joe zog die Winchester aus dem Scabbard. Er hebelte eine Patrone nach der anderen heraus. Als die letzte am Boden lag, stieß er hervor: "Elf! Es fehlt tatsächlich ein Schuss."

Das Röhrenmagazin der Winchester 66 Carbine fasste in der Tat nur 12 Patronen.

"Das besagt gar nichts", murmelte ich.

"Was wollen Sie damit sagen?", fuhr mich Kincaid an.

"Dass eine fehlende Patrone kein Beweis ist, dass Riggs auf Sie geschossen hat."

Joe schnüffelte an der Mündung und am Schloss. "Geschossen wurde mit dieser Waffe", murmelte er und stieß sie wieder in den Sattelschuh.

"Auch das besagt nichts", erklärte ich kühl.

Kincaid schoss mir einen vernichtenden Blick zu.

Der Sheriff stieß grimmig hervor: "Ich werde den Fall untersuchen. Ihr Kerle vom District Court braucht eure Nasen nicht reinzustecken. Da es wohl keine Zeugen gibt, werde ich Kincaids Worten Glauben schenken."

So einfach war das.

"Seit wann fällt das Hartley County denn in Ihren Zuständigkeitsbereich, Tucker?", knurrte Joe.

Der Sheriff ging nicht darauf ein.

Ich wandte mich an Kincaid. "Seit wann arbeiten Sie schon für die Bar-H als Weidedetektiv?"

"Wenn das ein Verhör sein soll", herrschte Kincaid mich an, "dann geben Sie sich keine Mühe, Marshal. Ich werde dem Sheriff den Vorfall zu Protokoll geben, und er wird die notwendigen Ermittlungen anstellen. Ich habe Duncan Riggs in Notwehr getötet. Sich seiner Haut zu wehren verbietet kein Gesetz."

Er und der Sheriff ließen uns einfach stehen und verschwanden im Office.

"Gehen wir zum Richter", murmelte Joe. "Er wird den Sheriff zurückpfeifen. Der Tod dieses Duncan Riggs macht mich nachdenklich. Es stinkt zum Himmel, Amigo. Ich verwette ein altes, verlaustes Hemd gegen einen Monatslohn, dass hinter seinem Tod System steckt."

"Du denkst, dass die Bar-H anfängt, ihre Weidegrenzen zu säubern?"

Joe nickte.

Wir begaben uns zum Richter. Humphrey hörte sich unseren Bericht an. Ich erzählte ihm noch die Geschichte von Tex Sherman, der einem Mann namens Buster Kincaid in den Panhandle gefolgt war.

Die Stirn des Richters legte sich in Falten. Nachdenklich schaute er uns an. In seinem klar geschnittenen, aristokratisch anmutenden Gesicht arbeitete es. Dann sagte er: "All right, Marshals. Untersuchen Sie die Umstände, die zum Tod Duncan Riggs führten. Und befassen

Sie sich mit diesem Kincaid. Wenn er tatsächlich bei Fort Worth einen Mord begangen hat, dann darf das nicht ungesühnt bleiben."

Eine halbe Stunde später schon brachen wir auf. Die Pferde trugen uns nach Nordwesten.

DREI TAGE WAREN VERSTRICHEN. Wir hatten am Mustang Creek außer der Kartusche, die aus dem Winchester 66 Carbine Duncan Riggs' stammte, nichts gefunden. Es war eine Randfeuerpatrone vom Kaliber .44in, und daher war jeder Zweifel ausgeschlossen.

In der Herde am Fluss standen tatsächlich ein Dutzend Rinder mit dem Bar-H Brand.

Ich war und blieb skeptisch. Weder die Rinder auf der Riggs-Weide noch die Patronenhülse waren ein schlüssiger Beweis dafür, dass es sich so zugetragen hatte, wie Kincaid es uns erzählte.

Wir hatten das Protokoll, das der Sheriff gefertigt hatte.

Unterschrieben war es mit dem Namen - Buster Kincaid.

Ja, er war der Mann, auf dessen Fährte Tex Sherman ritt. Der Name Kincaid kam sicherlich öfter vor. Aber dass der Vorname auch übereinstimmen sollte, hielt ich für nahezu ausgeschlossen.

Buster Kincaid hatte sich mir als eiskalter Gunslinger präsentiert. Er hatte, als er den toten Farmer in die Stadt brachte, nicht ein Quäntchen Gefühl gezeigt. Ich traute ihm einen skrupellosen Mord zu.

Allerdings durfte ich mich als U.S.-Marshal nicht von meinen Emotionen leiten lassen.

Ich war jedoch entschlossen, diesem Mister auf den Zahn zu fühlen. Schließlich war Riggs in dem Gebiet erschossen worden, das Joe und ich als U.S.-Marshals zu betreuen hatten.

Wir nahmen uns vor, am nächsten Tag zur Bar-H zu reiten.

Nun, ich konnte nicht ahnen, dass in dieser Stunde noch, in der Joe und ich gemeinsam unsere Berichte verfassten, die Sache mit Tex Sherman und Buster Kincaid eine besondere Bedeutung erlangte.

Der Satan verteilte bereits die Karten in dem höllischen Spiel, das Joe und mich erneut auf einen rauchigen und blutigen Trail zwingen sollte...

DIE KLEINE MANNSCHAFT der Horseshoe Ranch trieb die 50 Pferde in einen der Corrals am Stadtrand. Immer wieder versuchten einzelne Tiere auszubrechen. Rings um das Gatter standen Neugierige. Der wogende Staub, den die Hufe in die heiße Luft rissen, hielt sie nicht davon ab, den Cowboys bei der Arbeit zuzuschauen.

Es herrschte so etwas wie Jahrmarktstimmung auf dem Gelände vor der großen Stadt, auf dem der Pferde- und Rindermarkt abgehalten wurde. Es gab für die Kinder sogar ein kleines Karussell mit hölzernen Pferden, die zwei Jugendliche mit ihrer Körperkraft auf dem runden Podium zum Kreisen brachten.

Eine Drei-Mann-Kapelle gab ihr Bestes. Über einem großen Feuer wurde ein Ochse gebraten. An einigen mit Girlanden geschmückten Jahrmarktbuden mit irgendwelchen Attraktionen drängten sich die Besucher.

Einige Auktionatoren redeten sich schon die Münder fusselig, um die Pferde zum bestmöglichen Preis an den Mann zu bringen. Geschäfte wurden per Handschlag getätigt, viel Geld wechselte den Besitzer.

Als die Pferde der Horseshoe im Corral waren und sich Jane an den Versteigerer wenden wollte, um ihm die Liste mit den Mindestgeboten zu übergeben, trat Tex Sherman an sie heran. Schweiß rann über sein Gesicht und zog helle Spuren in die Staubschicht, die sich auf seine Haut gelegt hatte.

"Werde ich noch benötigt, Jane?", fragte er, nachdem er sich den Hals freigeräuspert hatte. "Ich würde gerne mal in der Stadt ein paar Erkundigungen wegen Buster Kincaid einziehen."

Sein Blick versank in dem Janes. Er schaute sie intensiver an, als es das, was er gesprochen hatte, erforderlich machte.

Jane wurde verlegen und errötete. Sein Blick bereitete ihr Unbehagen. Sie spürte, dass sich bei Sherman etwas entwickelte, das sie nicht zu erwidern vermochte.

"Dooley, Welsh und ich schaffen es schon", versetzte sie. "Gehen Sie nur, Tex. Und geben Sie auf sich acht. Amarillo wird an den Abenden des Pferdemarktes zum Sündenpfuhl."

Er ging zu einem Wasserfass, wusch sich Staub und Schweiß aus dem Gesicht und trocknete sich mit seinem Halstuch ab. Noch kurze Zeit beobachtete er Jane, die sich an den Auktionator gewandt hatte und mit diesem sprach. Mit einer ausholenden Armbewegung wies sie über das Rudel erstklassiger Pferde in dem Stangencorral.

Sherman ging zu seinem Pferd, das er an einer der Querstangen festgebunden hatte. Er machte es los und stieg auf. Ehe er in Richtung Stadt ritt, suchte sein Blick noch einmal Jane. Als spürte sie es, dass er sie anstarrte, drehte sie sich zu ihm herum. Er lachte ihr zu und winkte. Dann nahm er seinen Braunen um die rechte Hand und ließ die Zügel locker.

Aus dem ganzen Panhandle waren die Ranchbosse und ihre Cowboys nach Amarillo gekommen. Auch einige Farmer boten ihre Erzeugnisse an. An den Haltebalken der Saloon drängten sich die Pferde. Verworrener Lärm durchzog die Stadt.

Vor dem 'Blue Bird Saloon' saß Sherman an. Er stellte sein Pferd in die Reihe der anderen Tiere, die hier standen und mit den Schweifen nach den lästigen, blutsaugenden Bremsen an ihren Flanken schlugen.

Tex Sherman stieg die vier Stufen zum Vorbau hinauf und stieß die Pendel der Flügeltür auseinander. Tabakqualm trieb ihm entgegen. Stimmen schwirrten durcheinander. Gelächter ertönte. Der Geruch von Bier und Schweiß erfüllte den Schankraum. Hinter der Theke hantierten zwei Keeper mit Gläsern und Flaschen. Eine Handvoll hübscher Girls bedienten die Gäste an den Tischen. Am Tresen standen die Burschen in Zweierreihe.

Sherman wurde kaum beachtet. Er trat an das Ende der Theke, schob sich zwischen zwei Kerlen hindurch und wartete, dass ihn einer der Keeper nach seinem Wunsch fragte.

Einer der Burschen neben ihm am Tresen stieß ihn an und sagte: "Heh, Stranger, von welcher Ranch kommst du? Dich hab ich noch nie gesehen. Für welches Brandzeichen drückst du den Sattel?"

Der Bursche hielt ein Glas Brandy in der Rechten und drehte es in der Hand. Fordernd schaute er Tex an. Seine Augen waren schon etwas gerötet vom Alkohol.

"Warum willst du das wissen, Amigo? Ist es nicht egal, auf welcher Ranch ich den Sattel quetsche? Ich hab dich auch noch nie gesehen. Sicher kennen dich und mich die wenigsten hier. Der Panhandle ist groß."

"Sag es mir!", beharrte der Cowboy auf seiner Forderung. "Ich bin von der Green Belt. Du hast dich zwischen mich und meinen Gefährten gedrängt. Wir haben uns gerade unterhalten. Das ist nicht gerade die feine Art, Stranger."

"Tut mir leid", murmelte Sherman, der keinen Ärger mit dem Burschen wollte. "Ich lasse mir nur ein Glas Bier geben und dann bin ich schon wieder fort. Tut mir echt leid, wenn ich eure Unterhaltung gestört habe."

Der andere der beiden, zwischen die er sich gedrängt hatte, versetzte ihm einen groben Stoß in den Rücken. "Warum entschuldigst du dich bei Rossiter? Meine Unterhaltung hast du auch gestört."

Shermans Züge verschlossen sich. Er drehte den Kopf zu dem anderen herum. "Die Entschuldigung galt für beide, mein Freund", sprach er ruhig, fast sanft. "Du wirst dich damit zufrieden geben müssen."

"Nein, damit gebe ich mich nicht zufrieden, Hombre." Der Bursche schüttelte stur den Kopf. Auch er hatte schon mehr Brandy intus als ihm gut tat. Er trat einen Schritt von der Theke weg. "Du wirst dich jetzt auch bei mir entschuldigen. So richtig wie ein artiger Junge. Du sagst: Entschuldige, Mister Donelly, dass ich deine Unterhaltung mit Mister Rossiter gestört habe. Ich bitte tausend Mal um Entschuldigung. Los, sag es!"

Die beiden waren auf Verdruss aus. Sherman spürte es ganz deutlich. Der Verstand sagte ihm, dass er klein beigeben sollte. Sein Stolz aber ließ es nicht zu, dass er sich vor den beiden Kuhtreibern demütigte. Darum stieß er abgehackt hervor: "Du solltest nicht soviel Brandy in dich hineinschütten, mein Freund, wenn du ihn nicht verträgst. Oder ist es gar nicht der Brandy? Hast du vielleicht Kuhmist in der Birne? Und du bist gar nicht betrunken sondern blöd!"

Ron Donelly prallte regelrecht zurück.

Es dauerte etwas, bis er das verarbeitet hatte. Plötzlich aber veränderte Wut seine Miene. Aus seinem Mund brach ein zorniges Keuchen, dann grollte sein Organ: "Dafür schlag ich dich in Stücke, Mister. Yeah, ich werde dir dein großes Maul mit den Fäusten stopfen."

Und Dave Rossiter zischte gehässig: "Und wenn Ron dir die heilige Mannesfurcht eingebläut hat, dann kriegst du von mir den Rest, Hombre. Bevor wir dich aber klein machen, sag uns trotzdem, auf welcher Ranch zu arbeitest. Dann können wir deine Kumpel verständigen, damit sie die Überreste von dir zusammenfegen."

"Ich stehe auf der Lohnliste der Horseshoe Ranch", knurrte Sherman und schlug zu.

Ron Donelly bekam seine Faust gegen das Jochbein. Sein Kopf wurde auf die Schulter gedrückt, ein erschreckter Laut kämpfte sich in seiner Brust hoch und erstickte in der Kehle.

Aber das bekam Sherman schon nicht mehr mit. Wild hatte er sich Dave Rossiter zugewandt. Und dem hämmerte erst die Linke, und sogleich die Rechte in den Leib. Rossiters Mund klaffte auf, seine Augen weiteten sich, die beiden Schläge nahmen ihm die Luft und er japste wie ein Karpfen auf Landgang.

Sofort bildete sich ein Kreis aus Leibern um die drei. Selbst wenn Tex Sherman fliehen wollte: Die Rotte stand Schulter an Schulter und bildete eine Mauer, die zu durchdringen ihm unmöglich gewesen wäre.

Dave Rossiter presste beide Hände vor den Bauch und wankte zur Seite. Plötzlich konnte er durchatmen. Mit Vehemenz füllten sich seine Lungen mit Luft. Ein Hustenreiz befiel ihn. Er artete aus zu einem richtigen Anfall. Er hustete sich fast die Lunge aus dem Leib.

Donelly aber hatte sich von dem Haken erholt, der ihm das Hirn durch und durch geschüttelt hatte. Der Schlag schien ihn ernüchtert zu haben. Er grollte: "Jetzt kriegst du es, Mister. Jetzt mache ich dich alle. Pass auf..."

EIN BLICK IN DONELLYS Gesicht führte Sherman die ganze Gefährlichkeit, Unberechenbarkeit und Verschlagenheit dieses Burschen vor Augen. Und er stellte sich auf jedwede Heimtücke und Gemeinheit von Seiten seines Gegners ein.

Donelly winkelte die Arme an und ballte die Hände. Auch Sherman nahm Kampfstellung ein. Die Blicke der beiden Männer verkrallten sich ineinander. In Donellys Augen flackerte es jäh auf, ein böses Glitzern trat in sie - sein Bein zuckte unvermutet und ansatzlos hoch.

Donelly wollte dem Kampf in heimtückischer Weise ein schnelles Ende bereiten. Er wollte den Gegner kampfunfähig machen und ihm dann gnadenlos den Rest geben. Das Wort Fairness war diesem Burschen fremd. Einen Ehrenkodex kannte er nicht. Er wollte zerschlagen, vernichten – er wollte den anderen zertrümmern.

Tex Sherman jedoch war auf der Hut. Er wich zurück und prallte mit dem Rücken gegen den Tresen. Mit beiden Händen konnte er den gemeinen Tritt abfangen, mit einem Ruck drehte er Donellys Fuß nach rechts und verdrehte so dessen Bein. Donelly versuchte - mit beiden Armen verzweifelt rudernd -, das Gleichgewicht zu bewahren, und es gelang ihm, sein Bein aus Shermans Händen zu winden.

Ein tiefes Knurren entrang sich ihm, dem Knurren einer wütenden Dogge nicht unähnlich. Im nächsten Moment hechtete er auf Sherman zu. Und dieser konnte nicht weiter zurückweichen, denn der Schanktisch behinderte ihn. Er empfing Donelly mit einer kurzgeschlagenen Doublette auf die Rippen. Donelly wurde die Luft aus den Lungen gedrückt. Ein Schwall heißer Atemluft streifte Shermans Gesicht. Sonst aber schienen Donelly die beiden Haken kaum etwas auszumachen. Seine Arme legten sich wie Stahlklammern um Shermans Oberkörper und pressten ihm mit unwiderstehlicher Gewalt die Arme gegen den Leib.

"Ich zerdrücke dich zu Brei!", quetschte Donelly zwischen den Zähnen hervor. "Was von dir übrig bleibt, werfe ich den Schweinen zum Fraß vor."

Tex Sherman hatte das Gefühl, zwischen den Backen eines riesigen Schraubstocks eingeklemmt zu sein. Donelly entwickelte fast übermenschliche Kräfte. Seine grenzenlose Wut und der Wille, den Gegner zu vernichten, verliehen sie ihm.

Sherman wusste, dass er diesem immensen Druck nicht mehr lange standhalten konnte. Seine Lungen bekamen schon nicht mehr den nötigen Sauerstoff. In Shermans Kopf entstand ein gewaltiger Druck, in seinen Ohren brauste es, er verspürte Schwindelgefühl. Alles in ihm bäumte sich dagegen auf, sich in der beginnenden Benommenheit treiben zu lassen und vielleicht in die Besinnungslosigkeit abzugleiten.

"Ja, zerquetsche ihn!", hechelte Dave Rossiter, der immer noch keuchte und hustete und dem die Tränen über die Wangen liefen. "Zerquetsche ihn wie eine Laus!"

In Tex Shermans Augen glühte der Wille auf, diesen Kampf zu gewinnen. Der Widerstandswille überwand alle körperlichen Nöte. Tief holte Sherman Luft. Seine Schultern hoben sich, er schien plötzlich zu wachsen. Einen Herzschlag lang spürte er, wie sich der Druck um seinen Oberkörper verringerte, und ehe Donelly nachfassen und ihn wieder verstärken konnte, explodierte Sherman. Er sprengte

Donellys Umklammerung mit einem kraftvollen, abrupten Ruck seiner Arme und knallte seinem Gegner in blitzschneller Folge erst die rechte und dann die linke Faust in den Magen. Donellys Lippen sprangen auseinander, ein gehetzter Ton entfuhr ihm, die Augen quollen ihm aus den Höhlen und er krümmte sich Sherman entgegen.

Aber Tex Sherman versetzte ihm lediglich einen derben Stoß, der Donelly zurücktaumeln ließ. So verschaffte Sherman sich Bewegungsfreiheit. Der Druck in seinen Ohren ließ nach. Er bekam die Rebellion seiner Gefühle wieder in den Griff. Herzschlag und Puls nahmen wieder den normalen Rhythmus auf.

Sie belauerten sich. Keinem entging auch nur ein Wimpernzucken des anderen. Donelly fing an, Sherman zu umrunden. Sherman drehte sich langsam auf der Stelle. Unvermittelt drückte sich Donelly ab. Er flog regelrecht auf Sherman zu. Dieser tauchte zur Seite weg. Donelly taumelte an ihm vorbei ins Leere und kam erst unmittelbar vor der Mauer aus Leibern, die den Kampfplatz eingrenzte, zum Stehen.

Da war Sherman schon wieder heran. Donelly spürte Shermans harten Griff an der Schulter und wurde im nächsten Augenblick herumgewirbelt. Instinktiv duckte er sich, Shermans Faust wischte über seinen Kopf hinweg. Und nun ließ Donelly seine Faust fliegen. Sie donnerte gegen Shermans Brust und der krachende Schlag stieß Sherman zwei Schritte zurück. Er atmete hart und stoßweise, und sah Donelly erneut auf sich zuschnellen. Wie Dreschflegel wirbelten Donellys Arme durch die Luft. Sherman hatte Mühe, den Schlägen auszuweichen. Donellys Faust radierte über seine Schläfe, dann wurde Sherman am Kinn getroffen. Er blockte zwei, drei weitere Schwinger ab und als sich Donelly wieder auf ihn werfen wollte, glitt er tänzerisch einen Schritt zur Seite.

Mit einem wüsten Fluch auf den Lippen fuhr Donelly zu ihm herum. Aus der Drehung heraus schickte er die Rechte auf die Reise. Sherman wehrte den Schlag mit dem Unterarm ab. Gleichzeitig holte mit der Rechten zu einem mörderischen Schwinger aus. Wie ein

Dampfhammer kam der Schlag aus der Hüfte, knochentrocken knallte die Faust gegen Donellys Kinn. Der Treffer stellte Donelly auf die Zehenspitzen. Shermans nächster Haken trieb ihn zurück, ließ ihn schwanken und seinen Kopf haltlos von einer Seite auf die andere pendeln. Er zeigte Benommenheit, schien einen Moment lang völlig orientierungslos zu sein, wurde aber aus seiner Betäubung gerissen, als er Sherman wie durch eine Nebelwand auf sich zukommen sah.

Übergangslos befiel Ron Donelly die Angst, dass er diesen Kampf verlieren könnte. Sein Verstand blockierte, das Herz drohte ihm in der Brust zu zerspringen. Es war fast Panik, die in ihm hochspülte und die ihn seine Lähmung, diese kaum zu überwindende Starre, abschütteln ließ.

Dazu kam, dass Donelly ein harter Brocken war, ein Mann aus Stahl. Und dann war da noch der Hass auf Sherman, der ihn bisher regelrecht vorgeführt hatte, der Donelly antrieb und beflügelte.

Aus blutunterlaufenen Augen stierte er Sherman an. Und dann trat er in Aktion. Seine Fäuste flogen. Sein Verstand schien ausgeschaltet zu sein, die blinde Wut diktierte ihn. Ein einziger seiner Heumacher hätte sicher ein Longhorn von den Beinen geholt. Aber seine Schwinger und Uppercuts pfiffen ins Leere. Denn im Gegensatz zu ihm behielt Tex Sherman seinen klaren Kopf. Geschmeidig wich er aus, er blieb in den Knien elastisch, tänzelte hin und her und bot Donelly keine Blöße.

Wieder zischten Donellys Fäuste über seinen Kopf hinweg. Sherman befand sich fast in der Hocke. Er zog einen Schwinger nach oben und seine Faust bohrte sich in Donellys Leib. Donelly knickte in der Mitte ein, instinktiv zuckten seine Arme nach vorne, doch Sherman kam behände hoch, sein Haken donnerte gegen Donellys Kinnwinkel, drückte seinen Kopf auf die Schulter und schleuderte ihn zur Seite.

Wieder torkelte Donelly gegen die Wand aus Leibern, gierig sog er die Luft in seine Lungen. Sein Gesicht zeigte schon Schwellungen, Blutergüsse und kleine Platzwunden. Seine Brust hob und senkte sich unter rasselnden Atemzügen.

Sherman wartete. Ihm entging nicht die Not Donellys, und dessen momentane Schwäche wollte er nicht ausnutzen. Vielleicht war es ein Fehler, fair zu sein, aber Sherman konnte nun einmal nicht aus seiner Haut. Also ließ er seinem Gegner Zeit, neue Kräfte und Energien zu mobilisieren.

Doch jetzt war es Dave Rossiter, der das Ruder herumreißen wollte. Er hatte seinen Hustenanfall überwunden. Ihm entging nicht, dass sein Kumpel Ron ziemlich angeschlagen war. Donelly keuchte und schwankte wie ein Grashalm im Wind.

Rossiter stürzte sich mit einem wilden, hassvollen Aufschrei und wild schwingenden Armen auf Tex Sherman.

Ehe Sherman richtig begriff, musste er zwei knochentrockene Haken einstecken. Er taumelte und sah Sterne. Instinktiv sprang er zurück. Zwei weitere Schwinger Rossiters pfiffen ins Leere. Aus den Nebeln der Benommenheit schälte sich das Gesicht des Green Belt-Reiters. Sherman wich weiter zurück. Jemand versetzte ihm einen Stoß und er taumelte Rossiter entgegen. In dessen Augen glühte es triumphierend auf...

Da peitschte eine Stimme: "Schluss! Verdammt! Aufhören!"

Zwei Männer bahnten sich rücksichtslos einen Weg durch die Rotte der Schaulustigen. Sie trugen abgesägte Schrotflinten mit sich. An ihren Westen prangten Sterne. Es waren zwei Deputys.

Rossiter, der die Faust schon erhoben hatte, um sie dem vorwärtstaumelnden Tex Sherman mitten ins Gesicht zu rammen, hielt inne.

"Okay!", stieß einer der Deputys hervor. "Wer von euch Narren hat angefangen?"

Abwechselnd musterte er mit fragendem Blick die beiden Green Belt-Reiter und Tex Sherman. Plötzlich stutzte er. Er trat einen Schritt näher an Sherman heran und starrte ihm aus nächster Nähe ins Gesicht. "Heh, Mister, woher kenne ich Sie? Sagen Sie mir Ihren Namen."

"Sherman. Ich heiße Tex Sherman. Ich bin erst seit wenigen Tagen in der Gegend. Die Horseshoe Ranch hat mir einen Job geboten. Wir haben Pferde in die Stadt gebracht. Ich wollte mir hier ein Bier genehmigen..."

Grübelnd und forschend musterte der Deputy Tex Sherman.

Plötzlich schnappte der andere Bursche mit dem Stern: "Natürlich, ich kenne ihn auch. Es ist Lance Bannister, der in der Nähe von Fort Worth seinen Boss abgeknallt hat. Er ist zur Fahndung ausgeschrieben. Der Steckbrief ist fast noch druckfrisch."

Lance Bannister alias Tex Sherman handelte ansatzlos. Er rammte den Deputy mit der Schulter zur Seite und war mit einem kraftvollen Satz in der Menge untergetaucht, die sie einkreiste. Einige Männer stürzten. Andere hatte damit zu tun, ihr Gleichgewicht zu wahren.

Rücksichtslos bahnte Lance Bannister sich einen Weg. Geschrei erhob sich, Flüche wurden laut.

"Haltet ihn auf!", brüllte einer der Deputys mit kippender Stimme.

Doch Bannister hetzte bereits zwischen den Tischreihen hindurch zum Ausgang. Hinter ihm wälzte sich ein Knäuel aus Leibern am Boden.

"Hinterher!", röhrte ein Organ.

Da sprang Bannister schon auf den Vorbau. Wild schlugen hinter ihm die Türpendel.

LANCE BANNISTER WANDTE sich nach links. Seine Schritte dröhnten auf dem Vorbau. Er sprang auf den Gehsteig, tauchte unter dem Geländer hindurch und befand sich am Rand der Fahrbahn. Er spurtete los. Passanten blieben verdutzt stehen und blickten ihm hinterher.

"Stehen bleiben!", gellte es. Die Deputies hatten sich den Weg nach draußen ebenfalls freigekämpft. Einer riss den Colt heraus und schoss in die Luft.

Sofort entstand auf der Straße Hektik. Die Menschen verschwanden blitzschnell in Gassen, Passagen und Häusern.

Die beiden Deputys hetzten los. Bannisters Vorsprung betrug etwa 50 Schritte. Er rannte schräg über die Fahrbahn und verschwand in einer engen Gasse. Es war eine Sackgasse. Nach 20 Yards etwa war Schluss. Bannister sah es sofort. Eigentlich war es nur eine Zufahrt zu einem riesigen Schuppen, wahrscheinlich einer Lagerhalle. Bei dem Gebäude war jedenfalls Schluss.

Aber zurück konnte Bannister nicht mehr. Die beiden Sternträger waren nahe genug heran, um ihn mit ihren Shotguns in Hackfleisch zu verwandeln.

Lance Bannister riss seinen Colt heraus und hastete weiter.

Das Tor des Schuppens war geschlossen. Aber daneben war eine Tür. Sie ließ sich öffnen.

In der Gasse trampelten die Schritte der Deputys. In dem Moment, als Bannister die Schuppentür aufriss, zog einer durch. Aber da war Bannister schon in Sicherheit. Die Schrotladung prasselte in die Schuppenwand und in die Tür, die Bannister hinter sich zugeworfen hatte.

Um ihn war es düster. Durch einige Ritzen in den Bretterwänden fielen dünne Lichtstreifen. Es roch nach Heu und Stroh und nach Getreide. Überall an den Wänden waren prall gefüllte Säcke übereinander gelagert. Bannister sagte sich, dass er im Lagerhaus der Futtermittelhandlung gelandet sei.

Er rannte zur Rückwand des Schuppens und ging hinter einem Stapel der Getreidesäcke in Deckung.

Vorne wurde vorsichtig die Tür aufgestoßen. Tageslicht flutete ein Stück in den Schuppen. Es erreichte die rückwärtige Seite nicht. Einer tönte: "Komm raus, Bannister! Oder müssen wir dich rausholen? Dann wird es hart und bitter für dich."

Der Geächtete rührte sich nicht. Er spähte über die Säcke hinweg. Seine Rechte hatte sich regelrecht am Revolverknauf festgesaugt.

Ein Schuss krachte. Mit dem donnerähnlichen Knall glitt eine Gestalt um den Türstock. Ein wahrer Hagel aus groben Sauposten prasselte gegen die Rückwand und in die Säcke mit Hafer und Mais. Getreide rieselte auf den Boden. Der ätzende Geruch von verbranntem Pulver zog durch die Lagerhalle.

Der Deputy war hinter einem Berg von Säcken verschwunden. Bannister vernahm das trockene Knacken, mit dem er den Hahn des Colts in die Feuerrast zog.

Wieder brüllte eine Shotgun auf. Wieder prasselten die Bleikörner wie ein Hagelschauer durch den Schuppen. Und jetzt begann der Colt des Deputys zu hämmern, der bereits in der Halle war. Er feuerte seine Kugel blindlings in die Gegend und ermöglichte es seinem Kollegen, in den Schuppen zu gleiten und in Deckung zu gehen.

Schlagartig verstummte sein Colt. Wie Nebel wogte über dem Stapel von Säcken der Pulverdampf.

Bannister hatte noch keinen einzigen Schuss abgegeben. Krampfhaft suchte er nach einem Ausweg. Wenn er einen der Deputys verletzte oder gar tötete verschlimmerte er seine Lage nur.

Aber hatte er überhaupt noch etwas zu verlieren?

Die Bereitschaft in ihm, sich den Weg notfalls freizuschießen, wurde zur grimmigen Entschlossenheit. Jeden Moment konnten weitere Hilfssheriffs auftauchen. Und wenn der Schuppen erst einmal umstellt war, saß er wie ein Fuchs im Hühnerstall in der Falle.

Hinter Bannister war die Rückwand. Es war die einzige Möglichkeit, den Schuppen zu verlassen, ohne den Deputys sein Blei um die Ohren knallen zu müssen. Er setzte sich auf den Boden und stemmte sich mit dem Rücken gegen den Stapel aus Säcken. Bannister zog die Beine an und ließ sie sogleich mit aller Kraft nach vorne schnellen. Die Wand wurde erschüttert. Es knirschte rostig, als die Nägel, die die Bretter am Querbalken hielten, ein Stück aus dem Holz glitten. Bannister benutzte noch einmal die Beine wie Rammböcke. Die beiden Bretter hingen nur noch an den oberen Nägeln.

"Verdammt, er tritt die Rückwand hinaus!", schrie einer der Deputys. "Warum kommt nicht endlich Verstärkung, damit wir den Schuppen umstellen können?"

Bannister war ein wenig zur Seite gerutscht und nahm sich die nächsten beiden Bretter vor. Wieder ging eine Erschütterung durch die Wand. Wieder knarrte und knirschte es. Er prellte sich die Beine, aber er ignorierte es. Der nächste Tritt fetzte die Bretter vom unteren Balken. Aber noch hingen sie an dem Querbalken, der sich in einer Höhe von etwa zweieinhalb Yards über mehrere Stützpfeiler zog.

Bannister erhob sich, äugte über die Säcke hinweg und sah einen der Deputys die Stellung wechseln. Der Bursche rannte geduckt zur Seitenwand. Als Bannister seinen Arm mit dem Colt über die Säcke schwang, begann bei dem anderen Hilfssheriff der Colt zu krachen. Gedankenschnell zog Bannister den Kopf ein und jagte blindlings zwei Schüsse aus dem Lauf.

Ein schriller Aufschrei ertönte, dann ein dumpfer Fall, und dann eine schmerzgepresste Stimme: "O verdammt, er hat mir eine Kugel in die Wade geknallt. Die Hölle verschlinge diesen dreckigen Banditen!"

Lance Bannister warf sich mit seinem ganzen Gewicht gegen die losgetretenen Bretter. Sie hielten nicht stand. Sie flogen davon, als wäre in dem Lagerhaus eine Ladung Dynamit hochgegangen. Und Bannister flog hinterher. Einige Kugeln folgten ihm. Der Donner stieß aus der Lücke in der Schuppenwand und über Bannister hinweg, der auf dem Bauch lag und jetzt schnell zur Seite robbte.

Dann sprang er auf. Er flankte über einen Gartenzaun und verschwand hinter dichtem Gebüsch.

Als der unverletzte Deputy aus dem Loch in der Wand sicherte, war von Bannister nichts mehr zu sehen.

Er gab auf, holsterte seinen Colt und ging zu seinem Kollegen, der am Boden saß und mit beiden Händen seine blutende Wade umklammerte. "Komm, ich bringe dich zum Doc. Der Hurensohn soll verfaulen."

Er half dem Verletzten hoch. Schwer auf seinen Gefährten gestützt humpelte der blutende Mann nach draußen.

DIE SCHÜSSE IN DER Stadt hatten Joe und ich natürlich auch vernommen.

"Ein paar ausgelassene Kerle, die ihre Kugeln in die Luft ballern", meinte Joe achselzuckend.

"Mit einer Shotgun?", fragte ich zweifelnd.

"Verdammt, du hast recht. Hört sich an wie ein Kampf. Aber in Amarillo für Ruhe und Ordnung zu sorgen ist Sache des Sheriffs und seiner Gehilfen."

"Ich sehe trotzdem mal nach."

Ich sprach es und ging zur Tür. Joe seufzte und folgte mir. Wir verließen unser Office und traten wenig später auf die Straße. Wir schritten die Main Street entlang, die sich langsam wieder mit Leuten füllte.

Aus einer engen Gasse kamen zwei Männer. Einer stützte sich schwer auf den anderen. Er hinkte stark. An ihren Westen sah ich Sterne funkeln. Zwei andere Deputies kamen die Straße heraufgerannt. Der Sheriff von Amarillo verfügte über einen ganzen Stab von Gehilfen.

Joe und ich vertraten den Deputys den Weg. "Was war los?", platzte es über Joes Lippen.

"Ein Hombre, der steckbrieflich gesucht wird, war im Blue Bird in eine Schlägerei mit zwei Green Belt-Reitern verwickelt. Zuerst wollten wir nur schlichten. Aber dann erkannte ich Lance Bannister. Er hat bei Fort Worth seinen Boss ermordet und ausgeraubt. Sein Kopf ist der Regierung 1000 Bucks wert. Leider ist er uns entkommen. - Doch jetzt lasst uns weitergehen. Hank braucht einen Doc."

Wir traten zur Seite.

Die beiden anderen Deputys kamen ziemlich außer Atem bei uns an. Sie gesellten sich zu ihren Kollegen und ließen sich aufklären. Aus der Hose des Verwundeten tropfte Blut auf die Straße.

Ratlos schaute ich Joe an. "Ich denke Buster Kincaid hat bei Fort Worth seinen Boss ermordet und ausgeraubt. Jetzt heißt der Mörder plötzlich Lance Bannister. Wirst du daraus schlau?"

"Nein. Aber gehen wir in das Sheriff's Office. Wenn es einen Steckbrief von diesem Bannister gibt, dann sind wir vielleicht schlauer, wenn wir sein Konterfei gesehen haben."

Eine düstere Ahnung befiel mich. Mir kam Tex Sherman in den Sinn. Irgendwie wurde ich das Gefühl nicht mehr los, dass er bis zum Hals in der Sache steckte. Ich beschleunigte meine Schritte. Joe trabte neben mir her.

Meine Ahnung bestätigte sich. Das Gesicht auf dem Steckbrief war eindeutig das Tex Shermans.

Mir fiel ein, dass Jane ihn auf ihre Lohnliste setzte, weil sie ein Rudel Pferde in die Stadt zum Verkauf treiben wollte. Ich sagte: "Ich denke, draußen beim Viehmarkt ist Jane. Ich reite zu ihr. Sie muss erfahren, dass Tex Sherman in Wirklichkeit Lance Bannister heißt und ein steckbrieflich gesuchter Mörder ist."

"Natürlich", griente Joe anzüglich. "Das ist sicher der einzige Grund, aus dem du sie sehen willst. Dazu brauchst du mich ja nicht. Reite nur, Logan-Amigo. Ich will mal nachsehen, ob wir den Steckbrief auch bekommen haben. Wenn Bannister nämlich die Stadt verlassen hat, fällt er in unsere Zuständigkeit. Ich schätze mal, dass der Richter 'One Eye' Jim Tucker auf ihn ansetzt."

"Heavens, Joe, wer ist nun der Mörder dieses Ranchers? Lance Bannister oder Buster Kincaid?"

"Dem Steckbrief nach zu urteilen Lance Bannister", knurrte Joe sarkastisch.

"Dann hat er Jane, Lionel und mir eine Menge Sand in die Augen gestreut."

Wenig später ritt ich hinaus vor die Stadt, wo buntes Treiben herrschte und die Stimmen der Auktionatoren wie geschmiert gingen. Diese Kerle konnten schneller reden als die meisten Menschen zu denken vermochten.

Ich traf Jane bei dem Corral mit ihren Pferden.

Sie blickte mir ernst entgegen. Als ich absaß, trat sie an mich heran und sagte: "Was hatte es mit der Schießerei in der Stadt auf sich, Logan? Tex Sherman kam vorhin hier an und bat mich, ihm eines unserer Sattelpferde zu leihen. Er meinte, er könne sein Tier nicht abholen, habe es aber sehr eilig. Ich habe Dooley losgeschickt, damit er Shermans Pferd vor dem Blue Bird Saloon wegholt."

"Er heißt nicht Tex Sherman sondern Lance Bannister und wird wegen des Mordes steckbrieflich gesucht, Jane. Vorhin hat er sich mit zwei Deputys eine Schießerei geliefert und hat einen der beiden am Bein verwundet. Wo ist Bannister jetzt?"

Der Schreck bei ihr saß tief. Das, was ich ihr sagen musste, traf sie wahrscheinlich bis in den Kern. Jane wurde bleich. Ihre Lippen zuckten, ihre Nasenflügel bebten. Ich sah die Schlagader an ihrem schlanken Hals heftig pulsieren. Sie musste zweimal ansetzen, dann entrang es sich ihr brüchig:

"Er hat sich auf das Pferd geschwungen und ist davongejagt, als säße ihm der Leibhaftige im Nacken. Gütiger Gott - ist er wirklich ein Mörder?"

"Ich weiß es nicht." Meine Stimme klang rau und belegt. "Sprach er sonst noch etwas?"

"Nein. Er hatte es sehr eilig. Als er wegritt, rief er mir noch zu, dass ich wieder von ihm hören würde. Das war alles."

Ich verabschiedete mich von Jane und kehrte zum Court House zurück.

ICH TRAF JOE BEIM RICHTER. Auch 'One Eye' Jim Tucker war da. Er faltete gerade ein Blatt Papier zusammen, um es in die Innentasche seiner Weste zu schieben.

"Und?" Joe sah mich fragend und erwartungsvoll an.

Ich hakte die Daumen in den Patronengurt. "Er hat sich draußen bei den Corrals ein Pferd von Jane Carter ausgeliehen und ist geritten wie der Teufel."

"Was denken Sie, Logan?", fragte mich der Richter.

Ich schaute ihn fragend an.

Er präzisierte seine Frage: "Halten Sie Bannister für einen Mörder, oder geht der Mord bei Fort Worth auf das Konto dieses Buster Kincaid? Bannister ist nicht zufällig in den Panhandle gekommen. Dass dieser Buster Kincaid hier existent ist, untermauert die Story, die er Ihnen erzählt hat."

Tucker hatte den Steckbrief verstaut. Er erhob sich. "Ich mache mich auf den Weg, Sir." Er tippte mit dem Zeigefinger an die Hutkrempe und machte kehrt.

"Lebendig, Tucker", rief der Richter hinter ihm her. "Ich will Lance Bannister lebend. Klar?"

Der Einäugige hob nur die Hand zum Zeichen dafür, dass er verstanden hatte.

Die Tür klappte hinter ihm zu.

"Bannister lässt sich nicht lebend einfangen", erklärte ich im Brustton der Überzeugung. "Er hat sich nicht gescheut, den beiden Deputys sein Blei um die Ohren zu knallen. Ich habe mit Bannister gesprochen. Wenn die Geschichte stimmt, die er mir erzählte, dann wird er noch einmal mit mir reden. Übertragen Sie mir den Fall, Sir. Wenn Tucker ihn stellt, befürchte ich, dass Blut fließt."

Richter Humphrey schaute nachdenklich drein.

Schließlich aber schüttelte er den Kopf. "Sie und Joe kümmern sich um die Vorgänge am Mustang Creek, Logan. Tucker hat Order von mir, Bannister auf jeden Fall lebend nach Amarillo zu bringen. Er wird sich daran halten. Er ist ein hervorragender Marshal."

Es klang endgültig und bestimmt. Der Tonfall des Richters ließ keinen Widerspruch mehr zu.

Ich hatte mich zu fügen.

Plötzlich aber hob der Richter die Brauen. Ein feines Lächeln kräuselte seine Lippen. "Wenn Joe allerdings alleine die Sache am Mustang Creek schaukeln kann, haben Sie sozusagen frei, Logan. Und in Ihrer Freizeit können Sie natürlich machen, was Ihnen beliebt."

Ich musterte Joe von der Seite.

Mein Partner, der auf dem besten Wege war, ein echter Freund zu werden, lehnte sich auf dem Stuhl zurück und seufzte ergeben: "Das muss ich mir schwer überlegen, Sir. Aber ich werde darüber nachdenken. Zuviel Freizeit ist einem U.S.-Marshal möglicherweise gar nicht zuträglich und er kommt auf dumme Gedanken. Ja, ich werde in mich gehen und einige Gedanken anstellen."

Ich schoss ihm einen schrägen Blick zu.

Joe grinste dreckig.

"Okay, Marshals", nickte Humphrey. "Werden Sie sich einig. Und bringen Sie mir Ergebnisse. - Vergessen Sie eines nicht, Logan: Lance Bannister wird gesucht. Er ist geächtet und vogelfrei. Wir wissen nicht, wer der Mörder seines Ranchers ist. Ist es Bannister, dann redet er nicht mit Ihnen. Dann schießt er, um seinen Hals aus der Schlinge zu ziehen. Ich will Sie nicht verlieren, Logan. In der kurzen Zeit, in der Sie bei uns sind, haben Sie gezeigt, dass sie ein herausragender Mann sind. Seien Sie also vorsichtig."

Für ihn war es also klar, dass Joe den Job am Mustang Creek alleine machte.

Wir ließen den Richter allein.

Draußen sagte Joe: "Du musst wirklich höllisch auf Hut sein, Amigo. 'One Eye' ist ein Bluthund. Der härteste Hombre, den ich je kennen gelernt habe. Vor allem ist er absolut kompromisslos. Wenn er Bannister stellt und zuckt dieser auch nur falsch mit der Wimper, bläst ihn Tucker aus den Stiefeln. Und er wird es nicht schlucken, wenn du ihm in die Quere kommst."

"Ich muss Bannister also vor Tucker erwischen."

"So ist es. Wann reitest du?"

"Am besten gleich. Ich habe auch schon eine Idee, wohin Bannister geflohen sein könnte."

"Horseshoe Ranch, wie?"

Ich nickte. "Es ist nur eine vage Vermutung."

"Na denn, Hals- und Beinbruch, Amigo. Und gib auf dich acht. Es wäre wirklich schade um dich."

"Gleichfalls", knurrte ich, dann machte ich mich für den Ritt fertig.

ICH RITT ZUM MULBERRY Creek. Es war Nacht, als ich die Horseshoe Ranch erreichte. Lionel Hastings, Lonny und die beiden Cowboys schliefen. Ich nahm es zumindest an, denn nirgendwo auf der Ranch brannte Licht.

Blacky trug mich zwischen die Gebäude. Der Hufschlag pochte dumpf. In der Nacht trugen die Geräusche besonders weit. Ich lauschte und witterte und ließ meinen Instinkten freien Lauf.

Lionel schien keinen besonders tiefen Schlaf zu haben. Denn plötzlich wurde einer der Blendläden des Haupthauses aufgestoßen, ein Gewehrlauf, der im Mondlicht matt schimmerte, wurde herausgeschoben, und dann keifte der Oldtimer: "Wer bist du, Mister, und was willst du hier?"

"Ich bin's, Lionel. Marshal Logan. Ich suche Lance Bannister. Ist er irgendwann in den vergangenen zwei Stunden hier aufgekreuzt?"

Lionel erkannte meine Stimme. Das Gewehr wurde zurückgezogen. "Wer ist Bannister?", fragte er und zeigte sich in der Fensterhöhlung. Seine hagere Gestalt war kaum wahrzunehmen. Sie verschmolz mit der Finsternis im Raum.

"Uns hat er sich als Tex Sherman vorgestellt."

"Dann heißt er also gar nicht Sherman. Hat er etwas ausgefressen? Hat er Dreck am Stecken? Warum sonst sollte er einen falschen Namen angenommen haben?"

"Das erzähle ich Ihnen ein andermal, Lionel. Also, war er hier?"

"Nein."

"Okay. Ich bleibe den Rest der Nacht auf der Ranch, Lionel. Morgen in aller Frühe reite ich zurück. Ich werde in der Scheune schlafen."

"Sie können auch ins Haus kommen, Logan."

"Nein, aber dennoch vielen Dank."

Ich brachte Blacky in den Stall, zündete eine Laterne an und nahm dem Rappen Sattel und Zaumzeug ab. Dann stellte ich ihm Hafer und Wasser hin und nahm das Gewehr. Wenig später verkoch ich mich in der Scheune im Stroh.

Ich schlief ein.

Irgendwann schlug ich die Augen auf – auf mich fiel Licht, und mir starrte die Mündung eines 45er Colts mitten ins Gesicht. Einen Augenblick lang war ich von dem Lichtschein geblendet. Ich blinzelte. Dann sah ich klar.

Es war Lance Bannister. Ernst schaute er auf mich herunter. In der Linken trug er die Laterne. Sie schaukelte leicht an dem Henkel aus dickem Draht. Seine Lippen sprangen auseinander. "Ich ahnte es, dass man mich verfolgt. Dass sie ausgerechnet dich schicken, konnte ich natürlich nicht ahnen, Logan. Ich hatte mich in der Nähe der Ranch versteckt. Dann sah ich dich kommen. Du willst mich zurückbringen, nicht wahr?"

Er sprach mich mit dem vertrauten 'du' an. Ich registrierte es, sagte aber nichts dazu. Warum auch? Auf dieser Basis konnte ich vielleicht Vertrauen aufbauen.

Ich setzte mich auf. Stroh fiel von meiner Weste. "Ich wollte dich vor einem gewissen Ray Tucker erwischen", erklärte ich.

"Wer ist das?"

"Ein U.S.-Marshal, den Richter Humphrey auf dich angesetzt hat. Für ihn zählt nur der Steckbrief. Tucker ist tödlicher als die Cholera. Ich wollte dich vor ihm erwischen, um die Wahrheit aus deinem Mund zu hören."

Er fixierte mich voll Misstrauen. Hinter seiner Stirn arbeitete es. Ich konnte es von seiner nachdenklichen Miene ablesen.

Plötzlich ließ er die Faust mit dem Sechsschüsser sinken und stieß ihn ins Holster. Er ging auf die Hacken nieder. "Ich habe die Wahrheit erzählt, Logan. Verschwiegen habe ich lediglich, dass mir der Mord an Zack Wilder angehängt wurde und dass ich deswegen vom Gesetz verfolgt werde. Der wahre Mörder ist Buster Kincaid. Um meine Unschuld zu beweisen und Kincaid zu überführen bin ich in den Panhandle gekommen."

Ich starrte ihn an. Ein Zwiespalt der Gefühle brach in mir auf. Verflucht!, durchfuhr es mich. Kann ich ihm vertrauen? Spricht er die Wahrheit? – Yeah, es ist die Wahrheit. Was hätte er für einen Grund, zu dir zu kommen und dir seine Unschuld zu versichern? Zur Hölle mit dem Steckbrief! Er lügt nicht. Bannister ist kein Mörder. Verdammt, ich glaube ihm!

Und ich weiß selbst nicht so genau, was mich leitete, als ich sagte: "Buster Kincaid ist im Panhandle. Er hat oben am Mustang Creek einen Farmer erschossen. Angeblich war es Notwehr. Mein Partner Joe Hawk kümmert sich darum. Er befasst sich mit Buster Kincaid."

Lance Bannisters Gesicht veränderte sich schlagartig zu einer Physiognomie des Hasses und der tödlichen Leidenschaft. Er stieß die Luft durch die Nase aus. "Nein, Logan! Diesen Hurensohn hole ich mir." Er ruckte aus seiner kauernden Haltung in die Höhe. "Wo finde ich Kincaid?"

Ich begriff, dass ich einen Fehler begangen hatte. Bannister war plötzlich ein Bündel rastloser Ungeduld. Langsam erhob ich mich. Um Bannister abzulenken, schlug ich mit der flachen Linken die Strohhalme von meiner Hose.

"Sage es mir, Logan!", knirschte Bannister. "Ich will ihn an den Ohren nach Fort Worth schleifen. Er muss den Mord gestehen. Ich will endlich wieder mein Gesicht zeigen können, ohne befürchten zu müssen, dass jemand seinen Revolver auf mich richtet und abdrückt."

Blitzschnell zog ich den Remington. Und ich überrumpelte Bannister. Ein harter, unversöhnlicher Zug brach sich Bahn in seine Miene: "Aaah, so ist das also. Ich hätte es wissen müssen. Ich bin ein steckbrieflich gesuchter Bandit, du aber bist U.S.-Marshal. Warum habe ich dir nur vertraut?"

Es hatte bitter und enttäuscht geklungen. Und diese Gefühle drückten sich auch in seinen Augen aus.

Wortlos ging ich um ihn herum und zog ihm den Sechsschüsser aus dem Holster. Ich schob das Eisen in den Hosenbund. Dann nahm ich ihm die Laterne aus der Hand, und gab zu verstehen:

"Ich muss dich vor dir selber schützen, Bannister. Nicht nur, dass dir der eisenharte und kompromisslose Jim Tucker auf den Fersen sitzt: Ich kann auch nicht zulassen, dass du auf Buster Kincaid losgehst wie ein wutentbrannter Longhornbulle. Wenn du unschuldig bist, Bannister, werden wir das beweisen. Allerdings auf unsere Art. Und dann wirst du auf ganz legale Art den Fluch des Geächteten los. Also sei vernünftig und reite mit mir nach Amarillo. Den Rest aber überlasse uns – den U.S.-Marshals."

Sein Zahnschmelz knirschte.

Es gefiel ihm nicht.

Aber er musste es schlucken wie bittere Medizin.

Ich warnte ihn: "Du kannst es dir selbst aussuchen, wie du es haben möchtest, Bannister. Entweder du erreichst Amarillo aufrecht im Sattel sitzend, oder du liegst wie ein Paket verschnürt quer über dem Pferderücken. Es wird von dir selbst abhängen."

"Du elender Aasgeier hast mich hereingelegt. Wenn ich erst mal hinter Gittern sitze habe ich doch keine Chance mehr. Ich hatte einen heftigen Streit mit Zack Wilder und ich drohte ihm. Wir waren beiden betrunken. Kurz darauf war Wilder tot – in den Rücken geschossen. Kincaid beschwor, mit in der Nähe des Tatortes auf einem Pferd gesehen zu haben. Goddam, Logan, dir werde ich es zu verdanken haben, wenn man mich für einen Mord hängt, den ich nicht verübt habe."

"Warte es ab, Bannister." Ich sprach es und schlug mit dem Remington zu. Mit einem einzigen Schlag gegen den Hinterkopf legte ich ihn schlafen. Ich konnte mich nicht darauf verlassen, dass er sich fügte. Denn auf ihn fiel sozusagen der Schatten des Galgens. Wenn sich seine Unschuld nicht beweisen ließ, sprach alles für seine Schuld.

Ich sah mich um nach einer Schnur, mit der ich ihm die Hände fesseln konnte. Von einem Balken hingen einige Schnüre über einem Nagel. Da war auch ein dünner Lederriemen. Um ihn zu zerreißen hätte es der Kraft eines Titanen bedurft. Ich band Bannisters Hände auf dem Rücken zusammen, und als ich fertig war, erwachte er.

Die Erinnerung setzte sogleich bei ihm ein.

Unter halb gesenkten Lidern hervor starrte er mich feindselig an. Sicherlich war ich für ihn nichts anderes als ein hinterhältiger, gemeiner Bastard.

ALS WIR AUFBRACHEN, loderten über den fernen Bergen die ersten Lichtbündel wie gewaltige Feuersbrünste auf. Sie kündeten den Sonnenaufgang an.

Ich hatte Bannisters Gewehr in meine Deckenrolle geschoben. Seinen Colt verstaute ich in meiner Satteltasche. Bannisters Handfesseln hatte ich gelöst.

Lionel Hastings befand sich bei uns. Ich hatte ihn mit knappen Worten aufgeklärt. Er wandte sich an Bannister, der schon auf dem Pferd saß und verbissen auf einen unbestimmten Punkt in der Ferne starrte. Old Lionel ließ seine Stimme erklingen: "Du solltest Logan vertrauen, Bannister. Vor allem solltest du nicht versuchen, ihn auszuschalten, um auf eigene Faust gegen diesen Buster Kincaid in den

Krieg zu ziehen. Logan ist zu hart für dich, mein Junge. An ihm beißt du dir die Zähne aus. Er hat, ehe er den Stern nahm, in Clarendon einige Raubeine von der Green Belt auf ihre richtige Größe zurechtgestutzt. Du würdest den Kürzeren ziehen und Gefahr laufen, es dir bei ihm gewaltig zu verscherzen."

Bannister schwieg.

Ich schwang mich auf Blacky. "Vorwärts, Bannister. - Adios, Lionel." Ich hob grüßend die Hand.

Dann ritten wir. Ich achtete darauf, dass Bannister immer zwei Pferdelängen vor mir ritt. Die ersten Strahlen der Morgensonne brandeten über den östlichen Horizont und tauchten das Land in mattgoldenes Licht. Dann wurde es schnell hell.

Wir zogen am Mulberry Creek entlang, der bei Washburn, keine 20 Meilen von Amarillo entfernt, entsprang.

Als von Osten her Hufschlag heranprallte, fiel ich Blacky in die Zügel. "Stopp, Bannister!"

Das Getrappel wehte über eine Anhöhe heran und wurde rasch deutlicher. Ich griff nach der Winchester und stellte sie mit der Kolbenplatte auf das Sattelhorn.

Bannister hatte angehalten, sein Pferd halb herum genommen und belauerte mich. Ich beobachtete ihn aus den Augenwinkeln.

Auf dem Kamm der Anhöhe erschienen vier Reiter. Sie sahen uns unten beim Fluss und rissen die Pferde in den Stand. Sogleich aber gab einer ein Kommando und sie lenkten die Tiere den Abhang hinunter und näherten sich uns.

Es waren Cowboys.

Sie zerrten an den Zügeln, als sie bei uns angelangt waren und fixierten uns. Einer von ihnen dehnte nach einer ganzen Zeit der stummen Musterung: "Aaah, ein Marshal. Wer ist er?" Er wies mit dem Kinn auf Bannister.

"Mein Gefangener", versetzte ich. "Ich bringe ihn nach Amarillo."

"Du befindest dich auf Green Belt-Land, Sternschlepper", kam es respektlos. "Wir schätzen es aber nicht allzu sehr, wenn Fremde über die Weide der Green Belt reiten. Und die Schnüffler des District Courts schätzen wir ganz besonders wenig."

"Nun, ich kann dich nicht zwingen, mich zu schätzen. Es ist mir auch egal, ob du mich respektierst. Allerdings kannst du nicht verhindern, dass ich über Green Belt-Land nach Amarillo reite. Oder willst mich in der Ausübung meines Jobs behindern?"

Sie starrten mich fast mitleidig an. Der Sprecher der vier bog die Mundwinkel verächtlich nach unten. "Wir haben an den Weidegrenzen Warnschilder aufgestellt, Sternschlepper. Darauf steht geschrieben, dass Unbefugte auf dem Land der Green Belt nichts verloren haben. Mit diesen Schildern wird auch darauf hingewiesen, dass wir von der Schusswaffe Gebrauch machen, sollte sich dennoch ein Unbefugter hier herumtreiben. Dieser Mann -" er wies wieder mit dem Kinn auf Bannister, "- gehört nicht zur Green Belt. Also bist du nicht in Ausübung deines Dienstes auf dieser Weide. Darum rate ich dir, auf die andere Seite des Flusses zu reiten."

"Und wenn ich es nicht tue?"

Der Bursche grinste kantig. "Dann jagen wir dich hinüber. Ganz einfach."

Etwas in mir versteinerte. Es ging diesen Kerlen nicht darum, dass ich Bannister über Green Belt-Land nach Amarillo brachte. Diese Hombres suchten Streit. Von Joe wusste ich, dass die U.S.-Marshals für die Ranchbosse der 'Panhandle Cattle Company' und deren Reiter so etwas ähnliches waren wie das rote Tuch für einen mexikanischen Kampfstier.

"Na fein", sagte ich unbeeindruckt. "Dann fangt mal an damit. Ihr..."

In diesem Moment hämmerte Lance Bannister dem Pferd die Sporen in die Weichen. Das Tier sprang aus dem Stand an und war mit zwei Sprüngen bei den Green Belt-Reitern. Es fuhr wie ein Keil zwischen sie. Eines der Pferde wurde regelrecht zur Seite geschleudert, als Bannisters Tier es rammte.

Bannister wirbelte mit seiner Aktion die Green Belt-Burschen richtig durcheinander. Pferde stiegen und wieherten. Die Cowboys hatten Mühe, sich im Sattel zu behaupten und fluchten wie Fuhrknechte. Eines der Tiere brach vorne ein und kippte zur Seite. Der Reiter brachte gerade noch die Füße aus den Steigbügeln. Um sich vor den keilenden Hufen zu schützen, sprang er zurück.

Aber Bannister Absicht war es nicht, mir beizustehen gegen diese Kerle. Er beugte sich zu einem der bockenden und scheuenden Pferde hinüber und erwischte den Kolben der Winchester. Er riss sie aus dem Scabbard.

Und dann war er durch. Zwischen ihm und mir war das Durcheinander. Das Pferd, das gestützt war, kam wieder hoch und raste in wilder Panik davon. Der Bursche, der zu diesem Gaul gehörte, riss seinen Colt heraus. Ich trieb Blacky an und ritt ihn nieder. Sein Schießeisen flog ins Gras. Er überschlug sich aufbrüllend.

Lance Bannister stob an der Basis des Hügels entlang, über den die vier gekommen waren. Er feuerte das Pferd mit den Sporen, dem langen Zügelende und rauem Geschrei an. Die Muskeln des Tieres streckten sich im rasenden Galopp.

Die drei Weidereiter, die noch auf ihren Pferden saßen, bändigten die störrischen Tiere mit stahlharter Hand und trieben sie jetzt auf mich zu. Ich aber wollte hinter Bannister her. "Aus dem Weg!" Meine Stimme überschlug sich.

Doch da waren sie schon heran. Einer hechtete im vollen Galopp zu mir herüber, um mich vom Pferderücken zu reißen. Er warf sich genau in meinen niederzuckenden Gewehrlauf hinein und krachte zu Boden. Eines ihrer Pferde jedoch prallte gegen Blacky. Ich wurde im Sattel zurückgeworfen. Im nächsten Moment bekam ich einen Schlag ins Gesicht. In meinem Kopf schien eine Explosion stattzufinden, vor meinen Augen war eine Wand aus Feuer. Ich schlug blindlings mit dem Gewehr um mich und traf auf Widerstand.

Instinktiv zog ich mich nach vorn. Das Feuer vor meinem Blick brannte nieder, ich sah einen der Kerle direkt neben mir. Er hatte seinen Colt in der Faust und wollte mir den Lauf über den Schädel ziehen. Ich rammte ihm, ohne von einem klaren Gedanken gelenkt zu werden, den Gewehrlauf in den Bauch und er fiel mit einem gequälten Aufschrei vornüber auf den Hals seines Braunen. Der Coltlauf verfehlte meinen Kopf, traf mich aber am Schlüsselbein. Rasender Schmerz durchzuckte mich und lähmte die Muskulatur in meinem linken Arm.

Ich setzte die Sporen ein. Blacky vollführte einen Satz nach vorn. Ich sprang ab und wirbelte herum.

Jetzt lag die Winchester an meiner Hüfte. Ich repetierte.

Der Mister, den ich niedergeritten hatte, hockte im Gras und hielt sich den Kopf. Der andere, den ich mit dem Gewehrlauf bedient hatte, als er mich aus dem Sattel reißen wollte, lag mit ausgebreiteten Armen da und rührte sich nicht. Der dritte, der meinen Lauf mit Wucht in den Leib bekam, hing nach vorne gekrümmt auf dem Pferd und war kreidebleich. Er japste erstickend nach Luft. Und der vierte, der seinem Pferd rücksichtslos die Sporen gab und auf mich zujagte, riss es zurück, als ich die Winchester anschlug und durchlud. Der Gaul stieg und wieherte trompetend und drehte sich auf der Hinterhand.

In mir war eine brennende Wut. Mein Schlüsselbein schmerzte. "Ihr Dummköpfe!", keuchte ich. "Ihr gottverdammten Dummköpfe! Ich sollte euch zu Fuß vor mir her nach Amarillo treiben und einsperren wie ein paar Schafhammel in einen Pferch. Verschwindet jetzt, ihr Narren."

Ich konnte sie nicht aus den Augen lassen. Denn zwei von ihnen waren nur angeschlagen, dem dritten fehlte gar nichts. Und jeder von ihnen konnte nach der Waffe greifen, wenn ich unachtsam war.

"Okay", stieß der Bursche hervor, der als einziger unversehrt schien. "Du konntest es uns geben, weil dein Gefangener... Ach was! Randy, hoch mit dir. Lester, geht es wieder? Heh, reißt euch zusammen. Fred rührt sich nicht. Kümmert euch um ihn. Ich hole deinen Gaul zurück, Randy."

"Vorher aber legst du deine Waffen ab, mein Freund", rief ich. "Zieh sie einfach aus den Futteralen und werfe sie in den Fluss. Und für euch beide gilt das selbe."

Ich unterstrich diese Aufforderung, indem ich die Mündung der Winchester über sie pendeln ließ.

Sie knirschten mit den Zähnen, folgten aber meinem Befehl.

Ich ging zu Fred hin, der bewusstlos war, zog ihm den Colt aus dem Holster und schleuderte ihn über das Ufergebüsch hinweg in den Mulberry Creek. Ich hörte ihn ins Wasser klatschen.

Dann kehrte ich zu Blacky zurück und saß auf.

Der Cowboy, der soeben noch das Wort führte, zischte mit einer unverhohlenen Drohung im Tonfall: "Dein Gesicht merke ich mir, Sternschlepper. Irgendwann reitest du wieder über dieses Weideland. Und dann stutzen wir dir die Flügel."

"Sicher", murmelte ich, "du wirst es zumindest versuchen."

Nach dem letzten Wort zog ich Blacky herum und gab ihm den Kopf frei.

Bannister war über alle Berge.

Ich hätte mich am liebsten in den Hintern gebissen.

LANCE BANNISTER HOLTE das Letzte aus seinem Pferd heraus. Als die Sonne ihren höchsten Stand überschritten hatte, kam er auf dem Viehmark in Amarillo an. Das Pferd stolperte nur noch dahin. Bannister hatte sich den Hut weit in die Stirn gezogen, so dass von seinem Gesicht nur der untere Teil zu sehen war. Er sah den Cowboy Dooley, der dabei war, das Zelt abzubrechen, in dem er und sein

Gefährte die Nacht verbracht hatten. Dooleys Pferd war fix und fertig gesattelt.

Überall herrschte Aufbruchstimmung. Die Pferde und Rinder, die den Besitzer gewechselt hatten, waren fortgetrieben worden. Nur noch wenige Tiere standen in den Corrals. Das Karussell wurde abgebaut. Niemand beachtete den Reiter auf dem abgetriebenen Pferd.

Bannister saß ab und trat hinter den Cowboy.

Dooley erschrak, als Lance Bannister ihn ansprach: "Heh, Dooley. Sag mir, in welche Richtung ich reiten muss, um zum Mustang Creek zu gelangen."

Sekundenlang verschloss der Schreck Dooley den Mund. Dann stotterte er: "D... D... Du! Hei... Heiliger Rauch, Bannister! Du wagst dich zurück nach Amarillo?" Dooley hatte sich gefangen, und zuletzt sprach er wieder mit gefestigter Stimme. "Weißt du denn nicht, dass dich zwischenzeitlich fast jeder hier kennt? Dein Steckbrief wurde an die Aushangtafel des Sheriff's Office genagelt. Die U.S.-Marshals sind hinter dir her."

"Ich weiß das, Dooley. Hier achtet niemand auf mich. Und in die Stadt will ich nicht. Ich will zum Mustang Creek. Wo liegt er?"

"Was willst du dort?"

"Da oben hat ein Mann namens Buster Kincaid einen Farmer erschossen. Ich nehme an, dass Kincaid in den Sattel irgendeiner Ranch gestiegen ist. Er hat den Mann unten bei Fort Worth ermordet. Mein Wort drauf, Dooley. Er hat den Mord begangen, für den ich gehetzt werde wie ein wildes Tier."

"Von der Sache mit dem Farmer habe ich gehört. Das hat sich hier natürlich herumgesprochen. Dieser Kincaid arbeitet für die Bar-H als Weidedetektiv."

In Bannisters Augen blitzte es auf. "Wo ist die Ranch?"

"Am Mustang Creek, südlich des Rita Blanca Sees. Reite 60 Meilen nach Nordwesten, hinauf ins Hartley County. Da gibt es eine Stadt.

Sie heißt Channing. Zehn Meilen weiter westlich verläuft der Fluss. Du brauchst ihm nur nach Norden zu folgen."

"Sehr gut, Dooley. Wenn du mir jetzt noch deinen Colt und dein ausgeruhtes Pferd leihst, dann hast du einen Freund für's Leben in mir gefunden."

"Du willst von mir mein Schießeisen und meinen Gaul? Heavens, Bannister, du bist ein steckbrieflich gesuchter Mörder. Wenn ich dir..."

Hart und zwingend brach es aus Bannisters Kehle: "Gib mir den Colt, Dooley. Gib ihn mir schnell! Hinter mir kommt wahrscheinlich Logan auf seinem Klassegaul. Wenn ich zuviel Zeit verliere, holt er mich ein. Und es täte mir leid, wenn ich..." Er winkte ab. "Gib mir dein Eisen Dooley. Du kriegst es wieder."

Fast widerstrebend zog der Cowboy seine Waffe aus dem Holster. Zögernd reichte er sie Bannister. "Die Pest an deinen Hals, Bannister, wenn ich deinetwegen Ärger mit dem Gesetz kriege."

"Ich will meine Unschuld beweisen, Dooley. Auf meiner Fährte ritten Kopfgeldjäger. Ich musste mich wehren und war gezwungen, zu töten. Ich musste auf die Deputys des Sheriffs von Amarillo schießen, um meinen Hals aus der Schlinge zu ziehen. Ich entkam mit Mühe und Not Logan, der mich ins Gefängnis schaffen wollte. Verdammt, Dooley, das ist kein Leben. Ich will beweisen, dass ich kein Mörder bin. - Du hast mir sehr geholfen, Dooley. Bestelle Jane Grüße von mir. Wo ist sie überhaupt?"

"In der Stadt, um einige Dinge zu besorgen, die wir auf der Ranch notwendig brauchen."

"Sag ihr, dass ich eine Frau wie sie noch nie kennen gelernt habe und dass ich zurückkomme, wenn ich mich rehabilitiert habe. Ich will sie dann fragen, ob..."

Er stieß mit einem Ruck den Colt in sein Holster. "Ich rede Unsinn", murmelte er, dann ging er zu Dooleys Pferd, leinte es los, saß auf und trieb es an.

Dooley blickte hinter ihm her und zog unbehaglich die Schultern an.

ALS ICH VON WEITEM die Häuser von Amarillo sah, kamen mir Jane und ihre beiden Cowboys entgegen. Sie waren auf dem Heimweg und führten drei Packpferde mit sich, die schwer beladen waren.

Ich erfuhr, dass sich Bannister den Colt und das Pferd Dooleys geholt hatte und auf dem Weg zur Bar-H war.

Jane schaute etwas enttäuscht, weil ich mich nicht lange aufhielt sondern weiterritt. Aber ich hatte keine Zeit zu verlieren. Ich hätte selbst ihre Nähe gerne etwas länger genossen. Doch es ging um Leben und Tod.

Ich ritt zum Court House und erfuhr, dass Joe noch am vergangenen Tag zum Mustang Creek geritten war. Man sagte mir auch, dass 'One Eye' Jim Tucker seinen Gefängniswagen angespannt und Amarillo verlassen hatte.

Ich versorgte Blacky, gönnte uns beiden zwei Stunden Ruhe, dann brach ich auf. Auch mein Ziel war der Mustang Creek.

EINE SACHE WUSSTE JIM Tucker mit Bestimmtheit: Lance Bannister war in den Panhandle gekommen, um sich Buster Kincaid zu schnappen. Und da Kincaid von der Bar-H angestellt war, ging der einäugige Marshal davon aus, dass dies Bannister sehr schnell herausfinden und zur Bar-H reiten würde.

Also sagte sich Tucker, dass er nur in der Nähe der Bar-H auf Lance Bannister warten musste.

Die Räder des Fuhrwerks quietschten in den Naben. Der Wagen rumpelte über die Bodenunebenheiten und ächzte im Aufbau. Dieser Aufbau war eine mit dicken Bandeisen verstärkte Balkenkonstruktion. Die Seite zum Kutschbock sowie die rechte Längsseite waren mit dicken Bohlen verschalt, und an diesen geschlossenen Wänden gab es jeweils eine hölzerne Sitzbank. Über den Sitzbänken waren an dicken Eisenketten Handschellen befestigt. Die Bank an der Längsseite des Fuhrwerks bot einem halben Dutzend Männern Platz, die an der Breitseite dreien.

Die Rückseite und die linke Längsseite des Aufbaus waren mit soliden Eisenstangen gesichert wie eine Gefängniszelle. Die Tür in der Rückseite, zu der vier Stufen hinaufführten, ebenfalls. Durch Rück- und Längsseite konnte man in den Wagen blicken wie in einen Raubtierkäfig.

Der Gefängniswagen wurde von zwei Pferden gezogen. Tuckers Reitpferd war hinten am Wagen angeleint. Der Scabbard am Sattel war leer, denn der Marshal hatte das Gewehr bei sich auf dem Kutschbock.

Manchmal ließ er die langen Leinen auf die Rücken der Gespannpferde klatschen. Hin und wieder ging es bergauf und sie mussten sich in die Geschirre legen. Die Riemen ächzten.

Links von Jim Tucker floss der Mustang Creek. Tucker war ein Bündel angespannter Aufmerksamkeit. Der Tag begann langsam der Nacht zu weichen. Der Marshal bewegte sich auf dem Weideland der Bar-H, und die Bar-H gehört zur 'Panhandle Cattle Company'. Zwischen den Marshals und den Angestellten der Company aber herrschte ein ziemlich angespanntes Verhältnis.

Niemand begegnete dem Marshal. Er fuhr den Kastenwagen eine halbe Meile von der Bar-H Ranch entfernt zwischen die Hügel und stellte ihn dort im Schutz einer Buschgruppe ab. Dann nahm er die Winchester aus der Haltung auf dem Wagenbock, ging zu seinem Pferd, holsterte das Gewehr, band das Tier los und schwang sich hinauf. Tucker ruckte im Sattel. Er lenkte das Tier nordöstlich und bezog auf einem Hügel im Osten der Ranch Stellung. Es gab hier Felsen und Büsche, so dass Tucker und das Pferd vor unliebsamen Blicken von der Bar-H geschützt waren.

Der Marshal holte ein Fernglas aus der Satteltasche und hängte es sich am Lederriemen um den Hals. Er setzte sich in den Schatten eines Felsens und beobachtete mit Hilfe des Fernglases die Ranch. Hin und wieder schwenkte er das Glas herum und ließ den Blick den Mustang Creek hinunter nach Süden gleiten.

Auf der Bar-H war es ruhig. Die Helps versahen ihre Jobs. Die Cowboys waren auf den Weidegründen.

Die Abenddämmerung senkte sich über das Land. Eine Handvoll Reiter trafen auf der Ranch ein. Sie versorgten ihre Pferde und verschwanden im Bunkhouse. Dann kam die Nacht. Auf der Bar-H war Ruhe eingekehrt. Ein einzelner Reiter näherte sich der Ranch von Westen. Die Nacht war hell genug, um deutlich seine Konturen erkennen zu können. Das Hufgeräusch war nur ein dumpfes Rumoren, das an das Gehör des Marshals sickerte.

Tucker griff nach dem Fernglas, als der Reiter aus dem Schatten eines Wirtschaftsgebäudes in den weitläufigen Ranchhof ritt.

Er identifizierte Buster Kincaid.

Dieser Mann interessierte Jim Tucker nicht. Aber der Einäugige wusste, dass auf Buster Kincaid Joe Hawk angesetzt war. Er war davon überzeugt, dass sich Joe auch irgendwo in der Nähe der Ranch herumtrieb und Kincaid beschattete.

Jim Tucker hüllte sich in Geduld.

Es ging auf Morgen zu, als sich aus der Dunkelheit ein Reiterschemen löste. Das Pferd ging im Schritt. Der Mond stand hinter den Bergen im Westen, die Sterne verblassten. Die Finsternis war jetzt besonders dicht. Tucker nahm zwar das Fernglas, aber er konnte keine Einzelheiten erkennen. Er erhob sich und ging zu seinem Pferd. Gleich darauf ritt er auf der Rückseite des Hügels den Abhang hinunter, schlug einen Boden und näherte sich dem Fluss.

Er konnte den Reiter vor dem Hintergrund des Ufergebüsches kaum ausmachen. Der Hufschlag ging unter in den Geräuschen, die sein eigenes Pferd verursachte. Tucker hatte den Colt in der Faust.

Der Daumen lag quer über der Hammerplatte. Er zügelte. Das dumpfe Pochen beim Fluss war verstummt. Tucker vernahm das Rasseln einer Gebisskette.

Er saß ab, ließ die Zügel einfach fallen, und bewegte sich geduckt weiter. Einige Sträucher boten ihm Schutz. Er erreichte den Fluss. Da stand das Pferd. Der Reiter war verschwunden.

Siedend durchfuhr es Tucker. Er kniete ab, um ein so kleines Ziel wie möglich zu bieten. Aber nirgendwo in der Dunkelheit glühte es auf, kein Schuss sprengte die Stille.

Tucker sicherte ins Ufergestrüpp, witterte wie ein Wolf. Nur das Rascheln des sachten Windes in den Büschen und Baumkronen war zu vernehmen – und das Schnauben des Pferdes.

Der Marshal drückte sich hoch und glitt zu dem Tier hin. Es scheute nicht zurück. Er nahm es am Zügel und führte es zu seinem Pferd. Dann stieg er in den Sattel und ritt zurück auf den Hügel. Das ledige Pferd nahm er mit. Oben riss er ein Streichholz an. Im vagen Lichtschein konnte er das Brandzeichen erkennen. Es war der Hufeisenbrand der Horseshoe Ranch. Das Sattelholster war leer.

"Nicht schlecht, Bannister", murmelte Tucker für sich. "Wirklich nicht schlecht."

Er leinte die Pferde an und setzte sich wieder an den Felsen. Wenn die Ranch zum Leben erwachte, würde es sich zeigen, was Lance Bannister im Schilde führte.

Es war das tief verwurzelte Misstrauen, das Lance Bannisters Handeln bestimmte, als er am Fluss entlang ritt und die Geräusche wahrnahm, die Jim Tuckers Pferd verursachte. Er ritt besonders angespannt und wachsam, da er sich sozusagen auf feindlichem Territorium bewegte. Darum hatte er von Zeit zu Zeit angehalten, um zu lauschen.

Er saß ab, angelte sich das Gewehr und versetzte dem Pferd mit der flachen Hand einen Schlag auf die Kruppe, so dass es noch einige Schritte weiter ging.

Lance Bannister aber schlug sich ins Ufergebüsch und huschte auf dem schmalen Saum zwischen dem dichten Gestrüpp und dem Fluss weiter in die Richtung der Bar-H. Er bewegte sich so lautlos wie ein Komantsche. Als der Reiter bei seinem Pferd anlangte, war er schon 100 Schritte entfernt.

Lance Bannister war der Meinung, dass es sich bei dem Reiter um Logan handelte. Er respektierte Logan und auch dessen Stern. Mehr noch: Logan war ihm ausgesprochen sympathisch. Aber während Logan diesseits von Recht und Gesetz stand, stellte ihn, Bannister, der Steckbrief auf die Stufe der Gesetzlosigkeit.

Das machte sie zu Gegnern. So sah es zumindest Lance Bannister.

Er erreichte die ersten Gebäude der riesigen Ranch. Nirgends brannte Licht. Das Windrad auf dem hohen Gerüst beim Brunnen drehte sich knarrend. In den Corrals schliefen die Pferde. Lance Bannister schlüpfte in einen Heuschober. Es war finster wie in einer Gruft. Er riss ein Streichholz an. Eine Leiter führte hinauf zum Zwischenboden. Er schlenkerte die Hand und die kleine Flamme verlosch. Bannister stieg die Leiter empor und stieß oben die Luke einen Spalt auf, durch die von den Fuhrwerken aus das Heu auf den Zwischenboden gespießt wurde. Der Ranchhof lag vor Bannisters Blick...

MIT DEM MORGENGRAUEN erwachte das Leben auf der Bar-H. Männer kamen mit nackten Oberkörpern aus dem Bunkhouse zum Brunnen um sich zu waschen und zu rasieren.

Auch Buster Kincaid kam ins Freie. Er hatte sich ein Handtuch über die Schulter geworfen und schlenderte ebenfalls zum Brunnen. Er war waffenlos. Stimmen schwirrten durcheinander. Die ersten der Kerle waren fertig und kehrten in die Mannschaftsunterkunft zurück, um sich anzuziehen.

Lance Bannister spürte eine tiefe Genugtuung in sich, um nicht zu sagen ein tiefes Gefühl des Triumphes.

Er hatte Buster Kincaid eingeholt, den Mann, für den er wochenlang durch das Fegefeuer der Ächtung gegangen war.

Aber ihn erfüllte nicht nur Triumph. Da war auch Hass – brennender Hass.

Bannister verließ den Zwischenboden und trat ins Freie.

Er wurde kaum beachtet. Niemand vermutete einen Eindringling auf der Ranch. Und im Hof bewegten sich viele Männer. Die ersten kamen fix und fertig angezogen aus der Unterkunft und stiefelten hinüber zum Küchenanbau, um sich ihr Frühstück abzuholen.

Bannister fiel also nicht auf.

Als er aber zehn Schritte hinter Kincaid, der sich gerade abfrottierte, anhielt und seine Stimme erklingen ließ, ruckten die Köpfe zu ihm herum. Er rief mit schneidender Schärfe: "Hallo, Buster, sieht aus, als wärst du doch nicht weit genug geritten, um vor mir in Sicherheit zu sein."

Kincaid erstarrte. Eine eisige Hand griff nach ihm. Er schien den Worten und dem Klang der Stimme hinterherzulauschen. Dann stieß er einen Schwall verbrauchter Atemluft aus und wirbelte herum. Geduckt und sprungbereit stand er vor dem Brunnen, in den Augen ein unheimliches Glimmen und Lodern. Seine Backenknochen mahlten.

"Bannister!", brach es über seine Lippen. Mehr sagte er nicht. Er starrte auf das Gewehr, das Lance Bannister auf ihn angeschlagen hatte.

"Yeah, Lance Bannister, dem du dreckiger Bastard den Mord an Zack Wilder in die Schuhe geschoben hast. Pech gehabt, Buster. Ob Sternträger oder Kopfgeldjäger – ich habe sie alle abgehängt. Du hättest dich schon in ein Mausloch verkriechen müssen."

"Willst du mich jetzt einfach umlegen, Bannister?", blaffte Kincaid.

Die Männer, die um ihn herum beim Brunnen gestanden hatten, wichen zur Seite.

"Nein." Bannister schüttelte den Kopf. "Damit würde ich meine Unschuld nicht beweisen können, Buster. O nein. Eine Kugel wäre außerdem zu schade für dich. Du gehörst an den Strick. – Ich bringe dich nach Amarillo zum District Court. Und auf dem Weg dorthin werde ich dich weichkneten, bis du ein schriftliches Geständnis ablegst. – Wo hast du die 5000 Dollar gelassen, die du Wilder geraubt hast?"

Buster Kincaid fing sich. Ein höhnisches Grinsen zerrte seine Lippen auseinander. "Eher friert die Hölle ein, Hombre, bevor ich einen Mord auf mich nehme, den du begangen hast. Ja, bring mich nach Amarillo zum Gericht. Dort wird man dich einsperren, und wenn sie dich aufhängen, werde ich in der ersten Reihe stehen und zuschauen."

"Du wirst reden, Buster", prophezeite Bannister, und es klang unheilvoll. Etwas lauter setzte er hinzu: "Jemand soll seinen Gaul satteln. Und keiner soll sich einmischen. Es ist keine Sache der Bar-H. Es ist eine Sache zwischen mir und Buster Kincaid."

Aber da erklang ein raues Organ aus einem der Wohngebäude links von Bannister. "Kincaid arbeitet für die Bar-H, Hombre. Und daher ist es auch die Sache der Bar-H, wenn du hier aufkreuzt und ihn nach Amarillo schleppen willst."

Ein Gewehr wurde mit kaltem, metallischem Schnappen durchgeladen.

Der Bursche bei einem der Fenster des flachen, gemauerten Gebäudes rief erneut: "Lass die Knarre fallen, Hombre, und schnall auch deinen Gurt ab. Ich warte genau fünf Sekunden. Dann schieße ich. Eine Unze Blei, die mir 1000 Dollar einbringt, Bannister."

"Du solltest dich heraushalten, Mister", kam es von Lance Bannister. Er zielte weiterhin aus der Hüfte auf Kincaid. "Wie ich schon sagte: Es ist nichts zwischen der Bar-H und mir. Kincaid ist ein gemeiner Mörder. Mich jagt das Gesetz für den Mord, den er begangen hat."

"Die fünf Sekunden sind um, Hombre. Also, lass fallen."

Bannister kämpfte mit sich.

Das Gewehr peitschte. Die Kugel pflügte vor Bannisters Stiefelspitzen in den Boden und ließ das Erdreich spritzen.

"Die nächste Kugel sitzt in deinem Kopf, Bannister!", drohte der Schütze.

Da öffneten sich Bannisters Hände. Das Gewehr klatschte in den Staub. Sogleich näherte sich ihm Buster Kincaid. Er glitt heran mit der Geschmeidigkeit eines Pumas. Um seine Lippen spielte ein hämisches Grinsen.

Mit Bannister gingen die Gäule durch. Er warf sich auf Kincaid. Dieser empfing ihn mit einem blitzschnell geschlagenen Schwinger. Lance Bannister taumelte zurück. Seine Hand zuckte zum Colt. Er war wie von Sinnen. Der Hass auf Kincaid hatte ihn übermannt. Das höhnische Feixen des Mörders gab den Ausschlag.

Wieder krachte das Gewehr. Das linke Bein wurde Bannister vom Boden weggerissen. Er wurde halb herumgewirbelt. Ein Aufschrei, den ihm der hochschießende Schmerz abnötigte, drang aus seiner Kehle. Als er das linke Bein aufsetzen wollte, knickte es kraftlos weg. Bannister stürzte.

Sofort warf sich Kincaid auf ihn. Er entwand ihm den Colt und drückte ihm die Mündung unter das Kinn. Klickend rastete die Spannfeder ein. "Ich könnte dir jetzt den Schädel von den Schultern blasen", zischte der Mörder. "Aber es wird mir mehr Freude bereiten, dich am Ende eines Strickes zappeln zu sehen."

Weitere Männer kamen heran.

Kincaid erhob sich. Der Colt in seiner Faust blieb auf Bannister gerichtet. Er trat zwei Schritte zurück. Bannister wurde von harten Fäusten auf die Beine gezerrt. Sein Hosenbein saugte sich um die Wunde dicht über dem Knie mit Blut voll. Der tobende Schmerz verzerrte Bannisters Gesicht. Ihm brach der Schweiß aus.

Der Bursche mit dem Gewehr verließ das Gebäude.

Er war groß und hager und zeigte nicht die Spur einer Regung. "Verarztet ihn!", befahl er. "Kincaid, Stewart und Allison – ihr bringt ihn nach Amarillo. Dort wird sich das Gesetz um ihn kümmern."

"In Ordnung, Kenneth", rief Buster Kincaid.

Dann schaute er Bannister an. In seinen Augen stand eine tödliche Prophezeiung.

ALS ICH DIE SCHÜSSE hörte, befand ich mich keine 500 Yards von der Ranch entfernt zwischen den Hügeln. Es war mir nicht gelungen, Lance Bannister einzuholen. Ich hatte Blacky zwar zwei Stunden Rast gegönnt nach dem langen Ritt vom Mulberry Creek herauf, aber zwischen Amarillo und der Bar-H lagen immerhin 50 Meilen. Und auch Blacky hatte seine Grenzen. Bannister hingegen hatte Dooleys Pferd, und das war einen ganzen Tag gestanden und absolut ausgeruht.

Ich ahnte Fürchterliches, als es auf der Ranch knallte und trieb Blacky in eine schnellere Gangart.

Als ich den Rand der Senke erreichte, an deren Ende die Bar-H lag, sah ich rechter Hand von mir auf dem Hügel im Schatten eines Felsens Jim Tucker. Er winkte mir zu. Wenig später kam er beritten den Abhang herunter. Vor seiner Brust baumelte das Fernglas am Lederriemen.

"Hi, Tucker", grüßte ich, als wir so nebeneinander verhielten, dass sich unsere Pferde gegenseitig die Schwänze um die Mäuler schlagen konnten.

Der Einäugige nickte nur. Dann sagte er: "Bannister kam in der letzten Nachtstunde. Er muss mich gehört haben, denn er setzte sich vor mir rechtzeitig ab. Dann hat er sich wohl auf die Ranch geschlichen und versuchte eben, diesen Kincaid aus der versammelten Mannschaft herauszuholen. Ringo Kenneth knallte ihm eine Kugel ins Bein. Und jetzt haben sie ihn, diesen Dummkopf."

"Hast du Joe gesehen?", fragte ich.

"No."

Ich kratzte mich nachdenklich hinter dem Ohr. "Okay, Tucker. Wo hast du deinen Wagen?"

Er wies wortlos in eine bestimmte Richtung.

"Hol ihn. Wir jagen den hart gesottenen Hombres auf der Bar-H Bannister ab."

"Und begeben uns in des Teufels Küche."

"Wenn schon. Außerdem bin ich davon überzeugt, dass Joe irgendwo in der Nähe ist. Er wird notfalls eingreifen."

Der Einäugige hob die Schultern. "Ich verlasse mich lieber auf mich selbst. Right, ich hole das Fuhrwerk."

Schon bald vernahm ich das Rumpeln des Karrens und das Quietschen der Räder. Dann kamen die beiden Pferde um den Hügel herum, das Fuhrwerk tauchte auf, das Gespann näherte sich mir. Jim Tucker hockte auf dem Bock. Sein Pferd war am Wagen angeleint.

Wir erreichten den ausgefahrenen, von Spurrinnen zerklüfteten Weg, der von Channing heraufführte. Ich ritt auf der Höhe des Wagenbockes. Linker Hand verlief der Mustang Creek.

Als ich einmal nach Westen schaute, sah ich auf einem der Hügel etwas blinken. Einige Male blitzte es auf. Ich hielt an und kniff die Augen eng. Da sah ich zwischen einigen Büschen den Mann, der wahrscheinlich einen Spiegelscherben in die Sonne hielt oder etwas Glänzendes, das das Sonnenlicht wie ein Spiegel reflektierte.

Es war Joe. Er gab mir Zeichen. Ich hatte keine Ahnung, was sie bedeuteten. Vielleicht wollte er nur auf sich aufmerksam machen, seine Anwesenheit dokumentieren. Ich bedeutete ihm mit Handzeichen, zu bleiben, wo er war und abzuwarten.

Ich holte wieder auf und ritt neben Tucker. "Du hast dich nicht getäuscht", sagte er aus dem Mundwinkel.

"Nein. Joe wird notfalls unseren Schutzengel spielen."

Tucker schwieg.

Langsam rückte die Ranch näher. Wir waren schon wahrgenommen worden, denn bei dem hohen Galgentor, an dessen Querbalken der skelettierte Schädel eines Longhorns mit ausladenden Hörnern befestigt war, liefen einige Männer zusammen. Hände legten sich auf die Revolverknäufe. Einige der Kerle hielten Gewehre.

Sie machten keine Anstalten, zur Seite zu treten. Doch Jim Tucker ließ sich nicht beirren. Er ließ die Zügel auf die Rücken der Gespanntiere klatschen und die Pferde stapften unverdrossen weiter.

Die Burschen waren gezwungen, uns durchzulassen.

Ich spürte den Anprall von Feindseligkeit. Die Kerle murrten und fluchten, aber sie hielten sich zurück. Der Pulk folgte uns in den Ranchhof.

Beim Brunnen stemmte sich Tucker gegen die Zügel. "Brrrh!"

Die Pferde standen.

Weitere Männer kamen aus den verschiedensten Gebäuden und fixierten uns mit eisiger Ablehnung.

Tuckers Aufmerksamkeit konzentrierte sich auf einen Hombre, der aus dem Haupthaus trat. Er kam über die Veranda und legte die Hände auf das Geländer. Jim Tucker rief kalt: "Wir wollen Bannister von Ihnen, Kenneth."

Ringo Kenneth, der Vormann der Bar-H, legte den Kopf schief. "Wie kommen Sie denn darauf, dass er hier ist?"

"Ich habe gesehen, wie Sie ihm eine Kugel ins Bein knallten. Er befindet sich im Küchenanbau."

"Na schön. Er ist im Küchenanbau. Der Koch verarztet ihn. Er ist 1000 Dollar wert. Ich habe mir die Prämie verdient."

"Melden Sie ihre Ansprüche in Amarillo an, Kenneth." Tucker sprach es und sprang vom Bock. Staub schlug unter seinen Stiefeln auseinander. Er rückte das Holster zurecht. Dann setzte er sich ruckartig in Bewegung. Er schritt auf den Küchenanbau zu. Die Kerle, die sich um uns herum sammelten, ignorierte er. Es waren mehr als ein Dutzend.

"Wo wollen Sie hin?", donnerte Kenneths Organ.

"Ich hole Bannister." Tucker hielt nicht im Schritt inne.

Kenneth gab zwei Burschen, die nahe beim Küchenanbau standen, einen Wink. Es waren Burschen vom schnellen Eisen, von denen die Bar-H sicher eine ganze Reihe beschäftigte.

Sie schienen auf das Kommando nur gewartet zu haben.

Sie bauten sich zwischen der Tür des Küchenanbaus und Jim Tucker auf. Die Hand eines jeden hing wie die Klaue eines Greifvogels über dem Revolvergriff. Ihre Mienen drückten aus, dass sie nicht zögern würden, den Colt zu ziehen.

Tucker hielt an.

Kenneth sagte laut und deutlich: "Ich werde Bannister nicht herausgeben, Marshal. Er ist mein Gefangener. Ich habe drei Männer bestimmt, die ihn nach Amarillo bringen und für mich die Belohnung kassieren werden."

Ich hatte meine Hand zurückgezogen. Sie lag auf meinem Oberschenkel vor dem Holster. Die Situation spitzte sich zu. Die Atmosphäre schien vor Spannung zu knistern.

Ich rief: "Ist unter den Männern, die Sie bestimmt haben, auch ein Hombre namens Buster Kincaid?"

Kenneth musterte mich unter zusammengezogenen Brauen hervor.

Ehe er jedoch antworten konnte, hörte ich Jim Tucker sprechen. Seine Stimme wies weder Höhen noch Tiefen auf, als er sagte: "Geht zur Seite, Leute. Ich sage das nur einmal."

"Nun ja, wir haben es vernommen", dehnte einer der beiden Schnellschießer. Er zeigte ein scharfes Grinsen, das Geringschätzigkeit zum Ausdruck bringen sollte. "Du hast es einmal gesagt. Und wir sind nicht zur Seite gegangen. Was jetzt, Einäugiger?"

Tucker ging weiter.

Dann war er auf fünf Schritte an die beiden hartgesichtigen Hombres herangekommen. Ihnen gingen die Nerven durch. Ihre Hände zuckten zu den Knäufen.

Sie bekamen die Eisen nur halb aus den Holstern. Da bäumte sich in Jim Taggerts Faust der Colt auf. Zweimal dicht hintereinander knallte es. Pulverdampf hüllte Tucker ein. Die beiden Coltschwinger brachen zusammen. Stöhnend lagen sie vor der Tür.

Auch ich hatte gezogen. Feuern musste ich nicht mehr.

Im Ranchhof herrschte Atemlosigkeit. Kenneth stand steif wie ein Pfahl auf der Veranda. Er war ziemlich bleich geworden.

Einer der Kerle am Boden hörte plötzlich zu röcheln auf. Sein Kopf rollte zur Seite. Den Colt auf den anderen gerichtet, der sich vor Schmerz im Staub wand, stakste Tucker weiter. Er schritt zwischen den beiden hindurch und verschwand in dem flachen Bau.

Ich ließ den Remington in die Runde pendeln. Der Bursche, der Tuckers Kugel im Leib hatte, wimmerte steinerweichend.

Im Küchenanbau waren Stimmen zu hören. Im nächsten Moment rannten zwei Bar-H-Männer heraus. Ihre Holster waren leer. Und dann kam Lance Bannister. Er stützte sich schwer auf einen Chinesen. Ihnen folgte Tucker. Sein Colt steckte wieder im Holster. Bannisters Hosenbein war aufgeschlitzt. Über seinem Knie wand sich ein dicker Verband um sein Bein. Mit fiebrigem Blick schaute er zu mir her. In seinen Zügen wühlten der Schmerz und die Hoffnungslosigkeit.

Tucker schloss sein fahrbares Gefängnis auf. Der chinesische Koch schleppte Bannister die Stufen hinauf und drückte ihn auf eine der hölzernen Sitzbänke. Tucker, der ihnen gefolgt war, bog Bannisters rechten Arm in die Höhe und legte ihm eine der Stahlspangen um das Handgelenk, die am Ende einer der schweren Ketten befestigt war. Mit dem linken Arm verfuhr er ebenso. Die Hände Bannisters befanden sich in Schulterhöhe. Sie herunterzunehmen ließen die Ketten nicht zu.

Der Koch verzog sich schnell.

Tucker sprang vom Wagen, sperrte die Tür zu und ging nach vorne. Er schwang sich auf den Bock und griff nach den Leinen. Er zog die beiden Tiere herum, fuhr einen Kreis und lenkte das Gespann in Richtung des Tores.

Ich schaute in die Runde. Die Fassungslosigkeit hatte sich gelegt. Mir schien, dass die Stimmung nahe am Überkochen war. Darum rief ich warnend: "Haltet nur eure Hände ruhig, Leute. Ihr habt es eben selbst erlebt, wie schnell man ein Loch im Fell haben kann. Und keiner von euch weiß, wen es erwischt. Also spielt nicht die wilden Männer."

Tucker hatte das Tor erreicht und angehalten. Der Wagen stand ein wenig schräg, so dass der Einäugige den Hof im Blickfeld hatte. Er sicherte meinen Abgang. Ich ritt an. Niemand auf dem Ranchhof unternahm etwas. Keiner von den Kerlen wollte derjenige sein, den es erwischte.

NUR SELTEN VORHER IM Leben hatte ich einen Mann mit derartiger Kaltschnäuzigkeit und kompromissloser Härte vorgehen sehen wie 'One Eye' Jim Tucker.

Heiliger Rauch! Dieser Jim Tucker schien aus Stahl und Granit zusammengesetzt zu sein.

Ich ritt an die Gitterwand des Gefängniswagens heran. Lance Bannisters Kinn war auf die Brust gesunken. Sein Hut war auf der Bar-H zurückgeblieben. Wirr hingen ihm die Haare in die Stirn.

"Welcher Teufel hat dich geritten, Bannister, als du auf die Bar-H geschlichen bist?", fragte ich.

"Du kannst mich mal, Logan!", presste er hervor und hob den Kopf. Er war verbittert, der Schmerz von der Wunde quälte ihn, er sah sich zwischen den Mühlsteinen des Gesetzes und war davon überzeugt, zermalmt zu werden.

"Narr!" Ich war wütend. "Du kannst von Glück reden, dass du die Kugel nur ins Bein gekriegt hast. Genauso gut hätte sie dir den Schädel zerschmettern können."

"O verdammt!", stieß Bannister plötzlich hervor. "Dein einäugiger Gefährte kettet mich hier in diesem Kasten fest wie ein wildes Tier. Ich lande in Amarillo in einer stinkenden Zelle und warte dort, bis man mich abholt, um mich aufzuknüpfen. Buster Kincaid, dieser dreckige Mörder, aber läuft frei herum und bereitet sich irgendwann von den 5000 Bucks, die er geraubt hat, einen feinen Lebensabend. Ist das die Gerechtigkeit, die du vertrittst, Logan?"

Eines der Räder des Wagens knallte in ein Loch. Eine gewaltige Erschütterung ging durch das Fuhrwerk. Bannister wurde durch und durch geschüttelt und auf der harten Bank hin und her geworfen. Eine Woge des Schmerzes durchraste ihn, aber er biss die Zähne zusammen und ertrug die furchtbare Qual.

"Ich glaube nicht an deine Schuld, Bannister", verlautbarte ich, als der Wagen wieder ruhig fuhr. "Mein Partner Joe Hawk und ich werden Buster Kincaid die Maske vom Gesicht reißen. Du solltest alles andere als verbittert und gehässig sein, Amigo. Glaubst du denn im Ernst, dass du Amarillo lebend erreicht hättest, wenn dich einige Hombres von der Bar-H begleitet hätten?"

Er fixierte mich nachdenklich. Plötzlich nickte er: "Kincaid und noch zwei Kerle sollten mich zum District Court schaffen. Du hast recht, Logan. Sie hätten mich wahrscheinlich irgendwo als Futter für die Aasgeier zurückgelassen. - Heh, glaubst du wirklich an meine Unschuld?"

Im Tonfall seiner Stimme lag Hoffnung.

"Yeah." Ich ritt schneller und kam neben Jim Tucker. Und während ich auf Blacky neben dem Fuhrwerk dahinzockelte, schaute ich mich um.

Von Joe konnte ich nichts entdecken.

Als die Bar-H längst hinter den Hügeln verschwunden war, hörte ich Tucker sagen: "Halt nur die Augen offen, Logan. Ringo Kenneth ist keiner, der sich etwas wegnehmen lässt. Ich schätze mal, dass schon einige seiner Bluthunde auf unserer Fährte kleben."

"Sicher", versetzte ich, der ich mich schon mit diesem Gedanken trug, seit wir die Ranch verlassen hatten, "und zum Leitwolf des rauen Rudels hat er gewiss Buster Kincaid ernannt. Aber Joe wird auf uns aufpassen wie Gott Vater. Und wenn sich ein paar Hombres irgendwo zwischen hier und Amarillo auf die Lauer legen, dann wird uns das Joes Gewehr verkünden."

Ja, das war so. Ich vertraute Joe blind.

Seit ich wusste, dass er da war, fühlte ich mich sicher wie in Abrahams Schoß.

Die Sonne näherte sich ihrem höchsten Stand. Es war heiß wie in der Hölle. Wir rasteten am Fluss. Tucker schirrte die beiden Gespanpferde aus und führte sie zur Tränke. Ich brachte Blacky und Tuckers Vierbeiner zum Flussufer. Um uns herum war Vogelgezwitscher.

Als die Tiere getränkt waren, nahm ich meine Canteen und bat Tucker um den Schüssel zum Käfig. Bannister hockte nach vorne gekrümmt auf der Bank, die Arme in der Höhe, das verletzte Bein ausgestreckt, das andere angewinkelt. Jetzt richtete er sich auf. Er sah elend aus, wie ein Mann, der völlig ausgebrannt und am Ende war. Ich schraubte die Flasche auf und setzte ihm die Öffnung an die Lippen. Durch den Verband an seinem Oberschenkel sickerte Blut. Bannister trank fast gierig.

An dem Schlüsselbund, den mit der Einäugige ausgehändigt hatte, war auch der Schlüssel befestigt, der zu allen Handschellen passte. Ich nahm die Wasserflasche zurück, verschraubte sie und legte sie neben Bannister auf die Bank. Dann schloss ich seine Fesseln auf. "Komm, ich helfe dir. Du kannst dich am Fluss etwas frisch machen."

Bannister sah mich dankbar an. Ich half ihm hoch. Er stützte sich schwer auf mich, als wir den Wagen verließen. Tucker, der dabei war die Pferde wieder einzuschirren, sagte nichts.

In dem Moment, als ich mit Bannister die schmale Schneise im Ufergebüsch betrat, die die Pferde getreten hatten, peitschte hinter den Hügeln im Osten ein Schuss. Und sogleich begann eine ganze Salve zu donnern...

JOE HAWK BEOBACHTETE, was sich auf der Bar-H zutrug. Er sah wie Jim Tucker die beiden Hombres niederkämpfte, die ihm den Zutritt zum Küchenanbau streitig machen wollten. Tucker jagte wenig später zwei Kerle aus dem Gebäude, dann kam Lance Bannister auf den Koch gestützt in den Hof.

Joe hatte sich auf einem Kamm bei einem Felsen postiert. Er hielt das Gewehr in den Fäusten. Wäre es im Ranchhof bleihaltig geworden, hätte er ohne zu zögern mitgemischt.

Dann rollte der Gefängniswagen von der Ranch und den Mustang Creek hinunter. Joe ahnte, dass Ringo Kenneth eine Handvoll Leute hinterherschicken würde. Kenneth hatte sein Gesicht zu verlieren. Tucker schoss zwei seiner Männer nieder und jagte ihm mit Logans Unterstützung Lance Bannister ab. Das schluckte ein Hombre wie Kenneth nicht. Da kam noch was.

Joe sollte sich nicht getäuscht haben. Kaum, dass das fahrbare Gefängnis und Logan zwischen den Hügeln aus seinem Blickfeld verschwunden waren, wurden drei Pferde gesattelt und gezäumt, und wenig später donnerten drei Reiter nach Süden.

Einen der Kerle kannte Joe Hawk. Es war Buster Kincaid.

Joe setzte sich auf die Spur der drei.

Sie ritten nicht direkt hinter Logan und Tucker her, sondern überholten sie in einem weiten Bogen und legten sich nach einigen Meilen bei einer Gruppe von Felsen auf dem Scheitelpunkt einer Anhöhe auf die Lauer.

Joe befand sich in gebührendem Abstand hinter ihnen. Sie hatten nicht bemerkt, dass sie verfolgt wurden.

Es verstrich einige Zeit, bis das Fuhrwerk auftauchte.

Tucker zügelte die Gespannpferde und sprang vom Bock. Er schirrte die Pferde aus und führte sie zur Tränke. Die Kerle, die den Hinterhalt gelegt hatten, liefen hinter den Hügeln entlang und kamen so näher an die Marshals und ihren Gefangenen heran. Joe folgte ihnen und beobachtete, dass Logan die beiden Sattelpferde versorgte. Dann holte er Lance Bannister aus dem Käfig und stützte ihn.

Als sie die Gewehre hoben, feuerte Joe. Das Geschoss wurde an dem rissigen Felsen, der den drei Banditen – etwas anderes waren sie nicht -, Deckung bot, platt gedrückt und quarrte als Querschläger davon.

Die drei Schufte fuhren herum und sahen den Schützen auf der Hügelkuppe weiter östlich neben einem turmartigen Felsgebilde. Sofort nahmen sie ihn unter Feuer. Die Detonationen peitschten fast gleichzeitig, der Knall erhob sich und prallte auseinander.

Es war die Salve, die ich vernahm.

Sofort warf ich mich zwischen die Büsche und riss Bannister mit. Er ächzte gequält. Ich hatte den Remington in der Faust.

Zwischen den Hügeln brüllten wieder die Gewehre.

Tucker hatte die Arbeit des Einschirrens unterbrochen und schnappte sich die Winchester vom Kutschbock. Er rannte hinter das Fuhrwerk in Deckung.

"Krieche hinter die Büsche und bleib am Flussufer", zischte ich Bannister zu. Dann schnellte ich auf die Beine und langte mit wenigen kraftvollen Sätzen bei Blacky an. Im Vorbeilaufen riss ich die Winchester aus dem Scabbard. Schließlich war ich bei Tucker hinter dem Wagen.

Jim Tucker postierte sich am vorderen Ende und spähte über den Kutschbock in die Richtung, aus der die Detonationen heranstießen.

Ich stand beim hinteren Ende. In unsere Richtung war noch keine einzige Kugel geflogen.

Unvermittelt schwiegen die Gewehre. Die Echos verhallten. Eine ganze Weile geschah nichts, plötzlich erschien Joe auf dem Hügel, dessen Hang sich ein Stück von der Straße entfernt nach oben schwang. Joe schrie: "Zwei habe ich kampfunfähig geschossen. Allerdings hat Kincaid das Weite gesucht. Sein Pferd steht weiter südlich. Ehe ich meinen Vierbeiner erreiche ist er über alle Berge..."

Ich begriff, rannte zu Blacky und warf mich in den Sattel. Das Tier streckte sich und verfiel aus dem Stand in stiebenden Galopp.

Jim Tucker rannte den Hügel hinauf. Zusammen mit Joe ging er zu den beiden Wegelagerern, die aus verschiedenen Wunden bluteten und deren Waffen Joe unbrauchbar gemacht hatte. Sie hockten am Felsen. Einer presste beide Hände auf die zerschossene Hüfte, der andere drückte sein Halstuch gegen die blutende Schulter.

Sie hatten genug.

"Hoch mit euch beiden Halunken", knurrte Tucker.

Der Einäugige kannte keinen Pardon. Als der Hombre mit der zerschossenen Hüfte nicht auf die Beine kam, wies Tucker den anderen an, ihm zu helfen. Schließlich standen sie krumm und schief da, ächzten und keuchten, der Schweiß rann ihnen über die qualvoll verzerrten Gesichter.

Tucker dirigierte die beiden vor sich her zum Gefängniswagen. Er holte Verbandszeug aus der Satteltasche, warf es ihnen hin und knurrte mitleidlos: "Verarztet euch gegenseitig. Dazu seid ihr schon in der Lage. Und jammert vor allen Dingen nicht herum. Ihr habt es euch selber zuzuschreiben."

Joe holte seinen Vierbeiner.

Indes stob ich hinter Buster Kincaid her. Er hatte sein Pferd erreicht und jagte zwischen den Anhöhen nach Osten. Die Hufe unserer Tiere wirbelten und schienen kaum den Boden zu berühren. Die Umgebung flog regelrecht an mir vorbei. Kincaid bot seinem Braunen jede erdenkliche Erleichterung. Er hatte sich in den Steigbügeln erhoben und sein Gewicht weit nach vorn auf den Pferdehals verlagert.

Doch Blacky war einige Klassen besser als das Tier, das Kincaid ritt. Ich holte auf. Der Bandit schaute oftmals über die Schulter und es entging ihm nicht.

Sicherlich ahnte er, dass sein Pferd dieses Höllentempo nicht mehr lange durchhalten konnte. Die Distanz zwischen ihm und mir betrug etwa noch 120 Yards. Ich dachte daran, anzuhalten und das Gewehr zu nehmen, um ihm das Pferd unter dem Hintern wegzuschießen. Erstens aber hatte ich Mitleid mit der unschuldigen Kreatur, zweitens befürchtete ich, dass Kincaid sich beim Sturz den Hals brach und die Wahrheit über den Mord bei Fort Worth nie ans Licht kam.

Also jagte ich weiter.

110 Yards, 100... Der Abstand schmolz zusehends. Das Pferd, das Kincaid ritt, verlangsamte seinen Hufewirbel. Der Reitwind riss Schaumflocken von seinen Nüstern und trieb sie nach hinten davon. Unbarmherzig setzte Kincaid die Sporen und das lange Zügelende ein.

Aus dem Pferd war nichts mehr herauszuholen.

Der Bandit riss es um die linke Hand und jagte hinter einen Hügel.

Ich zerrte Blacky im vollen Galopp herum und sprengte den Abhang hinauf. Oben angekommen zerrte ich den Rappen in den Stand.

Am Fuß des Hügels war Kincaid aus dem Sattel gesprungen. Er griff nach dem Gewehr. Der Kolben flog an die Schulter. Über den Pferderücken hinweg zielte er auf mich. Als der Schuss brach, war ich schon von Blacky. Die Kugel jaulte über meinen leeren Sattel hinweg.

Kincaid warf sich herum und hetzte auf einige Sträucher zu, die ihm als einzige Schutz boten. Ich jagte ihm eine Kugel hinterher, aber der Bandit schlug Haken wie ein Hase und das Blei verfehlte ihn.

Schnell zog ich Blacky herum und versetzte ihm einen Schlag auf die Kruppe. Der Rappe trottete ein Stück den Abhang hinunter und war in Sicherheit. Ich hechtete auf den Bauch.

Bei Kincaid peitschte die Winchester. Er feuerte durch das verfilzte Zweiggespinst. Drei – vier Projektile schickte er den Hang herauf. Sie pfiffen über mich hinweg. Und dann erwiderte ich das Feuer. Ich knallte die Geschosse in den Strauch hinein, hielt aber etwas höher, denn ich wollte ihn auf keinen Fall mit einem Zufallstreffer töten. Zweige und Blätter wurden abgerissen und fielen zu Boden. Eine Erschütterung ging durch den ganzen Busch, als ich ein Stück Blei in den Wurzelstock knallte.

Ich wollte ihn entnerven, ihn zermürben.

Kincaid aber schien Nerven wie Schiffstaue zu besitzen. Er schoss jedenfalls wieder zurück. In rasender Folge zuckten die Mündungsblitze aus dem Zweiggeflecht. Pulverdampf trieb.

Ich brüllte, als er das Feuer einstellte: "Gib auf, Kincaid. Der Strauch ist wirklich keine Deckung, die Gewehrkugeln abhalten kann. Wenn ich..."

Meine weiteren Worte gingen unter im Krachen seiner Schüsse.

Ich zielte sorgfältig etwas neben die flammenden Blitze, die mit dem grellen Sonnenlicht verschmolzen.

Mein Schuss peitschte.

Schlagartig verstummte Kincaids Gewehr.

Hatte ich ihn getroffen, oder war es eine Finte? Wollte mich der Hundesohn aus der Reserve locken und mir dann den Fangschuss geben?

Ich schaute mich um. Ein Stück entfernt sah ich einen Strauch. Ich zog mich ein Stück zurück und kroch zu ihm hin. Hinter dem Busch erhob ich mich in die Hocke. Aufmerksam spähte ich nach unten. Da rührte sich nichts. Das abgetriebene Pferd stand auf dem Fleck und witterte in die Runde.

Ich robbte zurück und erhob mich, als mir keine Kugel von unten mehr gefährlich werden konnte. Dann schwang ich mich auf Blacky und ritt um den Hügel herum. Ich blieb hinter den Hügeln, ritt einen Halbkreis und näherte mich Kincaid aus östlicher Richtung.

Von einem Kamm aus sah ich ihn schließlich. Er lag auf dem Gesicht und rührte sich nicht. O verdammt! durchfuhr es mich siedend. Du hast ihn erschossen. Wenn es so ist, dann hat Bannister ein riesiges Problem am Hals. Nur Kincaid kann ihn vom Vorwurf des Mordes reinwaschen.

Wachsam ritt ich in die Senke. Die Winchester hielt ich von der Hüfte aus auf den Reglosen gerichtet. Mein Zeigefinger lag um den Abzug. Ich parierte Blacky und starrte auf Kincaid hinunter. Über den Hügel, auf dem ich zuerst Stellung eingenommen hatte, sickerte Hufschlag heran.

Ich stieg vom Pferd. Auf dem Hügelkamm erschien Joe auf seinem Braunen. Ich winkte ihm. Dann beugte ich mich über Kincaid, griff mit der Linken nach seinem Gewehr und schleuderte es ein Stück fort. Sogleich ließ ich den Colt des Banditen folgen. Dann drehte ich Kincaid auf den Rücken.

Der Bandit lebte. Er hatte meine Kugel von oben in die rechte Schulter bekommen. Ob sie weit in den Brustraum eingedrungen war, konnte ich nicht beurteilen. Er war bewusstlos. Joe hielt sein Pferd bei mir an und sprang ab. Er kniete auf der anderen Seite des Banditen ab.

Aus der Wunde pulsierte Blut. Ich holte mein Verbandszeug aus der Satteltasche, riss ein Stück Binde ab und drehte einen Pfropfen. Joe hatte mit dem Taschenmesser das Hemd Kincaids über der Schulter aufgeschnitten. Ich stopfte den Pfropfen in das Einschussloch, um die Blutung zu stillen.

Joe reichte mir die Canteen. Ich träufelte Kincaid etwas Wasser zwischen die Lippen. Seine Lider begannen zu flattern. Schließlich öffnete er die Augen. Stupide, mit dem törichten Ausdruck des Nichtbegreifens, schaute er mich an. Dann stellte sich die Erinnerung bei Kincaid ein, sein Blick verlor den stumpfen Ausdruck, ihm entrang es sich mit schwacher, losgelöster Stimme: "Du hast mich gut erwischt, Marshal. Dabei hat alles so gut ausgesehen, als wir euch vor den Mündungen hatten. Eigentlich solltest ihr schon in der Hölle schmoren. Bannister, dieser Hurensohn! Ich hätte nie gedacht, dass er mich findet. Jetzt – jetzt..."

Seine Worte waren immer undeutlicher gekommen, zuletzt war es nur noch ein unverständliches Gemurmel, das über seine Lippen drang.

"Hat Bannister den Mord bei Fort Worth begangen?", fragte ich schnell, denn mir war klar, dass es mit Kincaid zu Ende ging. Meine Kugel war wahrscheinlich durch die Schulter in seine Brust eingedrungen und hatte die Lunge verletzt. Er verblutete innerlich.

Kincaid schüttelte lahm den Kopf. "Ich gehe sowieso gleich vor die Hunde, Marshal", flüsterte er. Ein Blutfaden rann aus seinem Mundwinkel. "Bannister..."

Kincaid hüstelte. Mehr Blut floss aus seinem Mund. Blutiger Schaum bildete sich auf seinen Lippen.

"Rede, Mann", drängte ich. "Erleichtere dein Gewissen. Erzähl uns auch, wie das mit dem Farmer war, den du tot in die Stadt gebracht hast."

Der sterbende Bandit nickte. "Ich - ich habe Zack Wilder umgelegt. Ich habe auch diesen Duncan Riggs abgeknallt. Kenneth zahlte mir 100 Dollar Prämie für Riggs. Es – es sollten noch weitere Siedler und Farmer dran glauben. Ich – ich – o verdammt!"

Ein Schwall Blut brach aus Kincaids Mund, er bäumte sich auf, die Augen weiteten sich, dann fiel er zurück. Ein letztes Gurgeln – dann war es aus mit ihm.

Joe und ich richteten uns auf.

"Du hast es auch gehört, Joe", murmelte ich. "Bannister ist unschuldig. Und Ringo Kenneth hat den Mord an Duncan Riggs in Auftrag gegeben."

Joe nickte. "Yeah, Partner. Damit ist Kenneth unser Fall. Bevor wir uns ihm aber widmen, bringen wir Kincaid und Bannister sowie die beiden anderen Figuren nach Amarillo. Wir bestätigen dort dem Richter die Aussage Kincaids und er kann veranlassen, dass die Fahndung nach Bannister aufgehoben wird. Wiegen wir Kenneth ruhig noch etwas in Sicherheit."

Damit war ich einverstanden.

Ich holte Kincaids Pferd. Gemeinsam wuchteten Joe und ich den leblosen Körper quer über den Sattel. Ich sammelte noch die Waffen des Banditen ein. Das Gewehr stieß ich ins Sattelholster, den Colt schob ich in den Hosenbund. Dann ritten wir zu Tucker. Dieser hatte die beiden Kerle von der Bar-H, die sich gegenseitig notdürftig verbunden hatten, in seinem rollenden Gefängnis festgekettet. Hätten Blicke töten können, dann wären Joe und ich tot von den Pferden gesunken. Der Hass in den Augen beiden war wie eine schwelende Flamme.

Wir legten Kincaid in den Wagen.

Lance Bannister lehnte an einem der hohen Räder. Ich ging zu ihm hin und legte ihm die Hand auf die Schulter. "Kincaid hat sozusagen mit seinem letzten Atemzug den Mord an Zack Wilder gestanden, Lance. Du bist ein freier Mann." Ich zog Kincaids Colt aus dem Hosenbund. "Hier. Nimm sein Schießeisen. Du siehst so nackt aus mit dem leeren Holster."

Ich grinste ihn lahm an.

Er nahm die Waffe und holsterte sie. "Ich nehme mir auch sein Pferd, seinen Sattel und sein Gewehr", erklärte er. "Ich denke, das ist er mir auf jeden Fall schuldig."

"Du kannst aber nicht einfach fortreiten", sagte ich und ließ die Hand von seiner Schulter gleiten. "Es wäre auch nicht gesund für dich, solange du offiziell noch als Mörder gesucht wirst."

"Sicher. Ich komme mit nach Amarillo. Doch dann..."

Er brach ab und sah mich seltsam an.

Unsere Blicke kreuzten sich wie Degenklingen.

"...reitest du zur Horseshoe - zu Jane, nicht wahr?"

Er nickte.

Ich schluckte trocken.

DAN STEWART UND TOM Allison, die beiden verwundeten Bar-H-Coltschwinger, waren im Gefängnis. Ein Arzt nahm sich ihrer Verletzungen an. Derselbe Arzt hatte auch den Totenschein für Buster Kincaid ausgestellt. Letzterer befand sich beim Undertaker.

Joe und ich saßen Richter Humphrey in seinem Office gegenüber. Jim Tucker hatte es nicht für notwendig erachtet, mit uns zu kommen. Wir berichteten ausführlich.

"Es freut mich für Bannister, dass Sie seine Unschuld beweisen konnten, Logan, Joe. Ich werde das Nötige in die Wege leiten, damit er landesweit rehabilitiert wird." Der Richter schaute ernst auf mich, dann auf meinen Gefährten. "Für Sie beide ist die Geschichte allerdings noch nicht erledigt. Ich will Ringo Kenneth vor den Schranken des Gerichts stehen sehen. Kincaid kann ich nicht mehr hängen lassen. Aber derjenige, der ihn für den Mord an Duncan Riggs bezahlt hat, der soll baumeln."

"Wir bringen Kenneth", versprach ich. "Wir bringen ihn, Sir."

"Stellen Sie es sich nicht zu einfach vor, Logan. Sie und Joe müssen ihn mitten aus einer hart gesottenen Mannschaft herausholen. Es kann ziemlich rauchig werden."

"Wir werden uns entsprechend wappnen, Sir", gab Joe zu verstehen und stemmte sich vom Stuhl in die Höhe. "Wir sollten keine Zeit mehr verlieren, Partner."

Wir gingen.

Lance Bannister wartete auf einer der Bänke auf uns, von denen in den Korridoren des Court House einige aufgestellt waren. Er erhob sich, als er uns sah. "Alles klar, Bannister", kam es von Joe. "Du kannst dich bald wieder als freier und unbescholtener Mann fühlen."

"Wieso bald?"

"Nun, es wird einige Zeit dauern, bis der Steckbrief mit deinem Konterfei eingezogen ist."

"Zur Hölle damit. Ich musste auf meinem Weg in den Panhandle drei Kopfgeldjäger von meiner Fährte putzen. Hombres von ihrer Sorte reiten gewiss eine ganze Menge durchs Land. Und viele von ihnen werden meinen Steckbrief mit sich herumtragen und vielleicht nie erfahren, dass er hinfällig ist."

Er hatte recht. Frei war er noch lange nicht. Vor dem Gesetz war er zwar rehabilitiert. Die Menschenjäger aber würden nicht danach fragen.

"Du solltest vielleicht für einige Jahre aus Texas verschwinden", riet ich ihm. "Denn hier bist du noch lange nicht deines Lebens sicher."

Er starrte mich nachdenklich an. Dann knurrte er: "Ich werde mit Jane darüber reden. Und ich hoffe, sie hat nichts dagegen, wenn ich auf der Horseshoe Ranch bleibe. Dorthin wird sich kaum ein Kopfgeldjäger verirren. - Ja, ich rede mit Jane. Und es wird von ihr abhängen, ob ich bleibe oder das Land verlasse."

Es versetzt mir einen Stich. Aber ich schwieg. Was sollte ich auch sagen? Ich konnte ihm nichts verbieten.

Bannister humpelte neben uns her nach draußen. Auch er war vom Doc versorgt worden.

Draußen verabschiedete er sich von uns. Er bedankte sich noch einmal dafür, dass wir seine Unschuld bewiesen hatten. Er grinste mich an. "Ich habe es bemerkt, Logan. Auch dir ist Jane nicht gleichgültig. Sorry, es tut mir leid, wenn ich dir bei ihr in die Quere komme. Aber Jane wird sich entscheiden müssen. Du wirst doch ein guter Verlierer sein?"

Gütiger Gott! Ich wünschte ihn im ersten Moment auf den Mond, dann aber holte ich mir Janes Worte in den Sinn, als sie sagte, dass mir Tex Sherman, also Lance Bannister, nicht gefährlich werden konnte.

Ich zwang mich, seine letzten Worte mit Gelassenheit hinzunehmen.

Dennoch - ein Rest Zweifel blieb. Und Joe schürte sie, indem er mich angrinste und meinte: "Nun ja, Logan. Bannister sieht gut aus. Er hat eine Menge Erfahrung im Umgang mit Rindern und Pferden. Außerdem ist er gewiss sehr bodenständig. Also, wenn ich eine junge, hübsche Rancherin wäre und die Wahl hätte, nähme ich ihn."

"Du bist aber keine junge, hübsche Rancherin, Amigo mio", versetzte ich trocken. "Wärst du es aber, könntest du ihn haben. Du bist nämlich nicht mein Typ."

Joe hob die Brauen. "Na, du bist vielleicht ein Freund", knurrte er.

Jetzt war ich es, der grinste. Wenn ich auch das Gefühl hatte, dass es ziemlich verkrampft anmutete.

JOE UND ICH RITTEN zur Bar-H. Seit wir uns zum letzten Mal hier ein Stelldichein gaben, waren 48 Stunden vergangen. Wir ahnten, dass Ringo Kenneth zwischenzeitlich erfahren hatte, dass Buster Kincaid und seine beiden Komplizen Pech gehabt hatten.

Er würde also mit unserem Besuch rechnen.

Wir warteten bis zum Abend. Auf der Ranch herrschte ein Kommen und Gehen. Von Ringo Kenneth bekamen wir jedoch nicht einmal die Nasenspitze zu sehen.

"Hoffentlich hat sich der Hundesohn zwischenzeitlich nicht abgesetzt", verlieh Joe seiner Befürchtung Ausdruck.

Es war finster. Der Mond stand noch hinter den Bergen im Osten.

"Weshalb schnappen wir uns nicht einen der Helps und fragen ihn?", sagte ich.

"Yeah. Es kommt immer wieder mal einer in den Hof. Vamos - gehen wir."

Wir ließen die Pferde zurück und pirschten im Schutz der Dunkelheit und der Gebäude bis zum Rand des Ranchhofes. Aus zwei Fenstern des Haupthauses fiel Licht. Die Vorhänge waren zugezogen. In dem Gebäude residierte James Hancock, der Hombre, den die PCC als Verwalter der Bar-H eingesetzt hatte. Von Joe wusste ich, dass Hancock verheiratet war und einen erwachsenen Sohn sowie eine hübsche Tochter hatte.

Einem jähen Impuls folgend stieß ich hervor: "Warum fragen wir nicht Hancock persönlich? Er wird am ehesten wissen, wo sich sein Vormann herumtreibt."

"Sicher, warum nicht?"

Wir lösten uns aus dem Schlagschatten des großen Schuppens und liefen über den Ranchhof.

Die Tür des Haupthauses ließ sich öffnen. Hancock fühlte sich also ausgesprochen sicher. Wir standen in einem dunklen Flur. Durch die Ritzen einer Tür rechter Hand fielen Lichtstreifen. Joe öffnete sie. Gelber Lichtschein quoll uns entgegen. Wir traten ein und standen in einem großen, luxuriös eingerichteten Wohnraum. Die Mitte des Raumes nahm eine schwere Polstergarnitur ein, die um einen schweren

Tisch gruppiert war. Ich sah teure Vitrinen, Bords, einen offenen Kamin, alte Waffen an den Wänden, Gemälde und präparierte Tierköpfe.

Und ich sah einen etwa 50-jährigen Mann aus seinem Sessel in die Höhe schnellen. "Seid ihr verrückt? Was platzt ihr hier einfach so..."

Er verschluckte sich fast, denn jetzt bemerkte er, dass wir gar nicht zur Ranch gehörten, und sicher entgingen ihm auch die Abzeichen an unseren Westen nicht.

In einem der anderen Sessel saß eine gepflegte Frau Mitte der 40, die noch immer sehr schön war, und die uns mit einer Mischung aus Erschrecken, Betroffenheit und Verstörtheit anstarrte.

"U.S.-Marshals!", blaffte Hancock und schnaubte durch die Nase. "Natürlich. Ihr habt es nicht nötig, anzuklopfen, ehe ihr fremde Häuser betretet. Das verbietet euch großspurigen..."

"Halten Sie die Luft an, Hancock!", schnitt ihm Joe grimmig das Wort ab. "Wir suchen Ringo Kenneth. Wo ist er?"

Hancock zog den Kopf zwischen die Schultern. Es sah aus, als wollte er uns im nächsten Moment angreifen. In seinen Augen irrlichterte der Ärger. "Was weiß ich? Er ist mir keine Rechenschaft schuldig. Auf der Ranch ist er jedenfalls nicht. Er wird die Linien-Camps kontrollieren. Das ist ja schließlich sein Job."

"Erzählen Sie uns keine Märchen", mischte ich mich ein. "Sicher wissen Sie über jeden Schritt und Tritt Ihres Vormannes Bescheid."

"Was wollt ihr überhaupt von Kenneth? Heh, Sie sind doch der Mister, der vorgestern hier mit dem Einäugigen für Furore sorgte." Sein Blick hatte sich an mir verkrallt. "Na los, spucken Sie's schon aus: Was wollt ihr von meinem Vormann?"

"Weshalb fragen Sie nicht, was aus Buster Kincaid, Dan Stewart und Tom Allison geworden ist, Hancock? Die drei hat Kenneth auf uns angesetzt. Von Kincaid haben wir auch erfahren, dass Kenneth ihn mit dem Mord an Duncan Riggs beauftragt hat. Deshalb sind wir hier, Hancock. Auf Kenneth wartet der Henker. Und vielleicht will Kenneth nicht alleine hängen und nennt Namen."

James Hancock prallte zurück. "Riggs hat Rinder der Bar-H gestohlen. Kincaid musste sich seiner Haut wehren, als er ihn stellte. Kommen Sie mir nicht mit Mord, Marshal. Wo Kenneth ist, weiß ich nicht. Suchen Sie ihn. Und jetzt sollten Sie mein Haus verlassen. Sie stören..."

"Wir kommen wieder", versicherte Joe, nahm mich beim Arm und zog mich zur Tür.

Wir schritten über den Hof. Ehe wir im Schatten zwischen einem Stall und einer Scheune untertauchten, schaute ich über die Schulter. Hancock hatte den Vorhang eines der Fenster zur Seite geschoben und starrte hinter uns her.

Ich hörte Joe sagen: "Innerhalb der nächsten fünf Minuten wird er einen seiner Knilche in den Sattel jagen, der Kenneth melden soll, dass wir ihm im Genick sitzen. Er war sich seiner Sache wohl doch nicht mehr so ganz sicher, nachdem die drei Sattelfalken, die er dir und Tucker auf den Hals schickte, nicht zurückkehrten."

Die Finsternis schlug über uns zusammen. Wir rannten zu unseren Pferden und ritten auf dem Weg, der am Fluss entlang führte, nach Süden, und zwar derart offensichtlich, dass jeder auf der Ranch annehmen musste, wir würden nach Amarillo zurückkehren.

Zwischen den Hügeln jedoch machten wir kehrt. Nun ließen wir die Pferde auf Weideland gehen, so dass der Hufschlag vom Gras geschluckt wurde.

Tatsächlich stob schon bald ein Reiter von der Ranch. Die Nase seines Pferdes zeigte nach Norden.

Wir umritten die Ranch und folgten dem Burschen. Links von uns schimmerte die riesige, glatte Fläche des Rita Blanka Lake im Mond- und Sternenlicht wie flüssiges Silber.

"Ich denke, das Ziel des Hombre ist Dalhart", rief Joe. "Das Nest liegt an der Nordseite des Sees, keine fünf Meilen von der Bar-H entfernt. Sicher hat Kenneth sich dort verkrochen."

Ich hörte den Namen der Ortschaft zum ersten Mal. Er sagte mir nichts. Aber da Joe ihn erwähnte und dieser Ort so nahe bei der Ranch lag, lag es geradezu auf der Hand, dass Kenneth sich dort aufhielt.

NUN, DER BOTE RITT nach Dalhart. Der Ort mutete um diese Zeit wie ausgestorben an. Der Bar-H-Reiter hielt vor dem Hotel und ging hinein. Wenig später kam er wieder auf die Straße und schritt zum Saloon.

Wir beobachteten ihn.

Während ich die Pendeltür im Auge behielt, warf Joe einen Blick durch das große Frontfenster. In dem Saloon war nicht viel los. Joe winkte mir. Kenneth hockte an einem Tisch. Der Reiter, dem wir gefolgt waren, hatte sich ihm gegenüber niedergelassen und sprach.

Während er auf Kenneth einredete, schenkte dieser das Glas voll und schob es dem Burschen hin. Dieser trank einen Schluck, dann bewegte er wieder den Mund.

Kenneth kaute auf der Unterlippe herum, als der Mann geendet hatte und das Whiskyglas leerte.

Joe stieß mich an.

Wir betraten den Schankraum. Knarrend und quietschend schwangen die Türpendel hinter uns aus. Zwei Schritte vor der Tür verhielten Joe und ich.

Wir wurden angestarrt. Ringo Kenneth und der Cowboy, der ihm eine Botschaft von James Hancock überbracht hatte, ließen Bestürzung erkennen. Sie saßen wie vom Donner gerührt am Tisch und mussten unser unvermutetes Auftauchen er einmal verstandesmäßig verarbeiten.

Ich rief: "Ringo Kenneth, Sie sind wegen Anstiftung zum Mord an Duncan Riggs verhaftet. Heben Sie die Hände und versuchen Sie nichts. Zwingen Sie uns nicht, auf Sie zu schießen."

Stühle wurden plötzlich gerückt, Füße scharrten auf den Dielen. Ein Stuhl kippte polternd um. Die anderen Gäste zogen sich an die Wand zurück. Niemand wollte in der Schussbahn sein, falls hier die Kugeln flogen.

Wie von Schnüren gezogen erhob sich Kenneth. Sein Kinn war vorgeschoben und eckig. Jede seiner Bewegungen wirkte geradezu hölzern. An seinem rechten Oberschenkel hing ein Colt. Seine Fingerspitzen berührten den Knauf. "Wie kommen Sie zu dieser Anschuldigung, Marshal?", grollte sein Organ. Er bemühte sich, seine Stimme ruhig klingen zu lassen.

"Buster Kincaid lebte noch lange genug, um uns seinen Auftraggeber zu nennen, Kenneth."

"Er ist tot." Verächtlich verzog Kenneth den Mund. "Die Worte eines Sterbenden..."

Urplötzlich griff er nach dem Colt. Er wollte uns überrumpeln.

Kenneth war schnell, schneller wahrscheinlich als je zuvor im Leben. Während er zog, pendelte sein Oberkörper nach vorn.

Der Hombre, dem wir nach Dalhart gefolgt waren, zog ebenfalls.

Joe und ich handelten fast mechanisch. Unsere Sechsschüsser flirrten aus den Futteralen und schwangen hoch. Das Krachen der Revolver hörte sich an wie Kanonendonner. Die Detonationen vermischten sich ineinander und rüttelten an den Wänden. Der Saloon schien in seinen Fundamenten zu erbeben.

In dem Moment, als wir abdrückten, waren Joe und ich zur Seite geglitten. Kenneth' Kugel knallte in die Wand hinter uns und meißelte ein faustgroßes Loch heraus. Kalkstaub schwebte auf die Dielen nieder, Mauerwerk spritzte.

Kenneth' zweiter Schuss riss nur noch ein Loch in den Fußboden. Dann brach Kenneth zusammen.

Der Cowboy lag am Boden. Der Colt war ihm aus der Hand gefallen.

Leise klirrten unsere Sporen, als wir uns in Bewegung setzten. Es herrschte Totenstille. Die Männer an der Wand starrten mit angehaltenem Atem auf die beiden Männer, die auf den Dielen lagen.

Sie lebten beide.

Kenneth hatte sich die Kugel unter dem Schlüsselbein in die Schulter gebohrt und war hinten wieder ausgetreten. Die Wunde blutete stark.

Dem Hombre, der ihn warnte, war das Geschoss in die rechte Brustseite gedrungen. Er wimmerte leise.

Joe nahm Ringo Kenneth den Colt aus der Hand.

Ich sagte laut: "Hole jemand den Doc. Es gibt doch einen Arzt in diesem Nest?"

"Ja", kam es aus der Reihe der fassungslosen Gäste. Ein Mann rannte zur Tür...

DREI TAGE SPÄTER KONNTEN wir Kenneth nach Amarillo schaffen. Wir liehen uns in Dalhart einen Buggy und ein Pferd. Joe lenkte das Gespann. Kenneth saß mit gefesselten Händen neben ihm. Joes Vierbeiner war an dem leichten Wagen angeleint. Ich ritt neben dem Gefährt.

In Amarillo stellte der Doc bei Ringo Kenneth Haftfähigkeit fest. Er landete hinter Schloss und Riegel.

Richter Humphrey war zufrieden. Er sprach Joe und mir seine Anerkennung aus.

Wir standen auf der Straße. In mir war eine seltsame Unruhe, um nicht zu sagen eine fast schmerzliche Rastlosigkeit. Joe entging es nicht. "Was geht dir an die Nieren, Amigo?", grinste er mich an. Es war ein wissendes Grinsen.

"Hm", machte ich, "mir geht da einiges im Kopf herum. Und im Moment steht kein Auftrag an. Was meinst du, Partner, kann ich einen Tag freinehmen, um..."

Ich verstummte und hob etwas hilflos die Schultern.

"...auf der Horseshoe nach dem Rechten zu sehen." Joes Zähne blitzten mich an. "Na schön, Amigo. Schwing dich aufs Pferd und reite. Solange du nicht Gewissheit hast, wer bei Jane die besseren Karten hat, bist du sowieso nur halbwertig. Also verschaffe dir die Gewissheit."

Das ließ ich mir nicht zweimal sagen.

Als ich Stunden später auf der Horseshoe Ranch anlangte, kam mir Jane entgegen. Sie hatte mich durch das Küchenfenster in den Hof reiten sehen. Sie lächelte mich an. Ich empfand es als ein besonders warmes, und freudiges Lächeln.

Ich blieb im Sattel sitzen und schaute auf sie hinunter.

Sie sagte: "Lance Bannister ist fortgeritten. Er konnte es nicht ertragen, dass ich sein Ansinnen, seine Frau zu werden, ablehnte. Ich erklärte ihm, dass ich noch Zeit brauche. Ich ließ ihn auch nicht im Unklaren darüber, dass ich mehr als freundschaftliche Gefühle für ihn nicht aufbringen kann. Er war ziemlich enttäuscht. Aber er wird es irgendwann verkraften. – Komm ins Haus, Logan. Ich habe frische Pfannkuchen gebacken. Dazu gibt es Ahornsirup, und natürlich heißen, starken Kaffee."

Etwas stieg in mir hoch und breitete sich aus – und ich brauche wohl nicht zu erklären, was es war. Ich will es aber dennoch nicht verschweigen. Es war eine Art Glücksgefühl...

E N D E

Der Kopfgeldjäger: Allgegenwärtig ist der Tod Western von Pete Hackett

Unter dem Pseudonym Pete Hackett verbirgt sich der Schriftsteller Peter Haberl. Er schreibt Romane über die Pionierzeit des amerikanischen Westens, denen eine archaische Kraft innewohnt, wie sie sonst nur dem jungen G.F.Unger eigen war – eisenhart und bleihaltig. Seit langem ist es nicht mehr gelungen, diese Epoche in ihrer epischen Breite so mitreißend und authentisch darzustellen.

Mit einer Gesamtauflage von über zwei Millionen Exemplaren ist Pete Hackett (alias Peter Haberl) einer der erfolgreichsten lebenden Western-Autoren. Für den Bastei-Verlag schrieb er unter dem Pseudonym William Scott die Serie „Texas-Marshal" und zahlreiche andere Romane. Ex-Bastei-Cheflektor Peter Thannisch: „Pete Hackett ist ein Phänomen, das ich gern mit dem jungen G.F. Unger vergleiche. Seine Western sind mannhaft und von edler Gesinnung."

Hackett ist auch Verfasser der neuen Serie „Der Kopfgeldjäger". Sie erscheint exklusiv als E-book bei CassiopeiaPress.

Ein CassiopeiaPress E-Book

www.AlfredBekker.de[2]

1. http://www.haberl-peter.de/

2. http://www.AlfredBekker.de/

SEIT DREI TAGEN FOLGTE McQuade zwei Pferdedieben. Sie hatten auf einer Ranch in der Nähe von Tucson vier Pferde gestohlen und waren auf dem Weg nach Süden. Jetzt befand sich McQuade in der Unwegsamkeit der Sierrita Mountains. Totes Gestein, Staub, glühende Hitze und verkümmertes, stacheliges Strauchwerk umgaben ihn.

Der Falbe ging mit hängendem Kopf. Gray Wolf, der graue Wolfshund, trottete neben dem Pferd her. Die Tiere und der Reiter waren verstaubt und verschwitzt. McQuades Augen waren entzündet. Feiner Staub war unter seine Kleidung gekrochen und scheuerte die Haut wund, feiner Staub knirschte auch zwischen seinen Zähnen.

Der Kopfgeldjäger zügelte und lauschte. Es war still. Er nahm seinen Hut ab, knüpfte das Halstuch auf und wischte sich den Schweiß von der Stirn. Dann trocknete er das Schweißband des Hutes und stülpte ihn sich wieder auf den Kopf. Sein Mund war trocken, die Lippen waren spröde und rissig. McQuade trank einen Schluck aus der Wasserflasche. Das Wasser war brackig, aber es belebte ihn. Dann ruckte er im Sattel. Der Falbe setzte sich in Bewegung. Die Gebisskette klirrte leise, Sattelleder knarrte, dumpf pochten die Hufe.

Der Texaner, den ein unbarmherziges Schicksal nach dem Bürgerkrieg ins Arizona-Territorium verschlagen hatte und der es sich zur Aufgabe gemacht hatte, dort aufzutreten, wo das Gesetz schwach war oder versagte, spürte Anspannung. Er war hellwach und auf blitzschnelle Reaktion eingestellt. Die Gefahr konnte hinter jedem Felsen lauern, der Tod war allgegenwärtig. Er ritt weiter und lenkte das Pferd in eine Schlucht hinein. Die Hufe krachten. Der Wind trieb Staub über die Schluchtränder und feines Prasseln erfüllte die Luft. Manches Mal schoben sich die Felsen nahe zusammen, dann traten sie wieder weit auseinander.

Ein Schuss zerriss die Grabesstille in der Schlucht. Aufbrüllend antworteten die Echos. McQuade spürte den Gluthauch der Kugel an der Wange und gab seinem Pferd die Sporen. Die Hufe des Tieres wirbelten. Der prasselnde Hufschlag wurde von den Felsen zu beiden Seiten zurückgeworfen.

Der Schütze verharrte am Rand der Schlucht. Vor seinen Zehenspitzen fiel der Felsen fast senkrecht in die Tiefe. Nur noch aufgewirbelter Staub verriet den Weg, den McQuade genommen hatte. Der Kopfgeldjäger war hinter einem Knick verschwunden. Im bärtigen Gesicht des Banditen arbeitete es. Er wandte sich um, lief zu seinem Pferd, kam mit einem kraftvollen Satz in den Sattel und trieb das Tier an. Im gestreckten Galopp donnerte er nach Süden ...

Am Ende einer Senke erwartete McQuade die beiden Pferdediebe. Er trieb sein Pferd hinter einem Felsen hervor. Das Tier lenkte er mit den Schenkeln, das Gewehr hielt er an der Seite, den Kolben hatte er sich unter die Achsel geklemmt. Sein Zeigefinger krümmte sich um den Abzug, die anderen drei Finger steckten im Ladebügel.

„Hände hoch!", gebot McQuade. „Eine falsche Bewegung, und es kracht."

Erschreckt stemmten sich die beiden Pferdediebe gegen die Zügel. Die Tiere standen. Unwillkürlich zuckten die Hände der Banditen zu den Revolvern. Aber der Verstand holte diesen Reflex ein. Die Hände des einen wanderten langsam nach oben. In den Zügen des anderen arbeitete es. Verkniffen starrte er den Kopfgeldjäger an.

Es handelte sich um Mexikaner. Schulterlange, schwarze Haare quollen unter ihren Sombreros hervor und fielen auf ihre Schultern. Sie belauerten McQuade, in ihren dunklen Augen funkelte es tückisch, die Gesichter wiesen die Spuren eines unsteten Lebens außerhalb von Recht und Ordnung auf. Ein Ausdruck von Verworfenheit und skrupelloser Brutalität prägte sie.

„Na schön, Gringo", sagte einer, ein Mann mit pockennarbigem Gesicht, schließlich. „Du hast uns vor dem Lauf. Was nun?"

„Ich werde euch und die Pferde nach Tucson bringen. Dort wird man euch vor Gericht stellen. Wenn der Mann, den ihr bei eurem Pferdediebstahl angeschossen habt, in der Zwischenzeit gestorben ist, dann wird man euch hängen. Wenn nicht, werdet ihr lediglich für einige Zeit hinter Zuchthausmauern verschwinden.«

„Du hast dir ziemlich viel vorgenommen, Gringo." Ein hinterhältiges Grinsen umspielte die Lippen des Bravados. Die dünne Schicht aus Staub und Schweiß in seinem Gesicht war gebrochen. In seinen Augen loderte ein heimtückisches Feuer.

„Zieht vorsichtig die Revolver aus den Futteralen", kommandierte McQuade. »Werft sie zu Boden, und lasst dann die Gewehre folgen.«

Einer der mexikanischen Banditen senkte die Hände.

Der andere gab seinem Pferd die Sporen und griff gleichzeitig nach dem Revolver. Das Eisen flirrte aus dem Holster, der Bandit brachte es in die Waagerechte. Begleitet vom peitschenden Knall des Schusses riss ihn McQuades Kugel vom Pferd.

Nun kam auch in die Gestalt seines Kumpans Leben. Seine Rechte zuckte zum Sechsschüsser. Das Donnern der Detonation von McQuades Gewehr in den Ohren bäumte er sich auf, machte das Kreuz hohl und stürzte aus dem Sattel. Staub schlug unter seinem aufprallenden Körper auseinander.

McQuade nahm sein erregt tänzelndes Pferd hart in die Kandare. Die beiden Banditen rührten sich nicht. Einer der Bravados lag auf der Seite, der andere auf dem Bauch. Ihr Blut versickerte im Staub. McQuade saß ab. Bei dem Pockennarbigen ging er auf das linke Knie nieder. Die Lider des Banditen zuckten. Ein leises Stöhnen brach aus seiner Kehle und drang über seine zuckenden Lippen. McQuade richtete sich auf und ging zu dem anderen Bravado hin. Dem konnte keine Macht der Welt mehr helfen. Er hatte die Kugel ins Herz bekommen.

Der Kopfgeldjäger hatte einen blutigen Schlussstrich unter das Leben des Banditen gezogen. Doch er verspürte keine Genugtuung. Er hasste es, zu töten. Aber der Mexikaner hatte ihm keine andere Wahl gelassen. Die Zeit, genau zu zielen, ließ er ihm nicht.

Der Pockennarbige hatte die Kugel in die rechte Schulter bekommen. McQuade holte aus seiner Satteltasche ein Messer und schnitt das Hemd des Banditen auf. Aus einem Stück Binde drehte er einen Pfropfen, den er in den Wundkanal steckte, um die Blutung zu stoppen. Dann legte er dem Burschen einen Verband an.

Danach kratzte der Kopfgeldjäger mit dem Gewehrkolben eine Mulde in den feinen Sand, in die er den toten Pferdedieb legte. Er häufte Steine über den Leichnam. Bald zeugte nur noch der Haufen Geröll davon, dass hier ein Mann seine letzte Ruhe gefunden hatte. Ein namenloses Grab in einem Land, in dem man seine Lektionen entweder verdammt schnell lernte oder gnadenlos vor die Hunde ging ...

DER NAME DES MEXIKANISCHEN Banditen war Pepe Veraguas. McQuade brachte ihn nach Tucson und übergab in dort dem Sheriff. Von diesem erfuhr er, dass der Cowboy, den die beiden Mexikaner anlässlich des Diebstahls der Pferde schwer verwundeten, seiner Verletzung erlegen war. „Das bedeutet", so schloss der Gesetzeshüter, „dass ich Veraguas wegen Mordes aus niedrigen Beweggründen anklagen werde. Und das Verfahren wird sicherlich mit einem Todesurteil enden. Vielen Dank, McQuade. Ohne Ihre Hilfe wären die Kerle ungeschoren davongekommen."

„Schon gut", murmelte der Kopfgeldjäger, dann verabschiedete er sich. Er begab sich in Maria Alvarez' Boardinghouse, um sich dort einen Schlafplatz zu mieten. Maria, die dicke Mexikanerin, stand selbst hinter der Rezeption. Sie wies McQuade ein Bett zu, dann sagte sie: „Habe ich dir eigentlich schon einmal gesagt, McQuade, dass du meiner Tochter das Herz brichst?"

Die Brauen des Kopfgeldjägers schoben sich zusammen. „Ich breche Juanita das Herz? Wie kommst du darauf, Maria?"

„Irgendwann einmal hast angedeutet, dass nur eine einzige Frau für dich als Gattin in Frage käme – und das ist Juanita. Jedes Mal wenn du in Tucson bist, wartet sie auf deinen Heiratsantrag. Und jedes Mal, wenn du wieder fortreitest, ohne sie gefragt zu haben, vergießt sie bittere Tränen."

McQuade schaute etwas betreten und zugleich betroffen drein. „Das tut mir leid, Maria."

Die Mexikanerin winkte ab. „Du bist vor einer knappen Woche von einer Minute auf die andere aus Tucson verschwunden. Nun stehst du vor mir – verdreckt, verschwitzt, abgemagert und irgendwie müde. War deine Jagd wenigstens erfolgreich?"

McQuade nickte. „Ich habe einen der Banditen zurückgebracht. Er heißt Pepe Veraguas. Seinen Komplizen musste ich leider erschießen. Sein Name war José Fernandez. Auf Veraguas wartet der Henker, denn der Cowboy, den die beiden niederknallten, ist gestorben."

Ungläubig starrte Maria Alvarez den Kopfgeldjäger an. Schließlich entrang es sich ihr: „Sagtest du Pepe Veraguas?"

„Sagte ich. Was erstaunt dich daran so? Kennst du den Hombre?"

„Ich kenne einen Mann namens Paco Veraguas", erklärte Maria Alvarez. „Ihm gehört eine große Hazienda in der Nähe von Agua Caliente, etwa fünfunddreißig Meilen südlich von Nogales, in den westlichen Ausläufern der Sierra de Pinitos."

„Veraguas hat gedroht, dass sein Vater und seine Brüder nicht zulassen würden, dass er hier in den Staaten gehängt wird." McQuade zuckte mit den Achseln. „Nun, es ist nicht mein Problem. Damit werden der Sheriff und seine Deputies fertig werden müssen."

„Du hast recht, McQuade. Sprechen wir wieder über Juanita. Warum setzt du dich nicht zur Ruhe, heiratest meine Tochter und gründest eine Familie?"

McQuade lachte geradezu amüsiert auf, dann antwortete er: „Dazu bin ich nicht geboren, Maria. Ich würde deine Tochter nur unglücklich machen."

Maria Alvarez verzog den Mund. „Ich habe es ihr gesagt, McQuade. Du bist kein Mann, der sich bindet und wie andere Männer für eine

Familie sorgt." Die Mexikanerin seufzte. „Vielleicht begreift Juanita das eines Tages. Wir werden es sehen. – Wie lange wirst du voraussichtlich in Tucson bleiben?"

„Nur bis morgen."

„Was treibt dich dieses Mal hinaus?"

„Ein Mann namens Burt Goodwin. Er hat zwei Männer erschossen und ist siebenhundert Dollar wert. Der Sheriff ist ihm mit einem Aufgebot bis in die Roskruge Mountains gefolgt, hat aber dort die Spur verloren und musste umkehren."

„Umkehren kommt für dich nicht in Frage, nicht wahr?" Maria lächelte verkrampft. Das Lächeln wirkte aufgesetzt und war ausgesprochen freudlos. „Noch mehr wird es Juanita das Herz brechen, wenn du eines Tages nicht mehr zurückkehren wirst nach Tucson, weil dich irgendein Bandit erschossen hat."

McQuade wusste darauf keine Antwort. Er nahm seine Satteltaschen vom Boden auf, hängte sie sich über die Schulter und ging, gefolgt von Gray Wolf, in den Schlafraum, in dem sechs Betten standen. Er verstaute die Satteltaschen in dem Spind, der zum Bett gehörte, dann verließ er das Boardinghouse und begab sich noch einmal zum Sheriff's Office. Der County Sheriff war anwesend. McQuade bat, noch einmal mit Pepe Veraguas sprechen zu dürfen.

„Bei dem ist der Arzt", gab der Sheriff zu verstehen. „Aber das ist sicherlich kein Hindernis. Kommen Sie, McQuade."

Sie begaben sich in den Zellentrakt. Es gab zehn Zellen, auf jeder Seite des Ganges fünf. In einem der Käfige saß der mexikanische Bandit auf der Pritsche und der Arzt war gerade dabei, seine Schulter fachmännisch zu verbinden. In der Tür stand ein Deputy und passte auf, dass der Bravado nicht auf krumme Gedanken kam.

„Eine Frage, Veraguas", begann McQuade zu sprechen. „Gehörst du zu der Veraguas-Sippe, die in der Nähe von Agua Caliente eine große Hazienda bewirtschaftet?"

„Si, Gringo", erwiderte der Bandit nickend, und dann zog ein böses Grinsen seine Lippen in die Breite. „Es ist nur eine Frage der Zeit, bis meine Leute erfahren, dass ich in Tucson im Gefängnis sitze. Dann kommen sie. Und dann bleibt hier kein Auge trocken."

„Dein Vater ist ein reicher Mann, Hombre", sagte McQuade unbeeindruckt. „Eigentlich hättest du es nicht nötig, Pferde zu stehlen."

„Mein Vater ist auch ein strenger Mann, McQuade", knurrte der Bravado. „Er hat mich auf der Hazienda als Vaquero beschäftigt. Und wenn du denkst, dass er mir auch nur einen rostigen Peso mehr bezahlt hat als seinen anderen Angestellten, dann irrst du dich. Ich hatte die Nase voll. Darum habe ich die Hazienda verlassen und bin über die Grenze in die Staaten gegangen."

„Und auf dieser Seite der Grenze wolltest du dort ernten, wo andere gesät haben, Muchacho", stieß der County Sheriff grimmig, aber auch mit einer Spur von Verachtung im Tonfall, zwischen den Zähnen hervor.

Pepe Veraguas heftete seinen finsteren Blick auf den Gesetzeshüter. „Mein Vater hat getobt, als ich ihm eröffnete, dass ich nicht gewillt bin, länger hinter seinen Kuhschwänzen herzujagen. Er hat mich angebrüllt, dass ich für ihn gestorben sei und dass ich nie wieder auf die Hazienda zurückzukehren brauche. Trotz allem – er wird nicht zulassen, dass man mich hier aufhängt. Das Fleisch und Blut eines Paco Veraguas endet nicht kläglich am Galgen."

„Wenn dein Vater versucht, dich aus dem Jail zu holen, dann werden wir auch ihn wie einen Banditen behandeln", prophezeite der County Sheriff. „Aber vielleicht bist du wirklich für ihn gestorben, Hombre. Und dann wird er keinen Finger krumm machen, um dich vor dem Henker zu retten."

Der mexikanische Bandit verzog geringschätzig den Mund, dann konzentrierte er sich auf McQuade und knurrte: „Dir verspreche ich, dass du keine ruhige Minute mehr haben wirst, McQuade. Du hast meinen guten Freund José umgelegt. Dafür wirst du bezahlen. Wenn ich mit dir fertig bin, werde ich auf deinen Kadaver spucken und dich den Geiern zum Fraß überlassen."

Hass wütete, während er sprach, in den Augen des Banditen. Seine Stimme war von tödlicher Leidenschaft getränkt. Hass prägte auch jeden Zug seines pockennarbigen Gesichts.

McQuade berührte das nicht. Zu oft hatten ihm irgendwelche Banditen blutige Rache geschworen.

„Sprechen wir darüber, wenn dir der Henker den Strick um den Hals legt, Veraguas", stieß der County Sheriff hervor. „Vielleicht verfluchst du McQuade mit deinem letzten Atemzug – mehr wird wohl kaum aus deiner Drohung nicht werden."

McQuade und der Gesetzeshüter verließen den Zellentrakt. Im Office sagte der Kopfgeldjäger: „Ich schließe nicht aus, dass Paco Veraguas nach Tucson kommt, wenn er hört, dass sein Sohn hier wegen Mordes angeklagt werden soll. Wir wissen nicht, wie er reagiert. Falls er kommt, heißt es für Sie, auf der Hut zu sein, Sheriff."

„Ich beschäftige vier Deputies, es gibt in Tucson einen Town Marshal, und der beschäftigt zwei Gehilfen. Außerdem verfügen wir hier über eine Bürgerwehr. Wenn Paco Veraguas in Tucson aufkreuzen sollte, um hier den Teufel aus dem Sack zu lassen, dann werden wir ihm die heilige Mannesfurcht einjagen und ihm heimleuchten."

TAGS DARAUF VERLIESS McQuade die Stadt. Er ritt nach Westen. Gray Wolf trottete neben dem Falben her. Nachdem er die Tucson Mountains hinter sich gelassen hatte, lag vor ihm eine weitläufige Ebene, der man den Namen Aura Valley gegeben hatte. Ein Nebenfluss des Santa Cruz River zerschnitt es. Weite Flächen, die mit hartem Büschelgras und viel Strauchwerk bewachsen waren, wechselten sich ab mit dunklen Wäldern. In rauchiger Ferne erhoben sich die bizarren Gipfel der Roskruge Mountains, in die Burt Goodwin geflohen war, nachdem er in Tucson am Spieltisch zwei Männer erschossen hatte, die ihn des Falschspiels bezichtigten.

Goodwin gelang die Flucht auf einem gestohlenen Pferd. Sein Geld musste er auf dem Spieltisch im Saloon zurücklassen. Es einzustecken hatte er keine Zeit. Der Mörder war lediglich mit seinem Revolver bewaffnet. Und er war nicht gerüstet für einen langen Ritt durch die Wildnis. McQuade sagte sich, dass Goodwin versuchen würde, sich Geld zu beschaffen.

Fünfzig Meilen von Tucson entfernt gab es eine kleine Ortschaft namens Schuchk. McQuade wollte dort sein Glück versuchen.

Es war finster, als er den Ort erreichte. Es handelte sich um eine Ansammlung von Häusern, Hütten, Ställen und Scheunen, eine Stadt, die ohne jede bauliche Ordnung angelegt worden war. In einigen Corrals und Pferchen am Stadtrand tummelten sich Ziegen, Schafe, einige Milchkühe und Pferde, es gab sogar einen Koben mit fünf Schweinen.

Aus einigen Fenstern fiel Licht. Kein Mensch war zu sehen. McQuade entdeckte den Saloon. Es war ein einstöckiges Gebäude mit einem großen, überdachten Vorbau. Über dem Vorbaudach gab es drei Fenster. Der Kopfgeldjäger vermutete, dass in dem Saloon Zimmer vermietet wurden.

Am Holm stand kein einziges Pferd. McQuade saß ab und schlang den langen Zügel lose um den Haltebalken. Das Pferd prustete und scharrte mit dem Huf. Der Texaner tätschelte den Hals des Tieres, zog die Henry Rifle aus dem Scabbard und ging in den Schankraum.

Lediglich ein Tisch war besetzt. Es handelte sich um vier Männer mittleren Alters. Sie unterbrachen ihr Gespräch und starrten den Fremden an, der von einem großen, grauen Wolfshund begleitet wurde. Im trüben Licht der Lampe, die über dem Tisch von der Decke hing, sahen die Gesichter düster aus.

McQuade setzte sich an einen freien Tisch und lehnte das Gewehr gegen die Kante der Tischplatte. Gray Wolf legte sich auf den Boden und bettete seinen Kopf zwischen die Vorderläufe. Einer der Männer erhob sich. Er trug über der Hose eine grüne Schürze. Er kam zu dem neuen Gast, nickte ihm zu und fragte: „Was darf ich Ihnen bringen, Stranger?"

„Einen Krug Wasser. Außerdem haben wir Hunger. Können Sie mir ein Steak braten?"

Der Salooner nahm die Lampe über McQuades Tisch vom Haken, stellte sie ab und hob den Glaszylinder herunter. Dann holte er ein Streichholz aus der Schurztasche, riss es an und hielt die kleine Flamme an den Docht. Er fing Feuer, die Flamme flackerte und rußte, brannte aber ruhig, nachdem der Salooner den Glaszylinder wieder darüber gestülpt und die Lampe aufgehängt hatte. Das Licht spiegelte sich in den Augen der beiden Männer.

„Natürlich kann ich Ihnen ein Steak braten", gab der Salooner schließlich zu verstehen. „Was hat Sie nach Schuchk verschlagen, Mister? Hier sagen sich Fuchs und Hase gute Nacht. Es ist selten, dass sich jemand hierher verirrt. Meistens sind es Kerle, die einen guten Grund haben, sich in der Ödnis zu verkriechen. Vor sechs Tagen war einer hier. Ihm stand die Rastlosigkeit ins Gesicht geschrieben. Mir erzählte er, dass er überfallen worden sei und dass ihm die Wegelagerer das Geld, das Gewehr und die Uhr weggenommen hätten. Er tat mir leid und ich gab ihm zu essen und zu trinken. Geglaubt habe ich ihm allerdings kein Wort."

„Trug er einen dunklen Anzug und ein weißes Hemd? Seine Haare sind dunkel und er ist etwa sechs Fuß groß. Bewaffnet ist er mit einem Revolver. Ist das der Mann, der vor sechs Tagen hier war?"

Der Salooner nickte. „Sie kennen ihn also. Sind Sie hinter ihm her?"

„Er hat in Tucson zwei Männer erschossen und musste die Stadt Hals über Kopf verlassen. Ja, ich bin hinter ihm her. Wohin hat er sich von hier aus gewandt?"

„Er hat den Ort in südliche Richtung verlassen. Von hier aus sind es nur fünfzig Meilen bis zur mexikanischen Grenze. Ich vermute, dass der Hombre ins Greaserland wollte. Wie ich schon sagte: Die Story mit dem Überfall nahm ich ihm nicht ab. Er war ein Gejagter, ein Gehetzter, die Ruhelosigkeit in Person."

„Es gibt weiter südlich, in der Nähe der Grenze einige Ortschaften", murmelte der Kopfgeldjäger. „Sicher hat Goodwin eine davon angeritten. Vermieten Sie Zimmer?"

„Ja."

„Gut. Dann verfügen Sie gewiss auch über einen Stall, in dem ich mein Pferd versorgen kann."

„Ich sage meinem Sohn Bescheid", erklärte der Salooner. „Er wird sich um Ihr Pferd kümmern."

GEGEN MITTAG DES ÜBERNÄCHSTEN Tages kam McQuade nach San Miguel. Bis zur Grenze waren es nur noch fünf Meilen. Die meisten Häuser in der Ansiedlung waren aus Adobeziegeln errichtet, die Bevölkerung bestand überwiegend aus Mexikanern. Auf einer staubigen Plaza, die den Mittelpunkt des Ortes bildete, gab es einen Brunnen mit gemauertem Rand und einem Holzgestell mit einer Winde, von der an einer rostigen Kette ein Ledereimer hing.

Es war die heißeste Zeit des Tages und die Menschen hielten Siesta. Sie hatten sich in ihre Behausungen zurückgezogen oder saßen irgendwo im Schatten und dösten vor sich hin.

McQuade war verstaubt und verschwitzt. Tagealte Bartstoppeln wucherten in seinem hohlwangigen Gesicht. Auf der Krempe seines Stetsons und auf den Schultern seines zerschlissenen, braunen Staubmantels lag Staub. Seine Augen waren entzündet, seine Lippen trocken und rissig.

Auch hier gab es einen Saloon. Es handelte sich um ein Gebäude, das nicht im mexikanischen Stil errichtet war. Auf dem Vorbau saß ein Mann in einem Schaukelstuhl. Er hatte sich den Hut über das Gesicht gelegt und schien zu schlafen. Der Holm vor dem Saloon war verwaist.

McQuade lenkte den Falben zum Brunnen und saß ab. Der Staub rieselte von der Krempe seines Stetsons und von seinen Schultern. Die Winde quietschte durchdringend, als er einen Eimer voll Wasser in die Höhe hievte. Er schöpfte mit den hohlen Händen Wasser und spülte sich den Staub aus dem Mund, dann trank er, schließlich wusch er sich das Gesicht. Dann stellte er den Eimer vor das Pferd hin, das sofort zu saufen begann. Gray Wolf war zu einem Tränketrog am Rand der Plaza gelaufen und löschte ebenfalls seinen Durst.

Jetzt schob sich der Mann im Schaukelstuhl auf dem Vorbau des Saloons den Hut aus dem Gesicht. Er war bärtig, der Blick, mit dem er den Kopfgeldjäger beobachtete, war stechend. Plötzlich erhob er sich, rückte den Revolvergurt mit dem Holster am rechten Oberschenkel zurecht, setzte sich mit einem Ruck in Bewegung und verschwand sporenklirrend im Saloon. Knarrend schlugen die Türflügel hinter ihm aus.

Wie eine Warnung vor drohendem Unheil zuckte es durch McQuades Verstand. Er ließ seinen Blick in die Runde schweifen und nahm die Eindrücke auf, die sich ihm boten. Zugleich versuchte er sich mit den örtlichen Verhältnissen vertraut zu machen. Auf der dem Saloon gegenüberliegenden Seite der Plaza sah er den Mietstall. Das Tor stand weit offen, im Stall herrschte Düsternis.

Die Pendel der Saloontür standen still. In den Tiefen des Bewusstseins McQuades regte sich etwas. Es blieb unbestimmbar, beunruhigte ihn jedoch – und es bezog sich auf den Burschen, der soeben im Saloon verschwunden war.

Der Falbe hob seine Nase aus dem Eimer und prustete zufrieden. McQuade nahm ihn am Kopfgeschirr und führte ihn in Richtung Mietstall. Gray Wolf bellte einige Male, dann lief er dem Kopfgeldjäger hinterher.

Eine Wolke von typischem Stallgeruch schlug McQuade entgegen. Pferde stampften und prusteten. In den Ecken woben verstaubte Spinnennetze.

„Stall! He, Stall!“, rief der Kopfgeldjäger, weil vom Stallmann nichts zu sehen war.

Ein Knarren war zu vernehmen, dann trat ein junger Mexikaner durch eine Tür am Ende des Mittelganges. „Hier, Señor“, rief er, und McQuade konnte sich des Eindrucks nicht erwehren, dass der Bursche ziemlich eingeschüchtert war.

„Komm her, Chico“, sagte er. „Hilf mir, mein Pferd zu versorgen. Und beantworte mir ein paar Fragen.“

Der Stallmann kam näher. Der Blick, mit dem er McQuade fixierte, erinnerte an den Blick eines waidwunden Rehs, das nicht mehr ein oder aus wusste. Da war aber auch eine gehörige Portion Misstrauen, das der Bursche verströmte. Das Flackern in seinen Augen verriet es.

„Was ist los, Junge?“, fragte McQuade, als der Stallmann bei ihm anlangte. „Wovor fürchtest du dich?“

„Ich fürchte mich nicht“, murmelte der Mexikaner mit belegter Stimme. „Sie irren sich, Señor.“

„Na schön. Übernimm mein Pferd. Ich gehe in den Saloon, um etwas zu essen. Ist vor einigen Tagen in San Miguel ein Mann aufgetaucht, der mit einem dunklen Anzug und einem weißen Hemd bekleidet ist? Er ist Ende zwanzig und dunkelhaarig, etwa sechs Fuß groß und der Scabbard an seinem Sattel ist leer.“

Das Gesicht des Stallburschen verschloss sich. „Ist dieser Mann Ihr Freund?“

„Nein. War er in San Miguel?“

„Er ist in der Stadt“, murmelte der junge Mexikaner. „Und er hat sich Matt Kendalls Verein angeschlossen.“

„Wer ist Matt Kendall?“

„Kendall versammelt hier in San Miguel eine Horde von Revolvermännern um sich. Er hat angeblich einen Vertrag mit der Regierung Mexikos abgeschlossen. Wenn seine Mannschaft groß genug ist, will Kendall mit ihr nach Mexiko City reiten und dort auf der Seite Maximilians gegen die Juaristas kämpfen. Sind Sie nicht nach San Miguel gekommen, um Kendalls Verein beizutreten, Señor?"

„Ganz sicher nicht, mein Junge. Wie viele Schnellschießer gegen sich denn schon ein Stelldichein in der Stadt?"

„Sieben. Aber es sollen noch mindestens ein Dutzend kommen. Bei den meisten von denen handelt es sich meiner Meinung nach um skrupellose Banditen. Die Stadt duckt sich. Die Menschen hier haben Angst. Die Kerle nehmen sich, was ihnen gefällt. Wer sich dagegen auflehnt, wird zurechtgestutzt."

„Gibt es in San Miguel denn kein Gesetz?"

„Nein. – An Ihrer Stelle würde ich sofort weiterreiten, Señor. Kendall wird Sie fragen, ob Sie sich ihm anschließen. Eine Ablehnung wird er nicht akzeptieren. Und er wird auch nicht dulden, dass Sie gegen einen seiner Männer vorgehen. Wenn ich Sie richtig verstanden habe, dann sind Sie doch hinter dem Hombre im schwarzen Anzug her. Kendall wird sich schützend vor ihn stellen."

Im Hof war das Knirschen von Sand unter harten Ledersohlen zu vernehmen. Sporen klirrten leise, Stiefelleder knarrte. Der Stallmann zog den Kopf zwischen die Schultern. Es sah aus, als würde er schrumpfen. Auf dem Grund seiner Augen wob hündische Angst.

Mit einem Ruck zog McQuade die Henry Rifle aus dem Scabbard. Er drehte sich um – im selben Moment erschienen zwei hoch gewachsene Männer im Stalltor. Sie überschritten die Schattengrenze und hielten an. Breitbeinig standen sie etwa fünf Schritte vor dem Texaner. Sie trugen die Revolver ziemlich tief geschnallt, und ihnen haftete der Geruch von Pulverdampf an. Diese beiden Kerle gehörten zur hart gesottenen, falkenäugigen Gilde der Revolverschwinger. McQuade erkannte es mit untrüglichem Instinkt. Und er stellte sich auf Verdruss ein.

Einer der Kerle ergriff das Wort, indem er sagte: „Du siehst ziemlich heruntergekommen aus, Hombre. Ist es der Zufall, der dich nach

San Miguel geführt hat, oder bis du Matts Aufruf gefolgt? Wenn ja, dann sei willkommen."

„Wenn nicht, was dann?"

Der Bursche, der eben gesprochen hatte, stemmte beide Arme in die Seiten und nahm nun eine herausfordernde Haltung ein. „Du vermittelst etwas, aber ich kann dir nicht genau sagen, was es ist. Ich denke aber, dass du zu uns passen würdest. Komm mit uns hinüber in den Saloon und sprich mit Matt. Und dann sehen wir weiter."

„Gut", stimmte McQuade zu. „Es schadet sicherlich nicht, mir anzuhören, was mir dein Freund Matt zu sagen hat. Also gehen wir." Der Kopfgeldjäger setzte sich in Bewegung. Gray Wolf, der sich bei ihm auf die Hinterläufe niedergelassen hatte und die beiden Schnellschießer beobachtete, erhob sich und glitt lautlos neben McQuade her.

DREI DER KERLE SASSEN an einem der runden Tische, zwei standen an der Theke. Tabakqualm schwängerte die Luft. Es waren hartgesichtige Männer mit wachsamen, durchdringenden Blicken. McQuade wurde angestarrt und eingeschätzt. Der Kopfgeldjäger hatte das Gefühl, einen Raubtierkäfig zu betreten. Sein Blick erfasste Burt Goodwin. Er saß mit an dem Tisch, vor ihm stand ein Glas mit Whisky.

Der Mann, der neben Goodwin saß, sagte: „Ich bin Matt Kendall. Wer bist du, Mister? Sieht aus, als wärst du verdammt weit geritten, um dich hier mit mir zu treffen."

Kendall war um die dreißig. Ein dunkler Typ, von dem eine starke, zwingende Strömung ausging. Seine Haltung war aufrecht, in seinen Zügen lag Kampfgeist. Er war gewiss ein energischer, willensstarker Mann.

„Ich weiß zwar nichts von deinem Aufruf", erklärte McQuade, der bei dem Tisch angehalten hatte. Er führte den forschenden Blick

Goodwins auf sich gerichtet. Wahrscheinlich rechnete der Mörder mit Verfolgung und er war randvoll mit Misstrauen. „Aber der Peon im Mietstall hat mir gesagt, worum es geht. Was hast du denn zu bieten, Kendall?"

„Wenn wir Kaiser Maximilian helfen, sich gegen die Rebellen in Mexiko durchzusetzen, erhält jeder von uns eine Prämie von tausend Dollar. Der monatliche Sold beträgt siebzig Dollar bei freier Unterkunft und Verpflegung."

„Kein schlechtes Angebot", gab McQuade zu verstehen. „Man kann sich aber auch heißes Blei einhandeln."

„Das ist das Risiko, das wir eingehen müssen", knurrte Kendall. „Ich habe in allen großen Zeitungen des Landes annonciert. Und ich schätze, dass noch eine Reihe von Kerlen deines Formats hier aufkreuzen werden, um die Chance, die ich ihnen biete, wahrzunehmen. Was ist mit dir? Bist du dabei?"

McQuade wiegte den Kopf. „Ich weiß nicht ..." Der Kopfgeldjäger zeigte sich unentschlossen.

„Du siehst aus, als könntest du mit dem Sechsschüsser und der Rifle umgehen", stieß Kendall hervor. „Du siehst aber ganz und gar nicht aus wie einer, der in seinem Leben irgendwelche Reichtümer angesammelt hat. Eine solche Chance kriegst du nicht wieder, Hombre. – Du hast mir deinen Namen noch nicht genannt. Also, wie heißt du?"

„McQuade."

„O verdammt!" Burt Goodwin riss es regelrecht in die Höhe. „Natürlich, der graue Hund ..." Die Rechte des Banditen fuhr zum Revolver.

McQuade reagierte gedankenschnell. Er schwang das Gewehr hoch, brachte es an der Seite in Anschlag, repetierte und feuerte. Der Knall ließ den Saloon in seinen Fundamenten erbeben. Goodwin, der den Revolver in die Waagrechte gebracht hatte, zuckte zusammen, krümmte sich nach vorn, seine Lippen bebten und seine Augen weiteten sich. Plötzlich brach er zusammen und begrub seinen Sechsschüsser unter sich.

Es roch nach verbranntem Pulver. Die Hände der Revolvermänner waren zu den Knäufen gezuckt, aber McQuade zielte auf Matt Kendall und repetierte, was die Kerle innehalten ließ. Sie belauerten ihn, die Atmosphäre war gefährlich, geradezu explosiv, Anspannung hatte sich breit gemacht. In die Stille, die nach dem Schuss eingekehrt war, erklang das drohende Knurren Gray Wolfs. Der Kamm des Hundes hatte sich aufgestellt, die Lefzen hatten sich ein wenig über den Achtung gebietenden Fang gehoben.

„Versammelst du auch steckbrieflich gesuchte Banditen um dich, Kendall?“, kam es klirrend über die Lippen McQuades.

Seine Worte rissen die Kerle, die sich als Söldner verdingen wollten, aus ihrer Erstarrung. Sie entspannten sich. Unter ihnen gab es keine Freundschaft, es handelte sich lediglich um eine Interessengemeinschaft. Einer rief:

„Ich habe von dir gehört, McQuade. Man bezeichnet dich als den hartnäckigsten Bluthund im ganzen Territorium. Was hat Draeger ausgefressen, weil du hinter ihm her warst?“

„Sein richtiger Name ist Goodwin – Burt Goodwin. Er hat in Tucson zwei Männer erschossen, die ihn beim Falschspiel ertappten. Einer der beiden war nicht bewaffnet. Auf seinem Steckbrief steht tot oder lebendig.“

McQuade ließ, während er sprach, Matt Kendall nicht aus den Augen. Der raubtierhafte Bursche hatte die Unterlippe zwischen die Zähne gezogen und kaute darauf herum. Jetzt erhob er sich mit einem Ruck, ging zu Goodwin hin und beugte sich über ihn. Im nächsten Moment richtete er sich wieder auf und sagte: „Du hast ihm die Kugel ins Herz geschossen, McQuade. Heiliger Rauch! Du bist eine Kampfmaschine. Willst du nicht …“

„Keine Chance, Kendall. Wenn sich die Franzosen und die Juaristas auf der anderen Seite der Grenze gegenseitig die Schädel einschlagen, interessiert mich das nicht. Goodwin war ein Killer. Wenn er dem Gesetz lebend in die Hände gefallen wäre, hätte man ihn aufgehängt. Ich denke, dass es für dich in Ordnung ist, Kendall, wenn ich ihn mitnehme."

Matt Kendall setzte sich wieder. „Ich kenne Goodwin kaum. Er hat sich mir angeschlossen, und ich habe keine Fragen gestellt. Jetzt hast du ihn umgelegt und ich akzeptiere es. Willst du den Leichnam nach Tucson schleppen? Bei der Hitze geht er innerhalb weniger Stunden in Verwesung über."

„Ich bringe ihn nach Vamori. Dort wird man mir eine Bestätigung für das Sheriffsbüro in Tucson ausstellen. Vamori ist nur wenige Meilen entfernt."

„Du hast von mir und den Männern hier nichts zu befürchten, McQuade", versicherte Kendall. „Goodwin hat eben Pech gehabt. Es gibt für keinen von uns einen Grund, seinetwegen auf dich loszugehen."

VIER TAGE SPÄTER KEHRTE McQuade nach Tucson zurück. Er betrat das Office des County Sheriffs. Es war später Nachmittag. Hinter dem Schreibtisch saß ein Deputy. „Ah, McQuade. Zurück von der Jagd? Während der Woche, in der Sie unterwegs waren, hat sich einiges zugetragen hier in Tucson. Ich glaube, Sie haben ein höllisches Problem am Hals."

Die Brauen des Kopfgeldjägers schoben sich zusammen. „Was ist geschehen?"

„Paco Veraguas war mit einem halben Dutzend Reitern in Tucson. Zunächst verhielt sich der alte Bursche friedlich. Er erhielt die Erlaubnis, mit seinem Sohn zu sprechen. Danach verließen die Kerle die Stadt. Jeder hier war davon überzeugt, dass Veraguas akzeptierte, dass wir seinen Sohn festhalten und wegen Mordes vor Gericht stellen. Aber das war ein Trugschluss. Am Abend ließ er Juanita Alvarez entführen. Er schickte einen Boten in die Stadt, der drohte, dass Veraguas der jungen Señorita den Hals durchschneiden lasse, wenn sein Sohn nicht innerhalb der nächsten Stunde freigelassen werde."

In McQuades Zügen arbeitete es. Die Nachricht war für ihn wie ein Schlag ins Gesicht. „Und?"

„Der Sheriff wollte nichts herausfordern", erklärte der Deputy. „Also ließ er Pepe Veraguas gehen, in der Erwartung, dass dessen Vater Juanita unverzüglich frei lässt."

„Hat er sie laufen lassen?"

„Nein. Er fordert, dass Sie sich ihm stellen."

„Diese Forderung geht nicht von Paco Veraguas aus", murmelte der Kopfgeldjäger. „Das war Pepes Idee. Er will sich an mir rächen, weil ich seinen Komplizen erschossen habe. Pepe hat es geschworen. Und mit Juanita hat er ein hervorragendes Druckmittel in Händen."

„Das ist auch die Meinung des Sheriffs", murmelte der Deputy. „Werden Sie sich Pepe Veraguas stellen?"

„Er hat doch sicher verlautbart, wo ich mich ihm stellen soll", verlieh McQuade dem Gedanken Ausdruck, der ihm in diesem Moment durch den Kopf zuckte, ohne auf die Frage des Deputys einzugehen.

„Veraguas will, dass Sie nach Agua Caliente kommen. Das Ultimatum, das er gestellt hat, läuft übermorgen Mittag ab. Er hat gedroht, Juanita zu töten, wenn Sie sich ihm nicht ausliefern."

„Hundertfünfunddreißig Meilen", murmelte der Kopfgeldjäger, und es klang geradezu erschüttert. „Und ich habe nur zwei Tage Zeit."

Er schwang herum und verließ das Office. Wenige Minuten später betrat er das Boardinghouse. Maria Alvarez saß hinter der Rezeption. Als sie den Kopfgeldjäger sah, schien ein Schatten über ihr feistes Gesicht zu huschen. Ihre dunklen Augen funkelten kriegerisch. „Weißt du, was du angerichtet hast, McQuade?", empfing sie ihn. „Diese dreckigen Banditen müssen irgendwie herausgefunden haben, dass Juanita zu dir ein besonderes Verhältnis hat. Nun liegt es in deiner Hand, meine Tochter zu retten. Also schwing dich auf deinen Gaul und reite den Sattel heiß."

MCQUADE JAGTE NACH Süden. An der Longe führte er ein Reservepferd mit sich, um wechseln zu können. Er schonte die Pferde nicht, achtete aber darauf, die Tiere nicht zu verausgaben oder gar zuschanden zu reiten.

Der Kopfgeldjäger nahm den kürzesten Weg. Und dieser führte durch die Felswüste der Sierrita Mountains und durch die Wildnis der Tumacacori Berge. Zwei Tage später, mitten in der Nacht, erreichte er Nogales. Die Saloons in der Grenzstadt hatten noch geöffnet. Die beiden Mietställe waren allerdings geschlossen.

McQuade spürte den harten Ritt über hundert Meilen, verbunden mit tausend Strapazen und Unbilden, bis in die Knochen. Auf sattelsteifen Beinen stakste er schräg über die breite Straße auf einen der Saloons zu. Den Falben führte er am Zaumzeug, die Longe zum anderen Pferd hatte er an seinem Sattelknauf festgebunden. Das Tier stapfte neben dem Falben her. Gray Wolf folgte mit gesenktem Kopf, hechelnd und mit heraushängender Zunge. Hitze, Staub und Rastlosigkeit hatten Mensch und Tier ausgepumpt.

Aus dem Saloon, den der Kopfgeldjäger ansteuerte, trieb ihm verworrener Lärm entgegen. In das Johlen, Grölen und Lachen mischte sich das Klimpern eines Klaviers.

Nogales war eine typische Grenzstadt. An den Abenden erwachte sie zu Lasterhaftigkeit. Heftige, wilde Impulse schienen dann die Stadt zu durchströmen. Eine Reihe zwielichtigen Gesindels gab sich hier ein Stelldichein. Mit dem Revolver war man schnell bei der Hand. Ein Menschenleben galt nicht viel.

McQuade suchte für sich und Gray Wolf einen Platz zum Schlafen und für seine Pferde einen Stall. Die Tiere bedurften einige Stunden der absoluten Ruhe. McQuade hatte ihnen alles abverlangt, und die Tiere waren gelaufen, als hätten sie gewusst, dass von ihrer Zähigkeit und Ausdauer Juanitas Leben abhing.

McQuade band den Falben an den Hitchrack, zog das Gewehr aus dem Sattelschuh und stieg die wenigen Stufen zum Vorbau hinauf. Gleich darauf betrat er den Saloon. Wolken von Tabakqualm schlugen ihm entgegen. Die Laternen über den Tischen warfen düstere Schatten in die Gesichter der Gäste. Auch der Tresen wurde von einer ganzen Reihe Männer belagert.

McQuade und Gray Wolf fanden kaum Beachtung. Der Kopfgeldjäger lenkte seine Schritte zu einem freien Tisch neben der Treppe zum Obergeschoss. Auf einem Podium stand das Klavier, das ein glatzköpfiger Bursche wie besessen bearbeitete. Der Lärm war geradezu infernalisch. Der Texaner ließ sich nieder, lehnte sich auf dem Stuhl zurück und streckte die Beine weit von sich. Zwei Kerle – Mexikaner -, erregten seine Aufmerksamkeit. Sie saßen an einem Tisch bei einem der großen Frontfenster und ließen ihn nicht aus den Augen. Düstere Ahnungen beschlichen McQuade. Und er fragte sich, ob Pepe Veraguas in Nogales einige Männer stationiert hatte, die ihn, McQuade, erwarten sollten. Dass er auf seinem Ritt von Tucson nach Agua Caliente Nogales anreiten würde, war nahezu zwangsläufig. Hielt sich Pepe Veraguas vielleicht sogar selbst in der wilden Grenzstadt auf.

Der Keeper kam zu McQuade und fragte ihn nach seinen Wünschen. „Ein gebratenes Steak für mich", antwortete McQuade, „ein rohes Stück Fleisch für meinen Hund und einen Stall für meine Pferde. Ist das zu machen?"

„Wenn du zahlen kannst, Hombre, dann ist hier alles machbar."

McQuade holte seine Brieftasche aus der Innentasche des Staubmantels, nahm eine Zehndollarnote heraus und legte sie auf den Tisch. „Außerdem brauche ich für mich einen Schlafplatz. Vermieten Sie Zimmer?"

Der Keeper nickte und griff nach dem Geldschein. „Willst du über die Grenze, Hombre? Die Franzosen zahlen guten Sold, wenn du für Maximilian den Revolver schwingst."

„Ja, ich will über die Grenze“, erklärte McQuade. „Allerdings nicht, um mich bei den Franzosen zu verdingen. Mein Ziel ist die Hazienda von Paco Veraguas.“

„Von dem habe ich schon gehört. Okay, Hombre. Du kriegst alles, was dein Herz begehrt. Ich veranlasse, dass sich jemand um deine Gäule kümmert. Das Steak wird eine Viertelstunde dauern.“

Der Keeper entfernte sich.

Jetzt erhoben sich die beiden Mexikaner und näherten sich mit wiegenden Schritten. Einen Schritt vom Tisch McQuades entfernt hielten sie an. „Pepe Veraguas hat dich uns beschrieben“, sagte einer. Der untere Teil seines Gesichts wurde von einem schwarzen Bart verdeckt. Als er sprach, war nicht einmal sein Mund zu sehen. „Du bist McQuade, nicht wahr?“

„Sehr richtig. Und ihr seid das Empfangskommando, wie?“

„Si, si. Pepe hat uns hier stationiert. Wir sind aber nicht die einzigen, die in Nogales auf dich gewartet haben. Pepe hat in jedem Saloon der Stadt zwei Männer postiert.“

„Was für ein Aufwand“, stieß der Kopfgeldjäger sarkastisch hervor. „Ich denke, ich soll nach Agua Caliente kommen. Befürchtet Pepe, dass ich das Nest ohne Begleitschutz nicht finde?“

„Pepe hat es sich anders überlegt.“ Der Sprecher grinste niederträchtig. McQuade erkannte es daran, dass sich um seine Augen eine Unzahl kleiner Falten bildete. Die Augen selbst wurden von dem Grinsen nicht erreicht.

„Ich hoffe, es geht Juanita gut“, knurrte der Kopfgeldjäger.

„Sie ist eine verdammt hübsche Muchacha“, gab der Mexikaner zu verstehen und schnalzte genießerisch mit der Zunge. „Sie hat Rasse wie ein teures Rennpferd. Und sie besitzt das Temperament einer Wildkatze. Das gefällt Pepe. Er meint, dass er die schöne Señorita bändigen könnte und dass sie ihm aus der Hand fressen werde, wenn er sie eingebrochen habe wie ein Wildpferd.“

Des Kopfgeldjägers Züge verhärteten. Er begriff, dass Pepe Veraguas gar nicht daran dachte, Juanita freizulassen, wenn er, McQuade, seiner Forderung, sich ihm zu stellen, nachkam. Er wollte sich Juanita unterwerfen, ihr seinen Willen aufzwingen. Beweis seiner niedrigen Gesinnung. McQuade begann sich darauf einzustellen. Ihm war klar geworden, dass es nicht reichte, wenn er sich dem rachsüchtigen Burschen auslieferte.

„Wo hält er Juanita fest?", fragte der Kopfgeldjäger und ihm gelang es, an der Oberfläche ruhig zu bleiben.

„Wir bringen dich zu seinem Versteck", erklärte der Mexikaner.

„Gehört ihr zu Paco Veraguas? Reitet ihr für den Hacendado?" Ahnungsvoll stellte McQuade die beiden Fragen.

„Wir sind gute Amigos von Pepe", erwiderte der Mexikaner. „Nachdem sich Pepe wieder einmal mit seinem Vater zerstritten hat, haben wir mit ihm die Hazienda verlassen."

„Paco Veraguas war mit dem Vorgehen seines Sohnes nicht einverstanden, wie?"

Der Mexikaner winkte ab. „Es spielt keine Rolle. Pepe braucht den Alten nicht. Pass jetzt auf, McQuade. Wir treffen uns morgen Früh um sechs Uhr am südlichen Stadtausgang und reiten dann gemeinsam über die Grenze. Solltest du nicht aufkreuzen, wird Pepe der schönen Señorita den Hals durchschneiden. Es ist für dich also ratsam, zu kommen."

Ohne eine Antwort abzuwarten schwang der Mexikaner herum und stiefelte sporenklirrend davon. Sein Begleiter folgte ihm.

MCQUADE VERLIESS, ALS es noch dunkel war, Nogales. Jenseits der Grenze beobachtete er von einem Hügel aus den südlichen Stadtrand. Dichtes Strauchwerk schützte ihn vor unliebsamen Blicken. Nach einem schonungslosen Ritt von Tucson herunter, bereit, sich Pepe Veraguas zu stellen, um Juanitas Leben zu retten, hatte er während des Gesprächs mit den beiden Mexikanern seine Strategie geändert. Nun ging es nur noch darum, Juanita aus der Gewalt des Banditen zu befreien. In McQuade war nur noch kalte Entschlossenheit. Und sein Entschluss war unumstößlich.

Die Nacht begann sich zu lichten, die Sterne verblassten, die ersten Vögel begrüßten mit ihrem Gezwitscher den Tag. Über den zerklüfteten Horizont im Osten schob sich gelblicher Schein, und bald schon zeigte sich die Sonne. Sie schickte ihre ersten wärmenden Strahlen ins Land und Minuten später war alles in gleißendes Licht getaucht.

An der Grenze, zwischen dem amerikanischen und mexikanischen Teil der Stadt, versammelten sich Reiter. Sie trugen riesige Sombreros. Die Nieten an ihren Sätteln und Zaumzeugen glitzerten. McQuade zählte neun Reiter. Sie warteten. Irgendwann gaben sie auf. Fünf von ihnen kehrten in die Stadt zurück, vier wandten sich nach Süden. Wenig später hatten sie den mexikanischen Stadtteil hinter sich gelassen und folgten dem Rio de los Alisos, an dessen Ufer fünfunddreißig Meilen weiter südlich der kleine Ort Agua Caliente liegt.

McQuade heftete sich an die Fersen des Quartetts.

Gegen Mittag wandten sich die Mexikaner nach Westen. Sie durchquerten felsiges Terrain. McQuade gab sich alle Mühe, unentdeckt zu bleiben. Schließlich zügelte er den Falben am Ende einer Schlucht. Vor ihm lag eine Ebene, staubig und mit Geröll übersät, in deren Mitte sich eine verfallene Mission dem Blick des Kopfgeldjägers darbot. Die Kirche im typisch spanischen Stil war von einer hüfthohen Mauer aus übereinander geschichteten Steinen umgeben, die allerdings an vielen Stellen eingestürzt war. Comas, Ocotillos und Mesquites bildeten die spärliche Vegetation. Die Ebene wurde von einem Arroyo geteilt, einem ausgetrockneten Flussbett also, das unmittelbar an der Mission vorbeiführte. Staubwolken, die Böen des heißen Südwindes vor sich hertrieben, glitten über die freie Fläche.

Rund um die Mission waren einige Zelte aufgestellt, es gab aber auch einige windschiefe Hütten und Häuserruinen, die früher einmal die Betreiber der Mission beherbergten und die seit vielen Jahrzehnten dem Verfall preisgegeben waren. Daneben waren einige kleine Corrals errichtet, in denen sich Pferde tummelten.

McQuade beobachtete, dass die vier Reiter, denen er gefolgt war, von Menschen umringt wurden, die aus den Zelten krochen oder aus den Hütten und der Kirche kamen. Es waren hauptsächlich Männer, der Kopfgeldjäger machte aber auch einige Frauen und Kinder aus.

Die Menschen, die hier lebten, hausten wie wilde Tiere. McQuade sagte sich, dass es sich um eine Ansiedlung handelte, in der sich Männer verkrochen hatten, die die mexikanische Polizei oder die Armee zu fürchten hatten wie der Teufel das Weihwasser. Und hier hatte sich Pepe Veraguas mit seiner Geisel verkrochen. McQuade gab sich keinen falschen Hoffnungen hin. Es würde nicht einfach werden, Juanita zu befreien.

Die Reiter saßen ab und zwei von ihnen verschwanden in einer der Ruinen.

McQuade war zufrieden. Er hatte das Versteck gefunden, in dem Juanita festgehalten wurde. Und er ahnte, dass sie sich zusammen mit Pepe Veraguas in der Ruine befand, in die zwei der Boten aus Nogales gegangen waren. Zu seiner Zufriedenheit gesellte sich aber auch Sorge. Er konnte nicht abschätzen, wie Pepe Veraguas reagieren würde, wenn er hörte, dass er, McQuade, sich nicht wie ein Hammel zur Schlachtbank führen ließ. Der Texaner konnte nur hoffen, dass Veraguas seine Wut nicht an Juanita austobte.

Der Kopfgeldjäger ritt ein Stück zurück und bog dann in eine Seitenschlucht ab. Kühle Luft strömte ihm entgegen. Die Hufe der Pferde klirrten. Zwischen den Felsen hörte es sich auf ganz besondere Art melodiös an. Der Weg stieg an. Manches Mal traten die Felsen eng zusammen und McQuade befürchtete schon, dass es irgendwann kein

Weiterkommen gab, dass dieser Riss vor einer unüberwindbaren Felswand endete.

Es gab aber immer wieder einen Durchlass, und schließlich erreichte McQuade ein Hochplateau. Er ritt nach Süden, und vom Rand des Plateaus aus konnte er die Mission sehen. Einige Felsen deckten ihn. Er saß ab und band die Pferde an einen Strauch, dann setzte er sich im Schatten eines der Felsgebilde auf den Boden, holte sein Rauchzeug aus der Tasche und begann, sich eine Zigarette zu drehen. Gray Wolf legte sich neben ihm bäuchlings auf den Boden und schloss die Augen.

McQuade hüllte sich in Geduld. Nur langsam verrann die Zeit. Schließlich aber ging die Sonne unter. Der Himmel im Westen färbte sich purpurn, die Gipfel der Berge schienen zu bluten. Die Dämmerung kam, das glühende Rot am westlichen Horizont verwandelte sich in schwefelfarbenes Gelb, und zwischen einigen Wolken zeigte sich der Abendstern.

Schnell kam die Finsternis. In der Ansiedlung wurden einige Feuer entfacht. In dem ständigen Wechselspiel von Licht und Schatten bewegten sich Gestalten. Für McQuade ging das Warten weiter. Gray Wolf rührte sich nicht. Der Wolfshund schlief tief und fest – Zeichen dafür, dass er sich bei seinem Herrn sicher und behütet fühlte.

Die Zeit schritt fort, nach und nach trat in der provisorischen Ansiedlung Ruhe ein. Der Kopfgeldjäger wartete noch bis etwa drei Stunden nach Mitternacht, dann machte er sich auf den Weg. Er ritt in der engen Schlucht wieder nach unten, folgte der Hauptschlucht und zog hinaus auf die Ebene. Wenig später trieb er den Falben über die steile Böschung hinunter in den Arroyo. Der Kopfgeldjäger vermutete, dass die Mission aufgegeben worden war, als der Fluss austrocknete. Es musste aber Wasser geben, denn sonst hätten die Bewohner der Ansiedlung hier keine Überlebenschance gehabt. Vielleicht hatten sie einen Brunnen gegraben ...

McQuade saß ab und führte die Pferde. Als er sich der Mission so weit genähert hatte, dass ihn das Pochen und Klirren der Hufe verraten hätte können, ließ er die Tiere zurück. Er zog den Colt und schlich weiter. Gray Wolf blieb dicht neben ihm.

Der Kopfgeldjäger befand sich in der Siedlung. Er spähte über den Rand des Flussbettes hinweg. Vages Mond- und Sternenlicht ließen ihn die Zelte, Hütten und Ruinen gut ausmachen. Manchmal schob sich eine Wolke vor den Mond und verdunkelte ihn.

Der Texaner ahnte, dass das Lager bewacht wurde. Wo gegebenenfalls die Wachposten steckten, konnte er nicht einmal ahnen. Er musste alles auf eine Karte setzen. „Go on, Partner", raunte er, dann kroch er über den Rand des Arroyos, erhob sich und rannte geduckt zu dem verfallenen Gebäude, in dem er Juanita vermutete. Lautlos schnellte Gray Wolf neben dem Texaner her.

Es gab keine Tür. Das Gemäuer war in zwei Räume unterteilt. Da es über kein Dach mehr verfügte, sickerte etwas Licht zwischen die Wände. McQuade erkannte, dass auch der Durchgang zum benachbarten Raum keine Tür besaß.

Der Kopfgeldjäger vernahm Schnarchlaute. Er betrat den angrenzenden Raum. Auf einem Lager aus Zweigen schliefen zwei Menschen. McQuade bewegte sich nahezu lautlos. Er riss mit der Linken ein Streichholz an und erkannte Juanita und Pepe Veraguas. In dem Moment schlug Pepe die Augen auf. Er schien die Gefahr schlagartig zu begreifen, sein Oberkörper ruckte hoch. „Was ..."

McQuade schlug mit dem Revolver zu. Pepe Veraguas fiel zurück und lag still. Der Texaner weckte Juanita. Es dauerte kurze Zeit, bis sie begriff, dass sich Rettung eingestellt hatte. Dann aber kam Leben in ihre Gestalt.

UNGESCHOREN ERREICHTEN sie die Pferde. In dem Moment, als sie aufsaßen, gellte ein schriller Schrei durch das Lager. Pepe Veraguas war aus der Besinnungslosigkeit erwacht und alarmierte nun die Kerle, die hier in der Wildnis hausten.

McQuade und Juanita kletterten auf die Pferde, trieben die Tiere an und jagten durch den Arroyo. Aufgewirbelter Staub markierte den Weg, den die beiden genommen hatten. Sie verließen das Flussbett und stoben in die Schlucht hinein, durch die der Kopfgeldjäger gekommen war.

Nach einiger Zeit hielt McQuade an, um hinter sich zu lauschen. Auch Juanita hatte das Pferd pariert. Der Kopfgeldjäger vernahm keine Geräusche, die auf Verfolgung schließen hätten lassen.

„Ich weiß nicht, was ich sagen soll, McQuade", kam es von Juanita. „Pepe Veraguas ist ein elendes Schwein. Ich – ich ..."

„Sprich nicht drüber, Juanita. Das Leben geht weiter, und du wirst das, was er dir angetan hat, vergessen. Dir gehört die Zukunft. Pepe Veraguas aber wird früher oder später für seine Untaten zur Rechenschaft gezogen werden."

„Ich stehe hoch in deiner Schuld, McQuade."

„Nein, Juanita. Was du durchmachen musstest, hast du mir zu verdanken. Es war nichts weiter als meine verdammte Pflicht und Schuldigkeit, dich aus der Gewalt dieser Ratte zu befreien."

Sie ritten weiter. Als der Tag anbrach, hatten sie ungefähr acht Meilen zurückgelegt. Von einer Hügelkuppe aus blickte McQuade auf ihrer Fährte zurück. Und er sah in der Ferne die kleinen, schwarzen Punkte, die sich in ihre Richtung bewegten und die eine wallende Staubfahne hinter sich herzogen. Es waren Reiter. McQuade war sich sicher, dass es sich um Pepe Veraguas und einige seiner Kumpane handelte.

„Reite weiter, Juanita", gebot McQuade. Sein hohlwangiges, stoppelbärtiges Gesicht war eine Maske kalter Entschlossenheit. „Ich halte uns die Schufte vom Leib." Er machte eine kleine Pause, dann fügte er hinzu: „Und ich will alles daransetzen, um Pepe Veraguas für das Verbrechen, das er an dir begangen hat, büßen zu lassen."

Es klang wie ein Versprechen.

Die junge Mexikanerin trieb das Pferd an, galoppierte in eine Schlucht und verschwand um einen Knick. McQuade führte den Falben hinter einen Felsen, zog die Henrygun aus dem Scabbard, ging hinter einem hüfthohen Felsblock in Deckung und repetierte.

Minuten später jagten die Bravados heran.

McQuade machte sich nicht die Mühe, genau zu zielen. Er jagte eine Serie von Schüssen einfach in den Pulk der heranbrausenden Reiter und Pferde hinein. Im Klang der Detonationen gingen zwei der Tiere nieder und überschlugen sich. Ein Sattel wurde leergefegt. Die anderen Bravados konnten ihre Gäule im letzten Moment zur Seite reißen, ehe sie in das Hindernis rasten.

Pepe Veraguas brüllte wie am Spieß. Er lag im Staub und wand sich wie ein Wurm. Um ihn herum herrschte Chaos. Er taumelte hoch. Seine Stimme überschlug sich.

Seine Kumpane, die noch auf ihren Pferden saßen, stoben auf McQuades Stellung zu und jagten Schuss um Schuss aus ihren Colts.

Pferdegewieher, überschnappendes Geschrei, das Donnern der Waffen – in diesem Höllenlärm gingen Pepe Veraguas' Worte unter.

Veraguas begann wie verrückt zu schießen. Sengend fuhr es ihm über den Oberarm. Er warf sich hinter seinem toten Pferd in Deckung. Reiterlose Pferde stiegen und keilten aus wie verrückt. Eines der ledigen Tiere stob heran. Veraguas schnellte hoch und erwischte das Sattelhorn. Das vorbeistiebende Tier riss ihn mit, er stieß sich ab und flog in den Sattel.

Aber da brach das Tier auch schon vorne ein. Es schlitterte ein Stück am Boden dahin, plötzlich kippte es um. Auf allen Vieren kroch Pepe Veraguas in Deckung. Er schaffte es nicht. McQuades Kugel fuhr ihm in die Seite. Ein gepresster Laut entfuhr Pepe Veraguas, sein Gesicht fiel auf den Boden, seine Finger verkrallten sich im Boden, seine Nägel brachen. Die Detonationen verhallten in vielfältigen Echos.

Drei der Angreifer drehten ab und bearbeiteten ihre Tiere wie verrückt mit den Sporen. Sie jagten zwischen die Felsen. Das Hufgetrappel versickerte.

Dann kehrte Stille ein. Viele Bravados lagen auf dem felsigen Untergrund und rührten sich nicht mehr. Vorsichtig erhob sich McQuade. Mit kurzen, abgezirkelten Schritten ging er, angespannt bis in die letzte Nervenfaser und wachsam, zu dem Banditen hin, der ihm am nächsten gekommen war.

Er spürte beim Anblick der toten Pferde einen gallenbitteren Geschmack auf der Zunge. Aber angesichts der vielfachen Übermacht war ihm nichts anderes übrig geblieben, als sie mit einer blindwütigen Salve zu stoppen.

Er bückte sich und zog aus dem Scabbard des toten Tieres eine Henrygun.

Da nahm er aus den Augenwinkeln eine Bewegung wahr. Pepe Veraguas kam hoch. Sein Colt wies auf McQuade. Hass verzerrte das dunkle Gesicht zu einer dämonischen Fratze. „Zur Hölle mit dir, Gringohund!" Der Schuss krachte. Aber McQuade hechtete geistesgegenwärtig zur Seite und ließ die beiden Gewehre in seinen Händen fallen. Die Banditenkugel verfehlte ihn knapp. Schnell wie nie vorher in seinem Leben riss der Kopfgeldjäger den Colt heraus. Und ehe der Bravado sich auf das jäh veränderte Ziel einzustellen vermochte, ereilte ihn sein Schicksal in Form einer Unze Blei aus McQuades Colt. Wie eine Marionette, deren Schnüre man loslässt, sackte er zu Boden.

McQuade hatte endgültig für klare Verhältnisse gesorgt. Er erhob sich, behielt den Colt in der Faust und ließ ihn über die reglosen Gestalten am Boden pendeln. Sein Gesicht verriet nicht die Spur einer Gemütsregung. Aber von den vier Kerlen konnte ihm keiner mehr gefährlich werden. Der Texaner stieß das Eisen ins Holster und holte die beiden Gewehre. Wenig später folgte er Juanita.

DIE DREI BRAVADOS, die zwischen die Felsen geflüchtet waren, wurden vom irrsinnigen Hass zerfressen. Sie galoppierten in wilder Karriere hinter McQuade und Juanita her, die vor der graubraunen Kulisse einer Felsenkette nur noch als winzige Punkte auszumachen waren. Schließlich verloren sie die beiden aus den Augen.

Das Hämmern der Hufe prallte zwischen die Felswände und holte McQuade und die Mexikanerin ein, die im Maul einer Schlucht angehalten hatten und ihre Verfolger beobachteten.

McQuade bedeutete Juanita, vorauszureiten, und angelte sich das Gewehr aus dem Sattelschuh.

Sie zögerte, als ihre Augen aber seinem zwingenden Blick begegneten, fügte sie sich wortlos und verschwand im Gewirr aus Felsen und Schluchten. In ihrem Scabbard steckte die Henrygun, die McQuade mitgebracht hatte.

Plötzlich trennten sich die drei Banditen. McQuade knirschte mit den Zähnen und ließ das Gewehr wieder sinken. Er folgte dem Weg durch die Schlucht. An ihrem Ende holte er Juanita ein. „Such dir hier irgendwo ein Versteck“, wies er sie an. „Und nimm das Gewehr zur Hand. Im Falle des Falles wirst du damit schießen müssen. Weißt du, wie man mit der Rifle umgeht?“

„Natürlich.“ Juanita zog mit einem Ruck die Henrygun aus dem Scabbard. Es knackte, als sie entschlossen repetierte.

„Gut. Zögere nicht, wenn es notwendig werden sollte, auf die Kerle zu schießen. Keiner von denen ist die Luft wert, die er atmet.“

„Du kannst dich auf mich verlassen, McQuade“, murmelte die junge Frau und schlug sich zwischen eine Gruppe von Felsen.

McQuade verließ die Schlucht. In kurzen Abständen hielt er den Falben an, um zu lauschen. Schließlich vernahm er im Felsgewirr den krachenden und klirrenden Hufschlag. Der Kopfgeldjäger saß ab und zog das Pferd in den Schutz einer Gruppe übereinander gelagerter, riesiger Felsplatten, deren Basis genügend Spalten und Vorsprünge aufwies, um das Tier vor frühzeitiger Entdeckung zu schützen.

McQuade verbarg sich. Der Hufschlag nahm an Lautstärke zu. Vorsichtig hebelte der Texaner eine Patrone in den Lauf des Gewehres. Unvermittelt trat Stille ein. Das scharfe Prusten eines Pferdes wehte heran. Ein Klirren, als das Tier noch einmal mit dem Huf aufstampfte ...

Ein Geröllhang verbarg den Reiter vor McQuades Blicken. Von den beiden anderen Bravados war nichts zu hören. Wahrscheinlich pirschten sie wie jagende Pumas durch die Schluchten und Einschnitte, um das Wild, das sie jagten, aufzustöbern und gnadenlos zu erlegen.

McQuade war kalt wie ein Stück Eis.

Und dann sah er den Mexikaner. Der Bandit schob sich um einen Felsblock herum, blieb geduckt im Schatten stehen und sicherte nach vorn und zur Seite. In seiner Faust lag der Colt. Das Gewehr hatte er im Scabbard stecken lassen. Im Nahkampf war der Colt schneller und präziser zu handhaben.

McQuade trat er aus seiner Deckung. Im selben Sekundenbruchteil nahm ihn der Bravado wahr. Er riss die Hand mit dem Colt hoch und schlug die Waffe auf McQuade an. Der Kopfgeldjäger kniete gedankenschnell links ab und schoss gleichzeitig mit dem Burschen. Dessen Geschoss ging fehl, McQuades Blei hingegen riss den Banditen von den Beinen.

Die Schüsse klangen wie einer und dröhnten durch die Bergwelt, die Wände und Hänge schienen die Detonationen festzuhalten und immer wieder aufs Neue zum Leben zu erwecken. Schließlich verhallte das letzte Echo.

McQuade hetzte zwischen die Felsen. Die beiden anderen Kerle konnten nicht weit sein. Das Röcheln des Burschen, dem er sein Blei verpasst hatte, erreichte sein Gehör, als er kurz verhielt, um hinter sich zu lauschen. Er vernahm das Klappern harter Lederabsätze auf steinigem Untergrund. An einer anderen Stelle - über McQuade - löste sich ein faustgroßer Stein unter einem Tritt und polterte in die Tiefe. Einer der Kerle befand sich also über ihm auf dem Felsen, der die Höhe eines zweistöckigen Hauses hatte. McQuade presste sich eng an die raue Wand und zog sich zurück. Nach zwei Seiten gleichzeitig konnte er sich nicht verteidigen.

Ein Schuss peitschte. Trommelfell betäubendes Jaulen folgte, als die Kugel vom Gestein abprallte. In den verklingenden Knall hinein brüllte einer: „Caramba! Um ein Haar hätte ich ihn erwischt. Er läuft tiefer in die Berge hinein. Versucht ihm den Weg abzuschneiden!"

McQuade kauerte tief geduckt und flach atmend in einem klaffenden Riss.

Leise Schritte kamen näher. Der Kopfgeldjäger sah den Gegner nicht, aber er wusste, aus welcher Richtung er heranpirschte. McQuade hielt das Gewehr fest an Kolbenhals und Schaft gepackt. Sein Zeigefinger krümmte sich um den Abzug. Vorsichtig spähte er über den Rand des Spalts, in dem er sich verkrochen hatte. Schweiß rann ihm in die Augen. Staub verklebte seine Poren. Seine Beinmuskulatur begann sich zu verspannen. Mit aller Macht spürte er die Erschöpfung nach den Strapazen der vergangenen Tage.

Als er den Mexikaner auftauchen sah, wartete er ab. Er wusste nicht, ob der andere in der Nähe steckte und er sich mit einem Schuss auf den Burschen, den er vor sich hatte, verriet. McQuade entging nicht das Zögern des Banditen. Der Bursche war sich nicht schlüssig, ob er noch einen Schritt wagen konnte. Zwischen ihm und der Deckung eines wie von Riesenhand hingelegten Findlings auf der Sohle zwischen den Steilhängen betrug die Entfernung gut fünfzehn Schritte.

McQuade verlor schließlich die Geduld. Er nahm einen Stein und schleuderte ihn über den Rand des Risses zwischen die Felsen. Der Mexikaner fiel prompt auf den plumpen Trick herein und reagierte ansatzlos. Er schnellte halb herum, duckte sich, um ein möglichst kleines Ziel zu bieten, und feuerte. Und jetzt ließ auch McQuade seine Henrygun sprechen. Er sah den Bravado hochtaumeln, registrierte das Aufbrüllen des Banditen, und kroch schnell in dem Spalt davon.

Eine schmerzgepresste Stimme erklang. „Por Dios, er hat mich getroffen. Das Blei steckt in meiner Schulter. Leg ihn endlich um, Companero, und dann hilf mir."

Der dritte Bandit gab keine Antwort.

Wieder ertönte die Stimme des verwundeten Bravados. Sie klang fast hysterisch vor Schmerz: „Amigo, wo steckst du? Töte diesen Dreckskerl endlich. Maldito, was ist los? Schick den Bastard endlich zum Satan und dann hilf mir!"

Der letzte der Bravados aber dachte nicht daran. Er hatte den Rückzug angetreten, nachdem er nur noch alleine gegen den gefährlichen Gegner stand. Das Schicksal seine Kumpane interessierte ihn nicht im Geringsten. Er war sich nur noch selbst der Nächste und es war ihm nur noch wichtig, seine Haut in Sicherheit zu bringen.

Die Hufschläge waren weithin vernehmbar. Der Bravado mit der zerschossenen Schulter verlieh seiner Wut und seiner Enttäuschung in einer Serie lästerlicher Verwünschungen Ausdruck. Er verfluchte seinen Komplizen, verfluchte den Gringo und tastete sich an einem Felsen entlang, presste sein Halstuch auf die stark blutende Wunde an der rechten Schulter und der glühende Schmerz raubte ihm fast die Besinnung.

AUCH MCQUADE VERNAHM das sich schnell entfernende Hufgetrappel. Er presste die Lippen zusammen. Das Pferd wurde nach Süden gejagt, zurück zu der Ansiedlung bei der verfallenden Mission also. Der Kopfgeldjäger richtete sich auf und setzte sich in Bewegung. Er wusste nicht, ob sämtliche Gegner ausgeschaltet waren. Jeder seiner Sinne war aktiviert, die Anspannung brachte seine Nerven zum Schwingen. Er trat um einen Felsvorsprung herum - und hatte den verwundeten Bravado vor sich. Der Bandit klebte regelrecht mit dem Rücken an einem Felsen, die linke Hand mit dem blutdurchtränkten Halstuch auf die Wunde pressend. Sein Colt steckte im Holster.

Sofort verhielt McQuade, krümmte sich nach vorn und riss das Gewehr an die Hüfte.

„Nicht schießen!“, keuchte der Mexikaner mit kippender Stimme. Langsam rutschte er an dem Felsen zu Boden und stöhnte gequält. Der Schmerz verzerrte sein Gesicht und trieb ihm die Tränen in die Augen.

In einiger Entfernung peitschte ein Schuss. Es war ein Gewehr. McQuade konnte es am hellen Klang ganz deutlich erkennen.

Sorge um Juanita wallte in ihm hoch.

Der Kopfgeldjäger näherte sich dem Bravado mit der gebührenden Vorsicht. Diese Sorte war heimtückisch und mit Vorsicht zu genießen. Aber der Mexikaner war nur noch ein vom Schmerz ausgehöhlter und vom Blutverlust geschwächter Haufen Elend.

McQuade sagte unversöhnlich und ohne eine Spur von Wärme oder Anteilnahme: „Dein guter Amigo hat dich ja ziemlich schmählich im Stich gelassen, Hombre. Dass es dir dreckig geht hast du dir selbst zuzuschreiben. Du musst zusehen, wie du alleine zurecht kommst. Die Mission ist nicht weit. Du schaffst es, hinzugelangen.“

Hufe klapperten näher. McQuade zog sich hinter einen Felsen zurück und ließ den Bravado dabei nicht aus den Augen.

Dann erklang Juanitas helle Stimme: „McQuade, wo steckst du? Ich hab einen der Kerle vom Pferd geschossen. Melde dich, McQuade!“

„Hier, Juanita!“ McQuade feuerte einen Schuss in die Luft ab. Der Hufschlag klirrte näher. Dann ritt die junge, schöne Frau um einen Felsen herum. McQuade drehte ein wenig den Kopf in ihre Richtung.

Da vernahm er einen dumpfen Laut, der aus der Kehle des Banditen brach, und ein schabendes Geräusch war zu hören. Ehe McQuade reagierte, erklang das Knacken eines Colthahnes.

Der Hass auf den Gringo hatte den Bravado übermannt und er hatte seine letzten Energien aufgeboten, um den Revolver zu ziehen. Nun hielt er ihn mit beiden Händen. Das blutige Halstuch lag am Boden. In seinen unterlaufenen Augen glitzerte die nackte Mordlust.

McQuade reagierte mit dem Erkennen der tödlichen Gefahr und ließ sich zur Seite fallen. Der Schuss des Banditen wummerte. Der Bravado spürte den Rückstoß bis in die verletzte Schulter und heulte auf. Sein Schrei erstickte jedoch, als der schwere Körper Gray Wolfs gegen ihn prallte und ihn umwarf. Dicht vor seinem Gesicht schlug der Fang des Wolfshundes zusammen, er fletschte die Zähne und ein gefährliches Knurren stieg aus seiner Kehle.

McQuade erhob sich, ging zu dem Banditen hin und entwand ihm den Revolver, schob ihn in seinen Hosenbund und sagte mit einer Stimme, die an zerspringendes Eis erinnerte: „Eigentlich hast du den Tod verdient, Hombre. Dich zu töten hieße jedoch, sich mit dir auf eine Stufe zu stellen. Und das ist alles andere als erstrebenswert. – Zurück, Partner!"

Der Wolfshund ließ von dem Banditen ab. Der blieb starr liegen und nur sein rasselnder Atem und das Flackern seiner Augen verrieten, dass er noch lebte.

McQuade schwang sich hinter Juanita aufs Pferd. Ein seltsames Gefühl durchströmte ihn, als sein Körper ganz dicht bei ihrem war. Er unterdrückte diese aufkommende Regung. Bald schon erreichten sie den Falben. Der Kopfgeldjäger wechselte auf dessen Rücken.

UM DIE MITTE DES VORMITTAGS ritten sie über die Grenze. Bei einem schmalen Creek rasteten sie. Sie wuschen sich Staub und Schweiß aus den Gesichtern, dann tranken sie das frische, klare Wasser. Auch die Tiere löschten ihren Durst.

McQuade, der am Ufer kauerte, hörte Juanitas Schritte. Dann erklang ihre Stimme: „Steh auf, McQuade. Bitte ..."

Er drehte den Kopf und schaute hoch in ihr rassiges Gesicht, das von einer Flut schwarzer, leicht gelockter Haare eingerahmt wurde. Ihr Hals war schlank, die Linie des fein geformten Kinns makellos. Sie lächelte, und dieses Lächeln ließ ihre weichen Lippen noch verlockender erscheinen. Der Blick ihrer Augen schien in den verborgensten Winkel seines Gehirns zu dringen. Der Kopfgeldjäger konnte sich ihrer Faszination, ihrer Ausstrahlung, kaum entziehen.

Wie von Schnüren gezogen drückte er sich hoch. Sie stand vor ihm. Weiß schimmerten ihre regelmäßigen Zähne zwischen dem Rot ihrer sinnlichen Lippen. Unvermittelt legte sie ihre Arme um seinen Hals und zog sein Gesicht zu sich hinunter. „Gracias, McQuade“, stieß sie hervor, dann küsste sie ihn voller Hingabe und Leidenschaft. Und der Kopfgeldjäger begann, ihre Küsse zu erwidern ...

ENDE

Der Kopfgeldjäger Folge 1/2 (Zwei McQuade Western)

Jeder zahlt für seine Schuld / Am Ende der Fährte wartet der Tod

von Pete Hackett

Ein CassiopeiaPress E-Book

www.AlfredBekker.de

www.postmaster@alfredbekker.de

Jeder zahlt für seine Schuld

Vince McQuade ritt zwischen die ersten Häuser von Southton. Mit entzündeten Augen schaute er in die Runde. Hier sah alles noch so aus wie vor vier Jahren, als er dem Ruf General Lees folgte und in den Krieg gegen die Yankees zog.

Der Sechsundzwanzigjährige verspürte Erleichterung. Seit Wochen war er unterwegs. Die Entbehrungen und Strapazen des Trails hatten unübersehbare Spuren in sein Gesicht gegraben. Aber auch vier Jahre Krieg hatten es gezeichnet ...

Es war heiß. Die Hitze setzte Pferd und Reiter zu. Müde zog das Tier die Hufe durch den knöcheltiefen Staub. Unter der Haut des Rotbraunen zeichneten sich deutlich die Rippen ab.

Die breite Hauptstraße der kleinen Stadt in der Nähe von San Antonio war wie leergefegt. Es war Mittagszeit, die heißeste Zeit des Tages, und die Menschen hatten sich in ihre kühlen Behausungen zurückgezogen. Der Wind, der von Süden kam, der kleine Staubspiralen aufwirbelte und über die Fahrbahn trieb, brachte keine Linderung.

Du bist zu Hause, Vince, durchfuhr es den ausgemergelten Mann auf dem müden Rotfuchs. Endlich!

Er lenkte sein Pferd zu einem Tränketrog am Straßenrand und saß ab. Das Tier prustete mit geblähten Nüstern. McQuade nahm seinen verbeulten und abgegriffenen Hut ab und hängte ihn an den Sattelknauf. Mit der flachen Hand tätschelte er den Hals des Tieres. »So ist es, mein Bester. Wir sind fast am Ziel. Bis zur Ranch sind es nur noch vier Meilen.«

Das Tier senkte seine trockene Nase ins Wasser, auf dem ein dünner Staubfilm schwamm, und begann seinen Durst zu löschen. McQuade wusch sich Staub und Schweiß aus dem Gesicht. Das Wasser war warm und abgestanden. Dennoch belebte es ihn ein wenig. Er fuhr sich mit den gespreizten Fingern seiner Rechten durch die sandfarbenen Haare und strich sie nach hinten.

Etwa fünfzig Yard weiter, auf der linken Straßenseite, befand sich der Saloon. In der Gasse dahinter wusste McQuade den Mietstall. McQuade trocknete sich mit dem Halstuch das Gesicht ab. Als der Rotbraune getrunken hatte, zog ihn der Mann am langen Zügel hinter sich her quer über die Fahrbahn. Unter den harten Sohlen seiner brüchigen Reitstiefel knirschte der Staub.

Am Holm band er das Pferd an. Das Tier peitschte mit dem Schweif. Steifbeinig stieg McQuade die abgetretenen Stufen zum Vorbau hinauf. Dann betrat er den Schankraum. Es war hier düster und es roch nach kaltem Tabakrauch sowie verschüttetem Bier. Einige runde Tische, um die jeweils sechs Stühle gruppiert waren, bildeten das Mobiliar. An der der Schwingtür gegenüberliegenden Wand befand sich die Theke. An den beiden Frontfenstern tanzten Fliegen auf und ab. Nicht ein einziger Gast war zu sehen.

Unter McQuades Gewicht knarrten die Fußbodendielen, als er den Raum durchquerte. Seine Absätze tackten. Er erreichte den Schanktisch. Hinter der Theke ging eine Tür auf und ein Mann um die fünfzig erschien. »Guten Tag, Fremder.« Unverhohlen taxierte er McQuade. Sein forschender Blick wanderte an ihm hinauf und hinunter. »Sie sehen ziemlich mitgenommen und verstaubt aus. Haben wohl 'nen weiten Ritt hinter sich.«

»Das kann man wohl sagen, Dave. Erkennst du mich denn nicht?«

Der Salooner kniff die Augen zusammen und begann an seiner Unterlippe zu nagen. »Sicher, du kommst mir bekannt vor. Aber ich komme nicht drauf, wer du bist. Sage es mir.«

»Vince McQuade. Fällt jetzt bei dir der Groschen?« McQuade grinste vage. Das Grinsen erreichte die müden Augen nicht.

Über Dave Sanders Gesicht glitt der Schimmer des Begreifens. Er schlug sich mit der flachen Hand leicht gegen die Stirn und stieß hervor: »Es ist August, McQuade. Der Krieg ist seit vier Monaten zu Ende. Du kommst spät.«

»Ich war Gefangener der Yanks. Bei Gettysburg fiel ich ihnen in die Hände. Als sie mich laufen ließen, machte ich mich sofort auf den Heimweg.«

Dave Sanders ging zum Zapfhahn, angelte sich einen gläsernen Bierkrug und schenkte ihn voll. Als er ihn vor McQuade hinstellte, murmelte er: »Du kommst nicht nur spät, McQuade, du kommst zu spät.«

Die letzten Worte waren wie Hammerschläge gefallen.

»Was heißt das?« McQuades Blick schien den Salooner zu durchbohren, in sein Hirn einzudringen und dessen Gedanken zu erforschen. Der Heimkehrer spürte das Unheil tief in der Seele. Er atmete etwas schneller.

»Du musst jetzt ganz stark sein, McQuade«, gab der Mann hinter dem Tresen zu verstehen. »Vor knapp zwei Monaten erhielt eure Ranch höllischen Besuch. Es war eine Bande von Abenteurern, von Kerlen, die nach dem Krieg nicht mehr den Weg in ein geordnetes Leben gefunden haben ...«

»Was ist geschehen?« Eine fast fieberhafte Erregung ergriff Besitz von McQuade. Die drei Worte platzten regelrecht über seine rissigen Lippen.

»Deine Eltern und Joana sind tot.«

McQuade hielt die Luft an. Seine Mundwinkel zuckten. Ungläubig starrte er den Mann auf der anderen Seite der Theke an. Dumpf schlug das Herz in seiner Brust, und das Echo seiner Herzschläge hallte in seinen Ohren wider. Dann stieß McQuade abgehackt hervor: »Sie – sind – tot?«

Dave Sanders nickte. »Es waren vier Männer. Einer wurde zwei Wochen später geschnappt, als die Bande versuchte, die Bank in San Antonio zu überfallen. Er wird in wenigen Tagen gehängt.«

Wie eine furchtbare Flut überkam McQuade das Verstehen. In ihm zerbrach etwas.

LANGE HATTE MCQUADE an den Gräbern seiner Angehörigen gestanden. Er hatte sich seine Heimkehr anders vorgestellt – ganz anders. Nun stand er vor den Trümmern seiner Illusionen von Ruhe und Frieden auf der elterlichen Ranch.

Jetzt war er auf dem Weg nach San Antonio. Er benutzte den Fahr- und Reitweg, der von der Ranch in die Stadt führte. Er war von Wagenrädern zerfurcht und von Hufen aufgewühlt. Alte Büsche säumten ihn. Auf den Weiden zu beiden Seiten standen dicht gedrängt Longhorns. Die meisten besaßen kein Brandzeichen. In den vergangenen vier Jahren war niemand da, der sie gebrandmarkt hätte.

McQuade erreichte die Stadt, als die Sonne unterging und einen rötlichen Schein auf das Land legte. Die Schatten waren lang, die Hitze war nach wie vor unerträglich. Das Pferd ging mit hängendem Kopf, die Hufe rissen kleine Staubfontänen in die heiße Abendluft.

Vor dem Büro des Countysheriffs saß McQuade ab. Er band das Pferd an den Hitchrack und ging in das Office. Sam Miller, der Mann, der seit Jahren den Stern in San Antonio trug, saß an seinem Schreibtisch und schrieb etwas in eine Kladde. Als McQuade eintrat, blickte er auf und legte den Tintenbleistift zur Seite.

McQuade grüßte, blieb vor dem Schreibtisch stehen und sagte mit staubheiserer Stimme: »Guten Tag, Sheriff. Schätzungsweise erkennen Sie mich nicht. Ich bin Vince McQuade.«

Die Brauen des Gesetzesmannes zuckten in die Höhe. Er lehnte sich auf dem Stuhl zurück, nickte und sagte: »Sie sind also heimgekehrt, McQuade. Nun, Ihre Heimkehr stand unter einem verdammt schlechten Stern. Einer der Mörder Ihrer Angehörigen wartet in meinem Gefängnis auf seine Hinrichtung. Sein Name ist Wade Sheridan.«

»Ich will mit dem Mann sprechen.«

»Warum?«

»Ich möchte ihm einige Fragen stellen.«

»Er hat ein umfassendes Geständnis abgelegt und die Namen seiner Kumpane verraten. Auf die Kerle wurde ein Kopfgeld von jeweils 300 Dollar ausgesetzt. Sheridan denkt, dass ihnen in Texas der Boden zu heiß geworden ist und dass sie sich nach Arizona abgesetzt haben.«

McQuade stemmte sich mit beiden Armen auf den Schreibtisch. »Wieso Arizona?«

»Die Wiege eines der Schufte stand in Willcox. Das ist ein Nest an der Überlandstraße, die über Tucson und Casa Grande nach Yuma führt. Der Kerl, der von dort stammt, heißt Cole Weston.«

»Nennen Sie mir die Namen der anderen Mörder, Sheriff.«

»Bud Logan und Hal Carter.« Der Gesetzeshüter befeuchtete sich mit der Zungenspitze die Lippen. »Was haben Sie vor, McQuade?«

»Ich habe am Grab meiner Angehörigen geschworen, die Mörder zur Rechenschaft zu ziehen.« McQuade sprach mit harter, fester Stimme. Sein Tonfall ließ keinen Zweifel darüber aufkommen, dass sein Entschluss unumstößlich war. Sein Gesicht mutete an wie aus Granit gemeißelt.

Der Sheriff verzog den Mund. »Sie sehen nicht aus wie ein Mann, der Bäume ausreißen könnte, McQuade. Sie sehen vielmehr ausgemergelt und krank aus. Außerdem tragen Sie keine Waffe. Schätzungsweise verfügen Sie auch über kein Geld. Der Weg nach Arizona ist weit. Falls es Ihnen gelingt, die Mörder Ihrer Angehörigen zu stellen – was dann? Wollen Sie auf die Schufte mit einem Knüppel losgehen?«

»Ich verkaufe die Ranch«, murmelte McQuade. »Sicher bekomme ich genug Geld dafür, um mich auszurüsten.«

»Kein Mensch kauft ihnen die Ranch ab«, versetzte der Gesetzeshüter mit geschürzten Lippen. »Weder Grund und Boden noch die Rinder, die zu hunderttausenden auf den Weidegründen stehen, sind in Texas etwas wert.«

»Ich werde es versuchen«, knurrte McQuade. »Wenn ich nur so viel bekomme, dass ich mir einen Revolver, ein Gewehr und ein gutes Pferd kaufen kann. Kann ich jetzt mit Sheridan sprechen?«

Der Sheriff nickte und erhob sich. Ehe er aber Anstalten machte, sich zur Tür zum Zellentrakt zu bewegen, sagte er: »Ich glaube, ich kann Ihnen helfen, McQuade. Sie bekommen von mir die Waffen und das Pferd Sheridans. Nach allem, was Ihnen dieser Schuft zusammen mit seinen Kumpanen angetan hat, denke ich, dass Sie einen Anspruch darauf haben.«

Nach dem letzten Wort wandte sich der Sheriff ab und setzte sich in Bewegung. McQuade folgte ihm.

ES WAR SPÄTER NACHMITTAG, als McQuade am Stadtrand von Willcox sein Pferd parierte. Der kleine Ort war von Bergen eingerahmt. Auf ein Holzschild, das an einen Pfahl genagelt war, war der Name der Ortschaft gepinselt. Die Farbe blätterte schon ab. Von den Pferchen und Corrals, die die Bewohner außerhalb der Stadt errichtet hatten, wehte beißender Uringeruch heran.

Die Sonne stand über den Dragon Mountains im Südwesten. Soweit das Auge reichte, erstreckte sich unfruchtbares Land. Kreosot und dornige Comas wucherten in den Ebenen und auf den Abhängen.

McQuade ließ die Eindrücke, die sich ihm boten, auf sich wirken. Willcox war eine Ansammlung von Häusern und Hütten, die zu beiden Seiten der Überlandstraße errichtet worden waren, die innerhalb des Ortes als Main Street diente. Hier und dort waren auf den Fensterbänken Blumenkästen mit verstaubten Geranien zu sehen. Im Straßenstaub glitzerten winzige Kristalle. Klirrende Hammerschläge waren zu hören. Auf den Gehsteigen waren nur wenige Menschen zu sehen.

McQuade trieb sein Pferd an. Die Gebisskette klirrte, das Sattelleder knarrte, dumpf pochten die Hufe. Einige Passanten blieben stehen und beobachteten den Mann, der mitten auf der Hauptstraße ritt. In McQuades Gesicht wucherte ein tagealter Bart. Auf seinem Kopf saß ein flachkroniger, schwarzer Hut. Er war mit einem langen, braunen Staubmantel bekleidet. Die tiefen Linien in seinem Gesicht ließen ihn älter wirken als er tatsächlich war. Seine Augen waren in ständiger Bewegung. Er machte sich mit den örtlichen Gegebenheiten vertraut.

McQuade fand den Mietstall und lenkte sein Pferd in den Wagen- und Abstellhof. Sattelsteif saß er ab, nahm seinen Vierbeiner am Kopfgeschirr und führte ihn in den Stall. Bei jedem Schritt, den er machte, rieselte feiner Staub von seinen Schultern und der Krempe seines Stetsons. Er überschritt die Schattengrenze unter dem hohen Tor und der Geruch von Heu, Leder und Pferdeausdünstung empfing ihn.

Der Stallmann, der dabei war, mit einer Forke eine Box zu reinigen, richtete sich auf, lehnte das Werkzeug weg und wischte sich die Hände an der Hose ab, dann setzte er sich in Bewegung und ging McQuade entgegen. Es war ein grauhaariger Bursche mit faltigem, verkniffenem Gesicht und dem scharfen Blick eines Raubvogels. »Hallo, Fremder, an Ihnen haftet der rote Staub der Peloncillo Berge. Das sagt mir, dass Sie von Osten kommen. Ihr Pferd sieht ziemlich abgetrieben aus. Sie hatten es wohl sehr eilig."

Er musterte, während er sprach, McQuade eindringlich, als versuchte er, in dessen Zügen zu lesen.

McQuade wischte sich mit dem Halstuch den Schweiß aus den Augenhöhlen, räusperte sich und antwortete: »Falls Sie erfahren möchten, ob ich vom Gesetz verfolgt werde, dann sollen Sie wissen, dass es dem nicht so ist. Aber Sie haben Recht: Ich hatte es eilig, nach Willcox zu kommen. Denn ich vermute, dass sich hier die Männer aufhalten, die vor etwa drei Monaten in Texas meine Familie brutal ermordet haben. Ihre Namen sind Cole Weston, Bud Logan und Hal Carter.«

Jeder Zug im Gesicht des Stallmannes verriet tiefe Betroffenheit. Er blinzelte, kratzte sich am Hals, nickte und sprach: »Brad Weston, Coles Vater, bewirtschaftet etwa drei Meilen südlich der Stadt eine Farm. Cole hat den Landstrich vor langer Zeit verlassen. Ich habe niemals mehr wieder etwas von ihm gehört. Bei allen Heiligen! Getaugt hat der Bursche noch nie sehr viel. Aber dass er zum Mörder wird ...« Der Stallmann schüttelte ungläubig den Kopf. »Dabei sind seine Eltern und sein Bruder ausgesprochen anständige Leute. Sie sind ins Territorium gekommen, um die Mörder Ihrer Angehörigen zur Rechenschaft zu ziehen, wie?«

»Ja. Ich gehe etwas essen. Kann ich mein Pferd so lange bei Ihnen unterstellen?«

»Natürlich.«

McQuade griff nach der Henrygun und zog sie aus dem Scabbard. »Versorgen Sie das Pferd gut«, murmelte er. »Es darf ihm an nichts fehlen.«

»Machen Sie sich keine Sorgen, Mister. Darf ich Ihren Namen erfahren?«

»McQuade.«

Der erschöpfte Mann legte sich das Gewehr auf die Schulter, schwang auf den Absätzen herum und stakste davon. Leise und melodisch klirrten die Räder seiner Sporen. Der lange Staubmantel schlug beim Gehen um seine Beine.

McQuade fand den Saloon, betrat ihn und setzte sich an einen leeren Tisch. Das Gewehr lehnte er gegen die Tischkante. An einem anderen Tisch saßen drei ältere Männer, die ihn unverhohlen musterten. Der Keeper kam hinter dem Tresen hervor. »Was darf ich Ihnen bringen, Mister?«

»Ich habe Hunger und Durst.«

»Ich kann Ihnen ein Steak braten.«

»Hervorragend.«

»Was möchten Sie trinken?«

»Lediglich ein Glas Wasser.«

»Wie Sie meinen.« Der Keeper machte kehrt und strebte der Theke zu. Kurz darauf brachte er einen Krug voll Wasser, den er wortlos vor McQuade hinstellte, und entfernte sich wieder, um gleich darauf durch eine Tür hinter dem Tresen zu verschwinden.

McQuade trank einen Schluck. Die Männer am anderen Tisch schienen das Interesse an ihm verloren zu haben, denn sie beachteten ihn nicht mehr und sprachen gedämpft miteinander. Draußen wuchsen die Schatten schnell, krochen über die heiße Fahrbahn und stießen gegen die Fronten der Häuser auf der anderen Seite. Schnelle Schritte riefen auf dem Vorbau ein hallendes Echo wach. Dann wurden die Flügel der Pendeltür aufgestoßen und ein hochgewachsener, hagerer Mann betrat den Schankraum. Knarrend und quietschend schlugen die rot gestrichenen Pendel der Tür hinter ihm aus. Der Stern, der an seiner linken Brustseite funkelte, sprang McQuade regelrecht in die Augen.

Der Sheriff trug eine Schrotflinte am langen Arm. An seinem linken Oberschenkel hing das Holster mit dem schweren Coltrevolver. Der Gesetzeshüter bewegte sich geschmeidig, jede seiner Bewegungen mutete gleitend und katzenhaft an. McQuade war sofort klar, dass dieser Gesetzeshüter ein bemerkenswerter Mann war - ein Mann, an dem alles gefährlich und unberechenbar erschien und von dem eine starke, zwingende Strömung ausging.

Vor McQuades Tisch blieb der Sheriff stehen. Der Blick seiner blauen Augen saugte sich regelrecht am Gesicht McQuades fest. Sekundenlang schien er den Mann aus Texas einzuschätzen, sich ein Bild von ihm zu machen, dann stieß er hervor: »Bei mir war Stan Butcher vom Mietstall. Er hat mir berichtet, was Sie nach Willcox getrieben hat.«

Sekundenlang schien McQuade den Worten hinterher zu lauschen, dann nickte er und sagte: »Dem Gesetz in Arizona sind die Hände gebunden. Weston und seine Kumpane werden hier im Territorium nicht gesucht. Aber das ändert nichts an der Tatsache, dass sie niederträchtige Mörder sind. Darum müssen Sie büßen. Ich will den Schuften eine blutige Rechnung präsentieren.«

»Sie sind voll Hass. Hass aber führt in die Hölle.«

McQuade verschränkte die Arme vor der Brust. »Vielleicht hasse ich die Killer. Aber das spielt keine Rolle. Sie müssen bestraft werden. In einem Fall wie meinem versagt das Gesetz. Deshalb ...«

»... wollen Sie es selbst in die Hand nehmen!«, schnitt der Sheriff McQuade schroff das Wort ab. In seinen Mundwinkeln setze sich ein harter Zug fest, seine Augen verengten sich und wurden zu schmalen Schlitzen, zwischen denen es unheilvoll glitzerte. »Sie sind weder Richter noch Henker, McQuade. Ich dulde in meinem Bezirk keine Selbstjustiz. Sollten Sie dennoch meinen, hier den wilden Mann spielen zu dürfen, werde ich Ihnen in die Suppe spucken. Nehmen Sie sich meine Worte zu Herzen. Ich trete ihnen verdammt empfindlich auf die Zehen, wenn Sie gegen meine Regeln verstoßen.«

McQuade spürte, wie in ihm der Zorn in die Höhe kroch. Sekundenlang presste er die Lippen zusammen, so dass sie nur noch eine dünne, blutleere Linie in seinem Gesicht bildeten. Dann stieg es rau aus seiner Kehle: »Soll das eine Drohung sein, Sheriff?«

»Eine Warnung, Mister. In diesem Landstrich verkörpere ich das Gesetz.« Er tippte sich mit dem Daumen seiner linken Hand gegen die Brust. »Und daran sollten Sie immer denken – egal was Sie tun.«

»Damit wären die Fronten ja geklärt«, knurrte McQuade.

»Sie sollten sich meine Warnung zu Herzen nehmen«, versetzte der Gesetzeshüter, schwang herum und verließ den Saloon. Seine Schritte verklangen.

Gedankenvoll nagte McQuade an seiner Unterlippe.

ES WAR FINSTER. DIE Nacht war sternenklar. Der Mond hing als dünne Sichel im Südosten über den Hügeln. Das Säuseln des Windes und das Zirpen der Grillen umgaben McQuade. Er hatte das Pferd zwischen einigen Büschen angehalten. Das Tier trat unruhig auf der Stelle und schnaubte. McQuade bändigte es mit harter Hand. Vor seinem Blick lagen die flachen Gebäude der Weston-Farm. Aus einem der Fenster fiel Licht.

Über eine Viertelstunde beobachtete McQuade die Farm. Kein Mensch ließ sich sehen. Schließlich trieb der Texaner sein Pferd an und ritt auf die Gebäude zu. Als er bis auf fünfzig Yard heran war, begann ein Hund zu bellen. Eine Kette rasselte. Die Tür des Farmhauses ging auf, Lichtschein flutete ins Freie, dann zeigte sich die Kontur eines Mannes, die scharf vom Licht umrissen wurde, und eine grollende Stimme erklang: »Ruhig, Silver!«

Augenblicklich hörte der Hund auf zu bellen. Die Stimme des Mannes erklang erneut: »Wer ist da?«

»Einer, der müde ist und Hunger hat«, rief McQuade, ohne sein Pferd anzuhalten. »Ich habe das Licht gesehen und mir gedacht, dass ...«

»Meine Jungs stehen mit geladenen Gewehren an den Fenstern«, warnte der Farmer. »Wenn Sie also irgendwelche schlechten Absichten haben ...«

»Keine Sorge. Ich bin ein harmloser Pilger.«

McQuade ritt in den Farmhof. Für den Farmer war er nur schemenhaft auszumachen. Aber mit jedem Schritt des Pferdes, den McQuade näher kam, nahm der Schemen Formen an. Und dann parierte der Texaner das Tier, hob das rechte Bein über das Sattelhorn und ließ sich zu Boden gleiten. »Wo bin ich hier gelandet?«

»Mein Name ist Brad Weston. Das ist die Weston-Farm.«

Deutlich spürte McQuade den Strom des tief sitzenden Misstrauens, der ihm entgegenschlug.

Der Hund knurrte leise und gefährlich.

Eine andere Stimme erklang: »Ich beobachte dich über Kimme und Korn meines Gewehres, Stranger. Ein kleiner Fingerdruck genügt.«

McQuade hob die Hände in Schulterhöhe. »Ich bitte lediglich um etwas Gastfreundschaft.«

»Und die wollen wir Ihnen nicht verweigern«, murmelte Brad Weston. »Also binden Sie Ihr Pferd an und kommen Sie ins Haus, Fremder. Nennen Sie mir Ihren Namen?«

»James O'Connor.«

»Okay, O'Connor, folgen Sie mir ins Haus. Einer meiner Söhne wird sich um Ihren Gaul kümmern.«

McQuade zog die Henrygun aus dem Scabbard.

»Das Gewehr brauchen Sie nicht, O'Connor!«, stieß der Farmer hervor.

»Ich lasse es nicht gerne unbeaufsichtigt«, versetzte McQuade.

»Es gibt hier draußen niemand, der es Ihnen stiehlt.«

»Na schön.« McQuade versenkte die Waffe wieder im Sattelschuh, führte das Pferd zum Holm – einer verkrümmten Stange, die auf zwei Pfosten genagelt war -, und band es fest.

Brad Weston ging vor ihm ins Haus. In der Küche trafen sie auf die beiden Farmersöhne und die Gattin des Farmers. Es war eine Frau um die fünfzig mit grauen Haaren und verhärmtem Gesicht, von dem man ablesen konnte, dass ihr das Leben noch nichts geschenkt hatte. Über dem Tisch hing eine Petroleumlampe von der Decke. Ihr Licht reichte nicht aus, um den Raum bis in die Ecken auszuleuchten. Groß und verzerrt wurden die Schatten der Menschen gegen die Wände geworfen. Es roch nach Bohnerwachs.

»Setzen Sie sich, O'Connor«, lud der Farmer McQuade ein, Platz zu nehmen.

Sie ließen sich nieder. Die beiden Söhne des Farmers schoben sich heran und blieben beim Tisch stehen. Beide hielten Gewehre in den

Händen. Der lauernde Ausdruck in ihren Augen, die im düsteren Licht wie poliertes Glas glitzerten, blieb McQuade nicht verborgen.

»Das sind meine Söhne Cole und Lester«, gab der Farmer zu verstehen. »Cole war lange weg. Aber Sue und ich haben die Hoffnung niemals aufgegeben, dass er eines Tages wieder nach Hause zurückkehrt. Und vor etwa anderthalb Monaten erfüllte sich unsere Hoffnung.«

McQuade richtete seinen Blick auf den Burschen, der einer der Mörder seiner Angehörigen war. Und der Hass kam bei ihm kalt und stürmisch wie ein Blizzard ...

MCQUADE HATTE DIE NACHT im Heuschober verbracht. Als der Morgen graute, saß er im Sattel. In dem Moment, als er sein Pferd antrieb, verließ Cole Weston das Farmhaus. Der Bursche war siebenundzwanzig Jahre alt, hatte dunkle Haare, maß etwas über sechs Fuß und war ziemlich hager. Sein Gesicht wies die Spuren eines lasterhaften Lebens auf. Der brutale Zug, der um seinen Mund lag, war nicht zu übersehen. Er gehörte zu der Sorte, die aus Niedertracht, Skrupellosigkeit und brutaler Härte zusammengesetzt war, aus allem, was unmenschlich und grausam macht.

»Willst du dich nicht verabschieden, O'Connor?« Cole Weston hatte angehalten und die Daumen hinter den Revolvergürtel gehakt, der um seine Hüften lag. Im Holster steckte ein langläufiger Sechsschüsser. Sein kühler Blick hing an McQuades Gesicht.

»Ich wollte euch nicht wecken«, antwortete der Texaner und spürte, wie sich der Hass auf den Anderen in ihm staute. Es kostete ihn Anstrengung und erforderte all seinen Willen, ruhig zu bleiben und seinen Gefühlen nicht freien Lauf zu lassen. »Bei deinen Eltern habe ich mich noch am Abend für ihre Gastfreundschaft bedankt.«

»Was hat dich eigentlich bewogen, Texas zu verlassen, O'Connor?«

»Es geht dort drunter und drüber, nachdem der Süden den Krieg verloren hat«, erklärte McQuade und legte beide Hände übereinander auf den Sattelknauf. »Die Yanks haben das Sagen. Außerdem gab es in Texas nichts, was mich hielt.«

»Na denn – so long, O'Connor.«

McQuade hob die linke Hand zum Gruß, dann zerrte er das Pferd herum und trieb es an. Im Trab verließ er die Farm. Bald markierte nur noch der aufgewirbelte Staub seinen Weg. Nach etwa anderthalb Meilen lenkte McQuade das Tier zwischen hohe Büsche, stieg ab und band das Pferd an einen armdicken Ast. Bienen summten, Vögel zwitscherten. McQuade angelte sich die Henrygun aus dem Scabbard, repetierte und postierte sich so, dass er den Weg zur Farm im Auge hatte.

Brad Weston hatte am Abend zuvor seinem Sohn Cole aufgetragen, am Morgen nach Willcox zu fahren, um Vorräte einzukaufen.

Die Würfel des Schicksals rollten...

Nach einer Stunde etwa – die Sonne war längst aufgegangen und begann, das Land in eine Gluthölle zu verwandeln -, vernahm McQuade fernes Rumoren. Langsam wurden die Geräusche deutlicher, und dann kam das Gespann über die Bodenwelle, an deren Fuß McQuade wartete. Es war ein leichter Schlutterwagen, vor den ein schwerer Kaltblüter gespannt war. Auf dem Wagenbock saß Cole Weston. Das Fuhrwerk polterte und rumpelte, das Pferd ging mit hängendem Kopf, manchmal klirrte es, wenn ein Huf gegen einen Stein stieß.

Als das Fuhrwerk auf zehn Yard heran war, verließ McQuade den Schutz der Büsche. Das Gewehr hielt er auf Cole Weston gerichtet, den Kolben hatte er sich unter die Achsel geklemmt, sein Zeigefinger lag um den Abzug.

Weston stemmte sich gegen die Zügel, das Gespann kam zum Stehen. Der Mörder schluckte würgend, dann blaffte er: »Bist du unter die Wegelagerer gegangen, O'Connor?«

»Mein Name ist McQuade«, erklärte der Texaner grollend. »Als ich vor einigen Wochen nach Southton in der Nähe von San Antonio heimkehrte, fand ich dort nur noch drei Gräber vor – Gräber, in denen meine Eltern und meine Schwester ihre letzte Ruhe gefunden haben, nachdem sie von einer Bande skrupelloser Banditen ermordet worden waren.«

McQuades Stimme klang brechend, sie erinnerte an zersplitternden Stahl. Seine Augen blickten hart wie Bachkiesel.

Cole Weston duckte sich. Unruhe prägte jeden Zug seines Gesichtes. Sein Blick war unstet geworden. Seine rechte Hand löste sich von den Zügeln, Weston legte sie auf seinen Oberschenkel und zog sie langsam zurück in Richtung des Holsters, aus dem der Griff des Revolvers ragte. »Warum erzählst du mir das?«, knirschte er.

»Halt die Hand ruhig, Weston!«, mahnte McQuade. »Ich werde dich jetzt für den Mord an meiner Familie zur Rechenschaft ziehen. Vorher aber habe ich noch eine Frage an dich.«

Cole Weston atmete schwer. Ein heimtückisches Glitzern war in seine Augen getreten. »Was für eine Frage?«

»Wo finde ich deine Kumpane Bud Logan und Hal Carter?«

»Such sie in der Hölle, McQuade!«, brach es aus Weston heraus und seine Rechte fuhr zum Revolver.

McQuade zog durch. Der peitschende Knall des Schusses wurde über Cole Weston hinweggeschleudert, der sengende Hauch der Kugel streifte seine Wange. Seine Hand, die schon den Griff des Revolvers umspannt hatte, zuckte zurück, als hätte er sie sich an glühendem Eisen verbrannt.

Die Detonation war noch nicht verrollt, als McQuade schon wieder durchgeladen hatte. »Heb die Hände und steig ab, Weston!«, befahl McQuade. »Und lass dich zu nichts mehr hinreißen. Eine zweite Kugel werde ich nicht vergeuden.«

»Verdammt, was willst du von mir? Ich war nicht in Texas, und ich kenne weder einen Mann namens Logan noch einen namens Carter.«

»Steig ab!«

Cole Weston erkannte, dass McQuade keine Kompromisse eingehen würde. Sein Herz schlug einen hämmernden Rhythmus, er zermarterte sich das Hirn nach einem Ausweg. »Was hast du vor?«, fragte er, um Zeit zu gewinnen.

»Ich werde das Versteck deiner Kumpane aus dir herausprügeln, Weston. »Und dann …«

Ein Schuss peitschte. McQuades Kopf zuckte herum. Cole Weston ergriff die Gelegenheit beim Schopf. Seine Gestalt wuchs in die Höhe, dabei riss er den Colt aus dem Futteral und schoss auf McQuade, dann sprang er vom Wagenbock aus zwischen die Büsche.

Die Kugel streifte McQuade am Oberarm und verursachte ein heftiges Brennen. Der Texaner jagte einen Schuss in das Zweiggespinst, dann ließ er sich seitlich vom Pferd kippen. Ein Geschoss pfiff über den leeren Sattel hinweg. Die Detonationen verschmolzen ineinander und wurden von den Echos vervielfältigt. Zweige peitschten, dürre Äste, die am Boden lagen, zerbrachen mit trockenem Knacken. McQuades Pferd wieherte trompetend und stieg auf die Hinterhand. Schließlich verhallte der Schussdonner mit geisterhaftem Geraune.

McQuade kroch schnell in den Schutz der Büsche. Von Cole Weston war nichts mehr zu sehen oder zu hören. Stille war eingetreten, die nach kurzer Zeit von hämmerndem Hufgetrappel gesprengt wurde. Ein Reiter jagte den Abhang herunter, über den der Weg in die Stadt führte.

Es war der Sheriff von Willcox.

Bei dem Gespann angekommen riss er sein Pferd zurück. Das Tier kam zum Stehen. Die Stimme des Gesetzeshüters peitschte: »Zeigen Sie sich, McQuade!«

Der Texaner trat vor die Büsche. Er hielt mit beiden Händen das Gewehr schräg vor der Brust. »Welcher Teufel hat Sie geritten, Sheriff, als …«

»Habe ich Sie nicht gewarnt, McQuade!«, polterte der Sheriff los und unterbrach McQuade. »Sie haben sich meiner Anordnung widersetzt. Dafür werde ich Sie einsperren. Lassen Sie das Gewehr fallen und nehmen Sie die Hände in die Höhe.«

»Sie haben einem Mörder zur Flucht verholfen, Sheriff«, stieß McQuade grimmig hervor.

»In Arizona hat Weston keinen Mord begangen!«, konterte der Gesetzeshüter. »Und wenn Sie ihn erschießen, kann Sie das an den Galgen bringen.«

»Gehen Sie zur Hölle, Sheriff.« Mit dem letzten Wort machte McQuade kehrt, bahnte sich einen Weg durch das Gestrüpp und erreichte sein Pferd. Er löste den Zügel vom Ast, mit einem Satz kam er in den Sattel, mit einem Schenkeldruck trieb er das Tier an. Nachdem er die Büsche verlassen hatte, gab er den Kopf des Pferdes frei und ließ es laufen. Trommelnder Hufschlag erhob sich.

MCQUADE HATTE SICH nicht getäuscht. Cole Westons Ziel nach seiner Flucht war die Farm seines Vaters. Er hatte die anderthalb Meilen in etwa zwanzig Minuten zurückgelegt. McQuade, der sich - geschützt vor Blicken von der Farm -, bei einem Busch positioniert hatte, entging nicht, dass der Bandit leicht hinkte. Wahrscheinlich hatte er sich beim Sprung vom Fuhrwerk den Fuß verstaucht.

McQuade zeigte sich nicht. Cole Weston sollte ihn zu seinen Kumpanen führen.

Der Bandit verschwand im Stall. Aus dem Haus trat die Farmersfrau, überquerte den Hof und ging ebenfalls in den Stall. McQuade vermutete, dass sich Brad Weston und sein Sohn Lester nicht auf der Farm befanden. Wahrscheinlich arbeiteten sie auf irgendeinem Feld.

Nach kurzer Zeit zerrte Cole Weston ein gesatteltes Pferd hinter sich her ins Freie. Seine Mutter folgte ihm. Sie gestikulierte mit den Händen. Cole Weston winkte ab und schwang sich auf das Tier, ruckte im Sattel und der Vierbeiner setzte sich in Bewegung. In dem Moment tauchte nördlich der Farm ein Reiter auf. Er kam schnell näher.

Es war der Sheriff. Wahrscheinlich hatte er in der Wildnis nach Cole Weston gesucht, ehe er sich entschloss, zur Farm zu reiten.

Der Bandit ritt dem Gesetzeshüter entgegen. Sie trafen aufeinander und zerrten die Pferde in den Stand. Eine hitzige Debatte entstand. Plötzlich zog der Sheriff den Revolver und richtete ihn auf Cole Weston. Dieser drosch seinem Pferd die Sporen in die Seiten. Aus dem Stand vollführte das Tier einen Satz nach vorn und rammte den Vierbeiner, auf dem der Sheriff saß. Das Tier brach hinten ein, der Gesetzeshüter wurde aus dem Sattel katapultiert. In dem Moment, als er sich hoch kämpfte, feuerte Cole Weston mit dem Colt auf ihn. Die schwere 45er Kugel fegte den Gesetzeshüter von den Beinen. Cole Weston spornte sein Pferd an.

McQuade hatte tatenlos zusehen müssen. Jetzt warf er sich in den Sattel. »Lauf!« Sein Pferd streckte sich. Im stiebenden Galopp jagte er auf die Farm zu. Bei dem Sheriff war Sue Weston abgekniet. McQuade riss an den Zügeln, sein Pferd brach hinten ein, die bremsenden Hufe zogen eine tiefe Spur in den Staub. »Ist er tot?«

Die Frau schüttelte den Kopf. Mit gequältem Blick schaute sie zu McQuade in die Höhe. Ihre Stimme klang belegt, als sie rief: »Er hat die Kugel in die rechte Brustseite bekommen. Mein Gott, warum hat Cole auf ihn geschossen.«

»Schaffen Sie ihn in die Stadt!«, gebot McQuade, dann setzte er das Pferd unter sich in Bewegung. Cole Weston verschwand gerade über eine Bodenerhebung. Er hatte den Weg verlassen. Die Spur, die sein Pferd hinterlassen hatte, zeichnete sich deutlich im staubigen Gras ab.

McQuade folgte ihr. Die Fährte führte nach Westen. Nach etwa drei Meilen bog sie nach Norden ab und endete schließlich an der breiten, staubigen Überlandstraße, die sich wie der riesige Leib einer Schlange nach Westen schlängelte und in Yuma endete.

McQuade schwenkte den Blick nach Osten, dann nach Westen. Die Straße bohrte sich zwischen die Hügel der Little Dragon Mountains.

McQuade musste sich entscheiden.

Nach kurzer Überlegung entschloss er sich, der Straße nach Westen zu folgen.

Die Sonne stieg höher und höher. Die Hitze füllte beim Atmen die Lungen wie mit Feuer. Die Konturen der Hügel und Felsen schienen in der flirrenden Luft zu zerfließen. Feiner Staub hatte McQuades Augen gerötet. Unbeirrbar ritt er. Wenn sich ihm die Möglichkeit bot, tränkte er sein Pferd. Meile um Meile legte er zurück. Um die Mitte des Nachmittags schälten sich aus dem Sonnenglast die Gebäude einer Pferdewechselstation von Wells & Fargo.

Vor dem Stationsgebäude stieg McQuade vom Pferd. Alles wirkte grau in grau. In einem großen Corral standen über ein Dutzend Pferde. Das Stalltor stand offen. Ein bärtiger Mann kam ins Freie.

McQuade führte sein Pferd zum Tränketrog, überließ das Tier sich selbst, wandte sich dem Stationer zu und schob sich den Hut aus der Stirn. »Ich verfolge einen Mann. Er ist Mitte zwanzig und dunkelhaarig.«

»Hat er etwa Ihre Größe und ist er hager wie ein Wüstenwolf?«

»Ja. Ist er hier vorbeigekommen?«

Der Stationer nickte. »Er schien es höllisch eilig zu haben, der Hombre hat nicht mal angehalten. Was hat er denn ausgefressen? Weshalb verfolgen Sie ihn? Ich sehe keinen Stern an Ihrer Brust.«

»Es bedarf nicht unbedingt eines Sterns, um für Gerechtigkeit zu sorgen«, murmelte McQuade. »Wie groß ist sein Vorsprung?«

Der Stationer wiegte den Kopf, dann antwortete er: »Eine Viertelstunde etwa. Wenn er den Gaul weiterhin so jagt, wird er ihn zuschanden reiten. Ist auf den Burschen eine Prämie ausgesetzt? Sind Sie Kopfgeldjäger?«

»Er ist ein Mörder«, knurrte McQuade. »Aber ich jage ihn nicht wegen des Geldes.«

McQuade wandte sich seinem Pferd zu, hakte die Wasserflasche vom Sattel, füllte sie mit frischem Wasser, wusch sich das Gesicht und setzte seinen Weg fort. Tief in seinem Innersten meldete sich eine Stimme, die ihm sagte, dass seine Rechnung möglicherweise aufging.

Die Entschlossenheit, die ihn erfüllte, grenzte an Besessenheit. Am Ende seines Weges sollten drei Särge stehen ...

DREI TAGE SPÄTER KAM McQuade nach Tucson. Es handelte sich um eine verhältnismäßig große Stadt. MCQuade erregte kein Aufsehen. Tagtäglich kamen Menschen nach Tucson. Die meisten verschwanden wieder. Nur wenige blieben.

McQuade betrat die Stadt und nahm ihren höllischen Atem wahr. Bösartiger Lärm zog durch den Ort. In Städten wie diesen war die Sünde zu Hause. In den Nächten erwachten sie zur Lasterhaftigkeit, sie zogen Abenteurer, Geschäftemacher, Gestrauchelte und eine Menge lichtscheuen Gesindels an. Sie waren auf der Jagd nach dem schnell verdienten Dollar und der Revolver saß oftmals verdammt locker.

Auf der breiten Hauptstraße und den Gehsteigen herrschte reges Treiben. McQuade fand einen Mietstall, gab sein Pferd dort ab, nahm sein Gewehr, hängte sich die Satteltaschen über die Schulter und begab sich zum Hotel, um sich ein Zimmer zu mieten. Es war Mittagszeit. Der Texaner verspürte nagenden Hunger. Ehe er das Zimmer verließ, um ein Restaurant aufzusuchen, holte er aus der Satteltasche den Steckbrief, der in Texas ausgestellt worden war und mit dem die Mörder seiner Angehörigen gesucht wurden. Er faltete ihn zusammen und steckte ihn in die Innentasche seines Staubmantels.

Nachdem McQuade gegessen hatte, erkundigte er sich beim Keeper nach dem Marshal's Office, bezahlte und machte sich auf den Weg. Er fand das Büro des Town Marshals, klopfte gegen die Tür und betrat es. Hinter dem Schreibtisch saß ein grauhaariger Mann mit eingefallenem Gesicht. Ein dicker Schnurrbart verdeckte seine Oberlippe. Vor ihm auf dem Schreibtisch war eine vergilbte Zeitung ausgebreitet, auf der die Teile eines Revolvers lagen. Der Marshal war gerade dabei, den Lauf der Waffe zu reinigen.

»Guten Tag«, grüßte McQuade und drückte die Tür hinter sich ins Schloss.

Der Marshal erwiderte den Gruß und fragte dann: »Was führt Sie zu mir?« Er legte den Lappen weg, mit dem er die Teile der Waffe gereinigt hatte und begann, den Revolver zusammenzusetzen. Leise und monoton tickte der Regulator, der an der Wand hing. Es roch nach Pfeifentabak.

»Ich suche drei Männer, Marshal«, erklärte McQuade, griff in die Tasche und holte den Steckbrief hervor, faltete ihn auseinander und reichte ihn dem Marshal. Dieser nahm ihn und heftete seinen Blick darauf, dann knurrte er: »Der ist in Texas ausgestellt und gilt im Arizona-Territorium nicht.«

McQuade nahm den Steckbrief wieder und steckte ihn ein. »Ich weiß. Es handelt sich bei den drei Kerlen um die Mörder meiner Familie. Cole Weston habe ich in Willcox aufgestöbert. Er ist mir entkommen und nach Westen geflohen. Ich denke, er befindet sich in Tucson.«

»In Tucson wimmelt es von Fremden. Ich kümmere mich schon lange nicht mehr um die Leute, die sich in der Stadt ein Stelldichein geben. Doch trete ich sehr schnell auf den Plan, wenn einer Ärger macht.«

»Ich verstehe«, murmelte McQuade. »Nun, ich wollte keine Möglichkeit außer Acht lassen. Vielleicht ...«

»Tut mir leid, Junge. Ich kann Ihnen wirklich nicht helfen. Aber ich werde die Augen offen halten. Wo finde ich Sie gegebenenfalls?«

»Ich wohne im Hotel beim Mietstall. Sollte ich es verlassen, sage ich dem Mann an der Rezeption Bescheid.«

»Fragen Sie Maria«, gab der Marshal zu verstehen. »Sie führt am westlichen Stadtrand so etwas wie ein Boardinghouse. Bei ihr steigen viele Durchreisende ab, weil ihre Preise günstig sind.«

»Maria?«

»Maria Alvarez, eine Mexikanerin.«

»Ich werde sie fragen«, erklärte McQuade und machte kehrt, um das Office zu verlassen. Bei der Tür holte ihn die Stimme des Marshals ein: »Nennen Sie mir Ihren Namen.«

»McQuade«, sagte der Texaner über die Schulter.

»Ich bin Marshal Wes Rafferty. Sagen Sie Maria, dass ich Sie geschickt habe.«

McQuade trat ins Freie. Auf der Straße, zwischen den Häusern, ballte sich die Hitze. Im Schatten der Vorbaudächer begab sich McQuade zum westlichen Stadtrand. Er fand die Pension und betrat sie. Hinter der Rezeption saß eine Frau, deren lange, schwarze Haare bereits von grauen Fäden durchzogen waren. McQuade konnte nur ihr Gesicht sehen, das aber ließ den Schluss zu, dass die Frau ziemlich dick war.

»Buenos Dias«, begrüßte die Mexikanerin den Ankömmling. »Möchten Sie sich bei mir einquartieren?«

»Mich schickt Marshal Rafferty«, versetzte McQuade und legte beide Hände auf die Rezeption. »Ich bin auf der Suche nach drei Männern. Ihre Namen sind Cole Weston, Bud Logan und Hal Carter. Weston dürfte erst vor wenigen Stunden in Tucson angekommen sein.«

Die Frau dachte kurz nach. »Die Namen sagen mir nichts, Señor«, murmelte sie dann. »Können Sie mir die Burschen beschreiben?«

McQuade gab ihr den Steckbrief. Maria Alvarez las ihn aufmerksam, dann nickte sie. »Sie haben falsche Namen angegeben, als sie bei mir Zimmer mieteten. Ja, Logan und Carter wohnen bei mir. Si, si, vor einigen Stunden kam Weston an. Wenig später haben die drei die Pension verlassen.«

»Sie sind doch nicht etwa weitergeritten!«, entfuhr es McQuade regelrecht entsetzt.

»Nein. Sie hatten lediglich ihre Gewehre bei sich.«

Auf der Treppe ins Obergeschoss erklangen Schritte. McQuade drehte ein wenig den Kopf. Sein Blick erfasste eine junge Frau, die ihm fast den Atem nahm, so sehr faszinierte sie ihn. Sekundenlang vergaß er alles um sich herum. Und er zuckte zusammen, als Maria Alvarez' Stimme erklang: »Das ist meine Tochter Juanita. Sie hilft mir in der Pension.«

Jetzt erwachte McQuade aus seiner Erstarrung, er griff nach dem Hut und lüftete ihn. »Sehr erfreut, Ma'am.«

Juanita lächelte. Ihre Zähne waren makellos.

»Für die Kerle, die bei mir absteigen, ist sie tabu!«, stieß Maria Alvarez mit harter Stimme hervor.

Juanitas Lächeln zerrann.

»Ich... Ich ...«, stammelte McQuade.

»Juanitas Anblick hat Sie ziemlich aus der Fassung gebracht, Señor. Nun, ich kenne das. Meine Tochter ist nicht für Ihre Sorte geschaffen. Geh in die Küche, Juanita. Presto, presto!« Zuletzt hatte ihre Stimme ausgesprochen energisch geklungen.

Die junge Frau, die den Texaner so sehr in ihren Bann zog, entfernte sich schnell.

McQuade fand seine Sprache wieder. »Keine Sorge, Señora. Wenn ich in Tucson meinen Job erledigt habe, verlasse ich die Stadt wieder. Ich will nichts von Ihrer Tochter.«

ALS MCQUADE AUF DEN Vorbau trat, wurde er angerufen: »Da bist du ja, McQuade! Wir haben dich erwartet!«

Etwas in dem Texaner versteifte. Jähe Anspannung befiel ihn. Unwillkürlich legte sich seine Hand auf den Griff des Revolvers. Er blickte in die Richtung, aus der die brechende Stimme gekommen war. Die Atmosphäre war plötzlich angespannt und gefährlich. Der Tod schien die Knochenfaust auszustrecken.

McQuade konnte den Mann, der gerufen hatte, nicht ausmachen. Seine Stimme klirrte: »Bist du es, Weston?«

»Sicher. Und ich habe zwei Freunde bei mir. Weißt du eigentlich, dass wir eine Menge Spaß hatten mit deiner Schwester?«

Menschen blieben stehen. Etwas Beklemmendes lag plötzlich in der Luft; Unheil braute sich über der Straße zusammen wie eine Gewitterwolke. Die Luft schien mit Elektrizität aufgeladen zu sein.

Kälte überfiel MCquade. Aber es lag etwas darunter - eine schwelende Glut aus Hass und Leidenschaft, vielleicht sogar Begierde.

Die drohende Gefahr verlangte einen raschen Entschluss.

McQuade stieß sich ab und spurtete los. Dabei riss er den Revolver aus dem Holster. Er schalt sich einen Narren, weil er das Gewehr im Hotel gelassen hatte.

Ein Schuss dröhnte. Der donnernde Knall stieß durch die Stadt, aufbrüllend antworteten die Echos. Auf der Straße entstand Hektik. Die Passanten flohen wie von Furien gehetzt in Deckung. Erregtes Geschrei vermischte sich mit der verhallenden Detonation.

McQuade bog in eine Gasse ein. Sein Atem ging etwas schneller. Wie hineingeschmiedet lag der Colt in seiner Faust. Der Daumen lag quer über der Hammerplatte. Der Texaner ging an der Ecke in Deckung und presste seinen Körper hart an die Wand des Gebäudes, das ihm Schutz bot. Den Revolver hielt er in Gesichtshöhe. Die Mündung wies zum Himmel.

McQuade lugte um die Ecke. Die Straße war jetzt wie leergefegt. Stille hatte sich wie ein Leichentuch in die Stadt gesenkt. Der Tod schlich auf leisen Sohlen durch Tucson.

Als es knallte, zog McQuade den Kopf zurück. Die Kugel meißelte den Putz von der Wand und jaulte als Querschläger davon. Das grässliche Heulen schmerzte geradezu in den Ohren. In den zerflatternden Schussdonner hinein schrie Cole Weston: »Du bist so gut wie tot, McQuade. Wenn du mit der Nase im Dreck liegst, werde ich auf deinen Kadaver spucken.«

Der Texaner gab keine Antwort. Das Verhältnis stand drei zu eins. Seine Gegner kannten keine Skrupel, und sie waren tödlicher als die Pest im Mittelalter. Einen Fehler konnte er sich nicht erlauben. Er wäre tödlich gewesen.

McQuade sicherte in die Gasse hinein, dann zog er sich zurück. Als eine andere Gasse kreuzte, wandte er sich nach rechts. Geduckt schlich er an einem Gartenzaun entlang, dann deckte ihn ein windschiefer Schuppen, und an diesen schloss sich wieder ein hüfthoher Bretterzaun an. Kurz entschlossen flankte McQuade darüber hinweg, landete in einem Garten und durchquerte ihn, erreichte ein Haus und schob sich an dessen Längsseite entlang, bis wieder die Straße vor seinem Blick lag.

Die Stille war lastend und zerrte an den Nerven. Zwischen den Häusern lauerte die Gefahr, der Tod war allgegenwärtig. McQuade wappnete sich mit kalter Ruhe. Und plötzlich sah er auf der anderen Seite der Fahrbahn in einer düsteren, engen Nische zwischen zwei Häusern eine huschende Bewegung. Da glühte es auch schon auf und der Schussdonner wurde über die Straße geschleudert. McQuade ließ sich auf die Knie niederfallen und feuerte. Trampelnde Schritte erklangen. Der Texaner jagte eine zweite Kugel in den schmalen Durchlass, dann kam er mit einem Ruck hoch und rannte über die Straße.

Rechterhand begann es zu krachen. McQuade wirbelte halb herum, sein Blick erfasste einen Mann, der neben einem Vorbau kniete und mit dem Gewehr aus der Hüfte feuerte. Er schoss in rasender Folge, die Projektile pfiffen wie giftige Hornissen heran, aber der Bandit feuerte viel zu hastig und ohne richtig zu zielen.

McQuade hechtete nach vorn, rollte sich über die linke Schulter ab, lag lang im Staub und wälzte halb herum, die Mündung seines Revolvers stach ins Ziel und dann bäumte sich die Waffe auf in seiner Faust.

Der Bursche mit dem Gewehr kippte zur Seite. Seine Waffe verstummte.

McQuade kam hoch und rannte los. Es begann ohrenbetäubend zu krachen. Er wurde jetzt von zwei Seiten unter Feuer genommen. Haken schlagend wie ein Hase erreichte er den Banditen, den er niedergeschossen hatte, bückte sich und raffte dessen Gewehr an sich. Dann verschwand er um ein Haus. Noch zweimal krachte es, dann stellten die Banditen das Feuer ein.

»Der elende Hurensohn hat Hal erwischt!«, erklang es rau.

»Dafür schießen wir ihn in Stücke!«, antwortete eine andere Stimme.

»Yeah. Wir schicken das verdammte Stinktier in die Hölle.«

MCQUADE WAR AUF DAS Dach eines Gebäudes geklettert und äugte über die Fassade aus Bohlen hinweg hinunter auf die Straße. Sein Colt steckte jetzt im Holster. Das Gewehr, das er erbeutet hatte, war schussbereit. Jeder seiner Sinne war aktiviert, seine Augen waren in ständiger Bewegung, sein Mund war eine harte, entschlossene Linie. Und er war kalt wie ein Eisblock.

Keiner der beiden Banditen, die Jagd auf ihn machten, ließ sich blicken. Wahrscheinlich hatten sie erkannt, dass er ihnen ebenbürtig war und dass sie ihn auf keinen Fall unterschätzen durften. Diese Sorte trug ihre Haut nicht unnötig zu Markte.

Sie Zeit schien stillzustehen. Irgendwo in der Stadt begann ein Hund zu bellen. Einige Artgenossen stimmten ein. Heiß brannte die Sonne auf McQuades Rücken. Mücken, vom Schweißgeruch angelockt, schwirrten um seinen Kopf.

McQuade hüllte sich in Geduld. Die Sekunden reihten sich aneinander, wurden zu Minuten und zu einer Viertelstunde. Und plötzlich sah er einen der Kerle. Es war nicht Cole Weston, es konnte sich nur um Bud Logan handeln. Lange, blonde Haare quollen unter seinem braunen Hut hervor. Der Bandit war hinter einem Gebäude hervorgetreten. Das Gewehr hielt er an der Seite im Anschlag. Der Lauf reflektierte das Sonnenlicht. Nach wie vor trieb das Bellen der Hunde durch Tucson.

Logan blieb im Schatten des Hauses stehen und drehte den Kopf erst nach rechts, dann nach links, dann rief er heiser: »Die Kanaille scheint sich in Luft aufgelöst zu haben. Es hat sicherlich keinen Sinn, nach ihm zu suchen. Gleich werden einige Deputys aufkreuzen. Verschwinden wir. McQuade entgeht uns nicht.«

In der Gassenmündung auf der anderen Straßenseite erschien Cole Weston. Er hielt das Gewehr mit beiden Händen schräg vor seiner Brust. »Wir haben erst dann Ruhe vor dem Bastard, wenn er in der Hölle ist.«

»Es ist nur eine Frage der Zeit«, knurrte Logan und setzte sich in Bewegung.

»Ich bin hier!«, brüllte McQuade und richtete sich auf. Sein Oberkörper wuchs über die falsche Fassade des Gebäudes hinaus. Ein mitleidloser Zug hatte sich Bahn in sein Gesicht gebrochen.

Auf der Straße warfen sich die beiden Banditen herum. Den Sekundenbruchteil, der zwischen Erkennen und Reagieren liegt, benötigten sie scheinbar nicht. Durch die Gefahr, die von McQuade ausging, waren sie auf blitzartige Reaktion eingestellt. Und sie reagierten wie Klapperschlangen.

Die Waffen brüllten auf. Heißes Blei pfiff durch die Luft. Der Lärm steigerte sich und mutete an wie ein höllischer Choral. Auf der Straße brach Bud Logan zusammen. Cole Weston zog sich rückwärts gehend und wie rasend feuernd in die Gasse zurück, aus der er vor etwa einer Minute gekommen war. Schließlich schleuderte er sich herum und floh. Mit dem nächsten Herzschlag war er aus McQuades Blickfeld verschwunden.

»Nummer zwei!«, knirschte McQuade und verspürte nicht die geringste Gemütsregung. Diese Kerle hatten den Tod verdient. Das

Gesetz hatte versagt. Und er – McQuade -, hatte einen Schwur zu erfüllen. Die Verbrechen, die diese Banditen begangen hatten, legitimierten ihn. Er redete mit ihnen in ihrer Sprache – der Sprache der Gewalt. Die einzige Sprache, die diese Halunken verstanden. Sein Gesetzbuch war der Colt.

McQuade rannte über das Dach, sprang hinunter auf den niedrigen Schuppen, der ihm auch dienlich war, als er auf das Dach stieg, und landete nach einem weiteren Sprung im Hof. Er rannte auf die Straße, bewegte sich am Fahrbahnrand bis zu der Gasse, in der Cole Weston verschwunden war, und sah aus den Augenwinkeln, wie sich Bud Logan, der seitlich im Staub gelegen hatte, herumwälzte und hochdrückte. McQuade hielt an. Logan kam auf die Knie, er zog den Colt und schlug ihn auf den Texaner an. In seinen Augen glitzerte die Mordlust.

McQuade schoss aus der Hüfte und repetierte sofort. Die Hülse wurde ausgeworfen und landete im Straßenstaub. Logans Faust mit dem Colt sank nach unten. Sein Oberkörper pendelte vor und zurück, sein Kinn sank auf die Brust. Schließlich fiel Logan auf das Gesicht, seine Beine zuckten unkontrolliert, dann lag er still.

Vor McQuades Gesicht zerflatterte Pulverdampf. Sein Kopf zuckte herum, sein Blick bohrte sich in die Gasse. Cole Weston blieb verschwunden, als hätte es ihn nie gegeben. McQuade rannte los.

Er erinnerte sich daran, dass er auf dem Weg zu Maria Alvarez' Boardinghouse ganz in der Nähe der Pension einen Mietstall gesehen hatte und vermutete, dass die Banditen dort ihre Pferde untergestellt hatten. Dieser Mietstall war sein Ziel. Er beeilte sich. Als er noch zwanzig Schritte vom Hoftor entfernt war, kam trommelnder Hufschlag auf, und dann jagte Cole Weston auf einem Pferd durch das Tor. Er sah McQuade und feuerte mit dem Revolver auf ihn, riss das Pferd nach links und hämmerte dem Tier rücksichtslos die scharfen Radsporen in die Flanken.

McQuade riss das Gewehr an die Schulter. Über die Zieleinrichtung der Henrygun hinweg verkrallte sich sein Blick am Rücken des

Banditen. Aber er drückte nicht ab. Es war nicht seine Art, einen Mann in den Rücken zu schießen. Er ließ das Gewehr sinken. Seine Kiefern mahlten. Das Lodern in seinen Augen legte sich nur nach und nach. Er wandte sich um und ging zu der Stelle, an der er Bud Logan niedergeschossen hatte. McQuade hatte einen blutigen Schlussstrich unter das Dasein des Banditen gezogen.

Zwei Männer hetzten näher. Einer von ihnen war Town Marshal Wes Rafferty, der andere trug ebenfalls einen Stern an der Brust. Sie waren mit Gewehren bewaffnet. Atemlos hielten sie bei McQuade und dem toten Banditen an. Rafferty keuchte: »Man hat es mir schon erzählt, was sich zugetragen hat, McQuade. Die drei Schufte haben Ihnen den Kampf aufgezwungen. Ein Stück weiter die Straße hinauf liegt ein weiterer Toter. Was ist mit dem dritten Mann?«

»Weston hat sich abgesetzt. Aber ich werde ihm auf den Fersen bleiben. Und irgendwann hole ich mir den Mörder vor die Mündung.«

»Vor zwanzig Minuten ist die Stagecoach nach Tucson gekommen«, sagte Rafferty. »Der Kutscher hat die Nachricht in die Stadt gebracht, dass Weston den Sheriff von Willcox erschossen hat. Weston ist also auch in Arizona ein Vogelfreier, ein Verfemter. Ich denke, die Regierung wird auf seinen Kopf ein hohes Lösegeld aussetzen.«

»Ich bringe Ihnen den Mörder, Marshal«, versicherte McQuade und stapfte los, um sein Pferd zu holen.

BALD WAR KLAR, DASS Cole Weston in südliche Richtung aus der Stadt geflohen war. Marshal Wes Rafferty sagte: »Wahrscheinlich will Weston nach Mexiko. Bis zur Grenze sind es von hier aus etwa hundert Meilen. Die Gegend ist wild und unwegsam. Ein Mann kann in dieser Einöde verschwinden wie ein Staubkorn in der Wüste. Und es wimmelt zwischen Tucson und Nogales wahrscheinlich von Apachen. Ein Ritt zur Grenze ist mit Selbstmord gleichzusetzen, McQuade.«

Der Gesetzeshüter hatte mahnend und eindringlich gesprochen.

McQuade zuckte mit den Schultern. »Weder Tod noch Teufel können mich davon abhalten, Weston zu folgen. Ich will auch keine Zeit verlieren.«

Sie befanden sich mitten auf der Straße. Der Marshal hielt das Pferd, auf dem McQuade saß, am Kopfgeschirr fest. Jetzt löste sich seine Hand und er trat einen Schritt zur Seite. »Sicher, ich hätte wissen müssen, dass meine Worte in den Wind gesprochen sind. Sie gehen den Weg, den Sie eingeschlagen haben, wenn es sein muss bis zum bitteren Ende. Gott sei mit Ihnen, McQuade.«

»Adios, Marshal. Ich komme wieder.« Er schnalzte mit der Zunge und das Pferd setzte sich in Bewegung. Bald lag Tucson hinter dem Texaner. Hügeliges Land um gab ihn, im Südosten und im Südwesten erhoben sich die Höhenzüge der Sierrita und der Santa Rita Mountains. Es gab keinen Weg. Überall waren Gruppen von Comas und Mesquites zu sehen, dazwischen wuchsen ganze Felder von Kreosot. Wie eine zerfließende Scheibe aus Weißgold stand die Sonne im Südwesten. Die Hitze brachte die Luft zum Kochen. Die Hölle hatte einen Namen ...

McQuade schonte das Pferd. Es war nicht auszuschließen, dass er auf die Kraft und die Ausdauer des Tieres noch angewiesen war. Wie ein Bluthund folgte er der Spur des Banditen.

Es wurde Abend. Der rötliche Schein, den der purpurne Horizont auf das Land legte, verblasste. Die Schatten lösten sich auf. Von Osten her schob sich die Dämmerung ins Land.

McQuade näherte sich den Bergen im Süden. Hoch oben trat der Abendstern aus dem dunkler werdenden Blau des Himmels hervor. Die Anhöhen wiesen eine Reihe von Einschnitten auf, in denen schon die düsteren Schatten der beginnenden Dunkelheit woben.

Da wehte ferner Schussdonner heran. McQuade fiel seinem Pferd in die Zügel, als das Tier stand, lauschte er. Er hatte sich nicht getäuscht. Weit vor ihm wurde geschossen. Ohne lange nachzudenken trieb er das Pferd wieder an. Im raumgreifenden Galopp stob er nach

Süden. Als er nach einer Weile das Pferd erneut in die Kandare nahm, waren die Schüsse deutlich zu hören. McQuade ritt weiter. Es ging eine Anhöhe hinauf. Oben riss McQuade das Tier in den Stand. Unten, in der Ebene, erhob sich ein zerklüfteter Felsen, an dessen Basis mannshohes Strauchwerk wucherte.

Dieser Felsen wurde von verschiedenen Stellen aus unter Feuer genommen. Und das Feuer wurde verbissen erwidert. McQuade sah einige ungesattelte Pferde herumstehen und ahnte, dass es sich bei den Angreifern um Apachen handelte. Sie waren hinter Büschen und vereinzelt herumliegen Felsblöcken in Deckung gegangen. Die Mündungsfeuer zuckten durch die einsetzende Dunkelheit, das Krachen der Schüsse verschmolz ineinander und sickerte wie eine Botschaft von Tod und Verderben nach allen Seiten zwischen die Hügel.

McQuade zog das Gewehr aus dem Scabbard, sprang vom Pferd und führte das Tier in den Schutz eines Buschwerks, wo er es anleinte. Dann glitt er durch die Düsternis. Jede Deckung nutzend, die sich ihm bot, arbeitete er sich den Abhang hinunter. Schließlich sah er einen der Kerle, die drauf und dran waren, dem Mann bei dem Felsen das Tor zur Hölle aufzustoßen. Es war ein Indianer. Er kauerte hinter einem Felsklotz und jagte Schuss um Schuss darüber hinweg.

McQuade pirschte weiter, und als er sich etwa zwanzig Schritte hinter dem Krieger befand, repetierte er. Der metallische Klang erreichte das Gehör des Apachen und er warf sich herum, schlug das Gewehr auf McQuade an, doch der Texaner wartete nicht, bis der Apache durchzog. Sein Schuss dröhnte, die Kugel trieb den Indianer hoch, er machte das Kreuz hohl und kippte um.

Der Texaner rannte weiter. Er kam keine zehn Yard weit, als ein weiterer Apache hinter einem Busch hervor sprang und auf ihn schoss. Er spürte den Gluthauch der Kugel an der Wange und feuerte ebenfalls. Als hätte ihn die Faust des Satans von den Beinen gefegt krachte der Apache der Länge nach auf den Rücken. Er brüllte irgendetwas in seiner Sprache, dann war nur noch sein Röcheln zu vernehmen.

McQuade hetzte in den Schutz eines Strauches. Die anderen Apachen waren auf ihn aufmerksam geworden und schickten ihm heißes Blei. Aber als ihre Schüsse brachen, lag McQuade schon auf dem Bauch und kroch schlangengleich auf die andere Seite des Busches. Die Kugeln, die ihm galten, fetzten Blätter von den Zweigen und richteten sonst keinen Schaden an.

McQuades Ziel war eines der Mündungslichter. Ein erschreckter Aufschrei erklang. Er robbte weiter. Die niedrigen Kreosotstauden deckten ihn. Eine Serie von Schüssen donnerte. Eine Kugel traf einen Felsblock und quarrte durchdringend.

Plötzlich erhob sich Hufschlag.

McQuade hob den Kopf.

Ein Reiter jagte von dem Felsen weg in Richtung Westen davon. Er lag regelrecht auf dem Pferdehals, die Hufe des Tieres schienen kaum den Boden zu berühren. Einer der Apachen stieß einen schrillen Kampfschrei aus. Im nächsten Moment brüllte ein Gewehr auf. Das Pferd brach auf der Hinterhand ein, wieherte gequält, legte sich auf die Seite und keilte mit den Hufen aus. Der Reiter rollte über den Boden, kam hoch und rannte auf einen Busch zu.

McQuade erkannte ihn.

Es war Cole Weston.

Der Bandit verschwand im Schutz des Strauches.

McQuade verspürte tiefe Zufriedenheit.

DER APACHE SCHNELLTE vom Boden auf McQuade zu und riss den Arm mit dem Tomahawk in die Höhe. Der Texaner wirbelte herum, warf sich zur Seite, und schlug mit dem Gewehr zu. Der Krieger gab einen gurgelnden Laut von sich, stolperte zwei Schritte zur Seite, und brach auf die Knie nieder. Ein langer Schritt brachte McQuade an ihn heran, er zog auf, um ihm mit dem Gewehrkolben den Rest zu geben, als er aus den Augenwinkeln einen weiteren Angreifer wahrnahm. McQuade ließ sich einfach fallen. Die Kugel des Apachen verfehlte ihn. Er rollte über den Boden und zog den Revolver. Das Gewehr hielt er mit der Linken am Kolbenhals fest. Plötzlich wuchs vor ihm der Krieger, den er niedergeschlagen hatte, in die Höhe. McQuade sah das verzerrte Gesicht und den glühenden Hass in den dunklen Augen und schoss. Die 45er Kugel fällte den Apachen wie einen morschen Baum.

McQuade richtete sich halb auf, sein Blick suchte den Apachen, der eben auf ihn geschossen hatte. Der Krieger stand neben einem Strauch und zielte auf ihn. Die Entfernung war zu weit für einen Schuss mit dem Revolver. McQuade ließ den Sechsschüsser fallen und nahm das Gewehr in Anschlag, aber da brach der Krieger mit dem Brechen eines Schusses wie vom Blitz getroffen zusammen. Und sofort peitschte es erneut. Die Kugel strich dicht über McQuades Kopf hinweg. Weston schrie: »Jetzt holt dich der Teufel, McQuade. Grüße Logan und Carter von mir. Die beiden sind doch tot, oder etwa nicht?«

»Ja, sie haben ihre gerechte Strafe erhalten, Weston. Und auch du wirst büßen.«

Höhnisches Kichern erklang, dann stieg es aus der Kehle des Banditen: »Deine Gebeine werden hier in der Ödnis verrotten, McQuade. Denn ich werde dich als Fraß für die Kojoten und Aasgeier zurücklassen. Farewell, du Narr!«

Aus seiner kauernden Stellung hechtete McQuade zur Seite. Das Geschoss des Banditen verfehlte ihn nur knapp. McQuade sah das Mündungsfeuer und hielt darauf, repetierte, schoss, repetierte ...

Eine ganze Weile geschah nichts. Plötzlich tauchte Weston auf. Er kam um einen Busch herum. Seine Schritte waren unsicher. McQuade hörte ihn stöhnen. »Die Hölle verschlinge dich, McQuade«, entrang es sich dem Banditen, und seine Stimme hatte keine Kraft mehr. »Du bist ein verdammter ...«

Weston brach auf die Knie nieder. Er hatte beide Hände vor der Brust verkrampft. Sein Atem rasselte. Ein Laut, der sich wie Schluchzen anhörte, kämpfte sich in seiner Brust hoch und brach sich Bahn aus seinem Mund.

McQuade drückte sich hoch. Das Gewehr an der Hüfte im Anschlag ging er langsam auf den Banditen zu. »Jeder zahlt für seine Schuld, Weston«, stieß der Texaner hervor. »Dein Trail …«

Cole Weston kippte zur Seite um. Mit einem verlöschenden Laut auf den zuckenden Lippen starb er.

McQuade starrte auf den leblosen Körper hinunter. Er empfand nichts. Weston und seine Kumpane hatten den Tod verdient. »Yeah«, murmelte McQuade rau, »jeder zahlt für seine Schuld, Weston. Der Preis, den du bezahlt hast, war hoch – verdammt hoch.«

GEGEN MITTAG DES DARAUF folgenden Tages zügelte McQuade sein Pferd vor dem Marshal's Office in Tucson. Er führte eines der Apachenpferde an der Longe. Dem Tier hatte er Cole Westons Sattel aufgelegt, quer über den Pferderücken hing die leblose Gestalt des Banditen.

McQuade saß ab und überwand mit einem Sprung die vier Stufen zum Vorbau hinauf. Da trat auch schon der Marshal ins Freie. Nach einem schnellen Blick auf den toten Banditen sagte er: »Sie hatten also Erfolg, McQuade. Ihre Mission hier in Arizona hat damit ihr Ende gefunden. Was werden Sie tun? Kehren Sie nach Texas zurück?«

»In Texas wartet niemand auf mich«, murmelte McQuade. Er strich sich mit Daumen und Zeigefinger über das stoppelbärtige Kinn. Sein Blick richtete sich auf die schwarze Tafel an der Wand des Office, an die einige Steckbriefe und amtliche Bekanntmachungen geheftet waren.

»Ich könnte Ihnen einen Job als Deputy anbieten«, gab der Marshal zu verstehen. »Sicher wären Sie ein guter Gesetzeshüter, McQuade. Bleiben Sie in Tucson und …«

Rafferty brach ab, als sich McQuade mit einem Ruck in Bewegung setzte. Er ging zu der schwarzen Tafel und heftete seinen Blick auf einen der Steckbriefe. Gesucht wurde ein Mann namens Abel Nelson. Er hatte in Globe die Bank überfallen und einen der Kassierer erschossen. Für seine Ergreifung waren fünfhundert Dollar ausgesetzt.

McQuade riss den Steckbrief von der Tafel, faltete ihn zusammen und steckte ihn in die Manteltasche.

»Was haben Sie vor?«, fragte Wes Rafferty.

McQuade wandte sich ihm zu. »Ich habe mich entschieden, Marshal. Ja, ich werde dem Gesetz dienen. Aber auf meine Art und ohne Stern an der Brust.«

»Ein höllischer Job«, murmelte Rafferty. »Sie werden nicht überall auf Verständnis stoßen.«

McQuade zuckte mit den Schultern. »Die Steckbriefe werden mich legitimieren. Und im Land gibt es viel zu viel lichtscheues Gesindel. Sehr oft ist das Gesetz machtlos …«

McQuade sprang vom Vorbau, schwang sich auf sein Pferd und zerrte das Tier um die linke Hand. »Good bye, Marshal. Ich denke, wir sehen uns wieder.«

Der Texaner ritt an.

»Auf Wiedersehen, McQuade!«, rief Rafferty. »Und halten Sie die Ohren steif.«

McQuade ließ das Tier traben. Der Marshal schaute ihm hinterher, bis er um einen Knick der Main Street aus seinem Blickfeld verschwand. Dann ging er zu dem Pferd mit dem toten Banditen und führte es die Fahrbahn hinunter.

McQuade zog nach Norden. Der Bandit Abel Nelson, der in Globe einen Mann ermordet hatte, ahnte nicht, dass sich ein zweibeiniger Wolf auf seine Fährte gesetzt hatte. McQuade ritt mit dem festen Vorsatz, dem Mörder das Handwerk zu legen. Er würde nicht ruhen …

Am Ende der Fährte wartet der Tod

Vince McQuade hatte die Mescal Mountains hinter sich gelassen und näherte sich Globe. Es war die Zeit der Abenddämmerung. Die Sonne war untergegangen und färbte mit ihrem Widerschein den Horizont im Westen purpurn.

Pferd und Reiter sahen ziemlich mitgenommen aus. Die Augen McQuades lagen in tiefen, dunklen Höhlen. Eine dünne Schicht aus Staub und Schweiß verklebte sein Gesicht, das Kinn war von tagealten Bartstoppeln überwuchert.

Irgendetwas, das er nicht zu deuten vermochte, trieb ihn. Ein Bandit hatte in Globe die Bank überfallen und einen Kassierer erschossen. Sein Name war Abel Nelson. Für seine Ergreifung hatte die Regierung fünfhundert Dollar Kopfgeld ausgesetzt. Tot oder lebendig ...

Das Gesetz stand im Arizona-Territorium auf schwachen Beinen. Das Banditenunwesen nahm überhand. McQuade, der die Mörder seiner Eltern und seiner Schwester gejagt und gestellt hatte, wollte auf seine Art dazu beitragen, im Land für Recht und Ordnung zu sorgen. In der Tasche seines braunen Staubmantels knisterte der Steckbrief eines Mörders. Er legitimierte McQuade.

Die ersten Häuser der Stadt tauchten vor McQuade auf. In den Fenstern brach sich das letzte Licht des Tages. Aus den Schornsteinen stieg Rauch. Die Frauen bereiteten das Abendessen vor.

Das Pferd unter McQuade ging im Schritt. Müde zog es die Hufe über die Fahrbahn. Im Fell des Tieres klebte Staub. In das gedämpfte Stampfen der Hufe mischte sich das leise Klirren der Gebisskette und das Knarren des alten, gebrochenen Sattels.

Am Fahrbahnrand lag ein schwarzer Hund. Jetzt stand er auf, streckte sich, und trollte sich in eine enge Gasse. Ein Stück entfernt zog ein alter, bärtiger Mann einen zweirädrigen Karren, der mit Heu beladen war, aus einer Einfahrt. Von irgendwo her erklang die schrille, keifende Stimme einer Frau. Ein Kind weinte ...

McQuade sah das Schild mit der Aufschrift 'Sheriff's Office' und hielt darauf zu. Beim Hitchrack hielt er an, hob das rechte Bein über den Sattelknauf und ließ sich aus dem Sattel gleiten. Staub rieselte von seinen Schultern. Mit einem Ruck zog er die Henry Rifle aus dem Sattelschuh, dann stieg er auf den Vorbau und klopfte im nächsten Moment gegen die Tür.

»Herein«, erklang es.

McQuade trat ein. Der Sheriff stand am staubgeränderten Fenster. Fliegen tanzten an der Scheibe. Es roch im Office nach Bohnerwachs. »Ich habe Sie schon kommen sehen«, empfing der Gesetzeshüter, ein Mann von etwa fünfzig Jahren mit grauen Haaren und einem riesigen Schnurrbart, den Ankömmling. »Was hat Sie nach Globe getrieben?«

McQuade drückte die Tür hinter sich ins Schloss, holte den Steckbrief aus der Tasche und reichte ihm den Sheriff. »Abel Nelson ist der Grund.«

Der Sheriff fuhr sich mit der Zungenspitze über die Lippen. In seinen grauen Augen blitzte es auf. Wortlos ging er hinter den Schreibtisch in der Raummitte und ließ sich auf seinen Stuhl fallen, lehnte sich zurück und sagte kehlig: »Sie möchten sich die fünfhundert Dollar verdienen, die Nelson wert ist, nicht wahr?«

Ohne darauf einzugehen versetzte McQuade: »Haben Sie nach dem Überfall und Nelsons Flucht noch einmal von ihm gehört?«

Die Brauen des Sheriffs schoben sich zusammen, über seiner Nasenwurzel bildeten sich zwei senkrechte Falten. Sekundenlang starrte er versonnen auf die Tischplatte, dann schüttelte er den Kopf. »Wir sind dem Bastard bis zum Salt River gefolgt. Im Salt River Canyon erwartete er uns. Er erschoss drei unserer Pferde und verletzte zwei Männer des Aufgebots mit seinem Blei. Der Hundesohn gebärdete sich wie ein in die Enge gedrängtes Raubtier. Wir kehrten um und ich veranlasste die Fahndung nach dem Banditen. Nein, ich habe nichts mehr von Nelson gehört. Wahrscheinlich hat er sich mit der Beute nach New Mexiko abgesetzt.«

»Wie viel Geld hat er erbeutet?«

»Über zwölftausend Dollar. Für die Wiederbeschaffung des Geldes hat die Bank dreihundert Dollar ausgesetzt.«

»Das Geld spielt nur eine untergeordnete Rolle«, murmelte McQuade. »Was ist hinter dem Salt River?«

»Wildnis! Ein Land, das der Teufel persönlich geschaffen haben muss. Hitze, Staub, Klapperschlangen, Dornengestrüpp ... Die nächste größere Stadt, nördlich von Globe, ist Holbrook. Wenn Sie da hinauf wollen, werden Sie fünf Tage im Sattel verbringen müssen.«

»Sie denken, dass sich Nelson nach New Mex abgesetzt hat.« Das war keine Frage, die McQuade stellte, sondern eine Feststellung.

Der Sheriff zuckte mit den Achseln. »Ich weiß es nicht. Möge der Halunke in der Hölle schmoren.«

»Ich werde in Globe übernachten und morgen Früh weiterreiten«, erklärte McQuade, schwang herum und verließ das Office.

Das glühende Rot im Westen hatte sich in schwefliges Gelb verwandelt, als McQuade sein Pferd in den Mietstall führte. Typischer Stallgeruch empfing ihn. Der Stallmann, ein alter Bursche mit faltigem Gesicht, saß auf einer Futterkiste und flickte ein Zaumzeug. Neben ihm auf der Kiste lag ein handlicher Klumpen Schusterpech, durch das er den Faden zog, damit er wasserabweisend wurde. Mit einer dünnen Ahle stach er die Löcher vor. Jetzt legte er Zaumzeug und Werkzeug auf die Seite und erhob sich.

»Ich möchte das Pferd bei Ihnen unterstellen«, erklärte McQuade nach einem knappen Gruß.

Der Stallmann legte den Kopf schief und taxierte ihn, sah einen Mann Mitte der zwanzig, über sechs Fuß groß, der mit einem langen, braunen Staubmantel bekleidet war und auf dessen Kopf ein flachkroniger, schwarzer Stetson saß, rieb sich die Nase und sagte: »Was sind Sie, Mister? Ein Jäger oder ein Gejagter?«

Zwischen den Lippen des Oldtimers war ein schadhaftes Gebiss zu sehen. Zahnlücken und abgebrochene, braune Stummel.

»Wie kommen Sie darauf?«

Der Stallmann warf sich in die Brust. »Ich verfüge über ein hohes Maß an Menschenkenntnis, und ich kann einen Mann einschätzen. Hinter Ihnen liegt ein harter Ritt durch die Wildnis. Einen solchen Trail nimmt kein Mensch freiwillig auf sich.«

»Ich bin wegen Abel Nelson hier.«

»Also ein Jäger. Da Sie keinen Stern tragen, jagen Sie ihn wohl des Kopfgeldes wegen.«

»Er hat gemordet«, versetzte McQuade grollend. »Dafür muss er zur Rechenschaft gezogen werden.«

»Leute wie Sie sind nicht besonders angesehen. An ihren Händen klebt Blut. Man sagt, sie sind nicht besser als die Kerle, die sie jagen.«

McQuade presste die Lippen zusammen. In seine Mundwinkel kerbte sich ein bitterer Zug. »Du kannst tun was du willst – es wird immer jemand geben, der es nicht gut heißt und es verdammt.«

Der Stallmann griff nach dem Kopfgeschirr des Pferdes. »Lassen Sie den Gaul hier -« die Stimme des Stallmannes sank herab und nahm einen geringschätzigen Ton an, »- Menschenjäger. Ich will ihn gut versorgen. Das Pferd kann ja nichts dafür. Noch eines, Menschenjäger: Sollten Sie Nelson lebend schnappen, dann bringen Sie ihn nicht nach Globe. Denn hier wird man ihn an den nächsten Baum hängen. Es wäre jedoch nicht gut, wenn sich jemand in dieser Stadt die Hände an ihm schmutzig macht. Das soll man lieber einer gewissen Sorte von Zeitgenossen überlassen.«

»Sie nennen mich Menschenjäger. Das sagt mir, dass Sie nicht viel von Männern wie mir halten.«

»Ich gehöre zu der Spezies, die Ihre Sorte mit den Halunken auf eine Stufe stellt, denen ein Menschenleben gerade mal den Preis für eine Unze Blei wert ist.« Es klang grimmig und bestimmt. Herausfordernd starrte der Stallmann McQuade an.

McQuade schwieg, nahm das Gewehr und die Satteltaschen und ging zum Hotel. Die Worte des Stallmannes klangen in ihm nach. Sie muteten McQuade an wie ein böses Omen.

AM ABEND DES DARAUF folgenden Tages zügelte er sein Pferd am Maul des Salt River Canyons. Der Fluss wälzte hier seine schmutzigen Fluten nach Osten. Zu beiden Seiten erhoben sich Steilhänge und terrassenförmige Anhöhen. Gleißender Sand floss in die Tiefe, der Boden war von Geröll übersät, die Vegetation bestand aus Comas und Mesquitebüschen. Hier trieben nur Klapperschlangen und Skorpione ihr Unwesen.

Das Rauschen des Flusses in den Ohren, der sich zu seiner Linken befand, ritt McQuade tiefer in den Canyon hinein. Manchmal erhoben sich nahezu senkrechte, zerklüftete Felswände, über deren Ränder der schrale Wind Staub trieb, der in die Tiefe prasselte. Die Hufe klapperten auf steinigem Boden, manchmal klirrte es.

Die Finsternis nahm schnell zu. Bald war die Dunkelheit dicht. Sie mutete fast stofflich und greifbar an. Am Himmel funkelten nur vereinzelte Sterne. Der Mond befand sich irgendwo hinter den Bergen.

McQuade campierte. Als der Morgen graute, saß er wieder im Sattel. Der Canyon endete, ein Fluss, der von Norden kam, mündete in den Salt River. McQuade folgte ihm. Meile um Meile trug ihn das Pferd nach Norden.

Die Hitze war wieder quälend. Es war, als berührten Flammen das Gesicht des Reiters. Staub knirschte zwischen seinen Zähnen und hatte seine Augen entzündet. Der Weg führte durch eine Ebene. Mc-

Quade sicherte unablässig um sich. Er wusste, dass dieser Landstrich von Apachen unsicher gemacht wurde.

Weit vor ihm war die Ebene von Hügeln begrenzt. In einen der Einschnitte bohrte sich der Creek. Und vor diesem Einschnitt sah McQuade Staub. Zu viel Staub, als dass ihn nur der Wind aufgewirbelt haben konnte. Er wusste die Zeichen der Natur zu deuten. McQuade hielt an und kniff die Augen zusammen. Vor ihm lag das Land im gleißenden Sonnenlicht. Die Luft flimmerte.

Es waren drei Reiter.

McQuade trieb sein Pferd an. Mit jedem Schritt ihrer Tiere kamen sich die vier Männer näher. Schließlich waren sie sich so nahe, dass McQuade Einzelheiten erkennen konnte. Es waren bärtige Kerle, abgerissen, verschwitzt und verstaubt. Um ihre Hüften lagen Revolvergurte, in den Scabbards steckten Gewehre. McQuade mutete das Trio nicht gerade vertrauenerweckend an. Als sich die Nasen ihrer Pferde fast berührten, hielten sie an. Die Pferde stampften auf der Stelle, scharrten mit den Hufen und schnaubten. Mit helläugiger Reglosigkeit fixierten die drei Männer den Kopfgeldjäger.

Was McQuade sah, gefiel ihm nicht. Ein unstetes Leben hatte die Gesichter der drei Kerle geprägt; sie drückten Niedertracht, Verworfenheit und gnadenlose Härte aus. McQuade stellte sich auf Verdruss ein.

»Was hat dich in diese elende Wildnis getrieben, Mister?«, fragte einer, ein blondhaariger Mann mit blauen Augen, die an Glasstücke erinnerten. Es waren die kalten, stechenden Augen eines Reptils. »Ich habe kein besonderes Ziel«, antwortete McQuade staubheiser. Die dünne Schicht aus Schweiß und Staub in seinem Gesicht brach. »Doch bin ich voller Hoffnung, dass ich irgendwo auf eine Ortschaft stoße.« Er hatte die Hände übereinander auf den Sattelknauf gelegt und verspürte Anspannung. Denn er war davon überzeugt, den Weg dreier Sattelstrolche gekreuzt zu haben und bezweifelte, dass sie ihn ungeschoren lassen würden.

»Zwei Meilen weiter liegt Carrizo«, gab der Blondhaarige zu verstehen. »Ein Nest, in dem der Hund begraben liegt. Wir kommen von dort.«

McQuade nickte. »Ich werde dort wohl ein paar Tage ausruhen.« Mit dem letzten Wort trieb er sein Pferd an.

»In Carrizo gibt es einen Deputy. Mit Tramps macht er kurzen Prozess und jagt sie aus dem Ort.«

»Ich bin kein Tramp.«

McQuade lenkte sein Pferd an den dreien vorbei. Eine frostige Stimme holte ihn ein: »Nicht so schnell, mein Freund.« Ein Colthahn knackte.

McQuades Wirbelsäule versteifte. Er nahm das Pferd in die Kandare, schaute über die Schulter und stieß rau hervor: »Was soll das?«

Der Blondhaarige grinste verkniffen. Er hielt den Revolver auf McQuade gerichtet. Matt glänzten die bleiernen Kugelköpfe in den Kammern. Die schwarze, kreisrunde Mündung starrte ihn an wie das hohle Auge eines Totenschädels. »Wir haben kein Geld!«, stieg es aus der Kehle des Blondhaarigen. »Und weil wir nicht zahlen konnten, jagte uns der Deputy aus Carrizo hinaus wie ein paar räudige Straßenköter. Du scheinst Geld zu haben, Hombre. Und wenn du gescheit bist, dann gibst du es uns freiwillig.«

McQuade zerrte das Pferd herum. Die drei starrten ihn an. Beklemmung lag plötzlich in der Luft. Tod und Unheil ...

»Das ist Straßenraub!«, knurrte McQuade.

»Mag sein«, versetzte der Blondhaarige unbeeindruckt. »Gib uns dein Geld, dann kannst du weiterreiten und wir ...«

McQuade hämmerte seinem Pferd die Sporen in die Seiten. Das gepeinigte Tier vollführte einen Satz, McQuade riss es herum und stieß einen schrillen Schrei aus, der das Pferd noch mehr in Panik versetzte. Es rammte mit der Brust das Tier, auf dem der Blondhaarige saß. Das Pferd wurde regelrecht zur Seite geschleudert, brach hinten ein und wieherte fanfarenhaft. Ein lästerlicher Fluch brach aus der Kehle des Blondhaarigen. Er hatte Mühe, sich im Sattel zu behaupten.

Seine beiden Begleiter hatten nach den Revolvern gegriffen. Auch McQuade riss das Schießeisen aus dem Holster. Sein Pferd stieg und drehte sich auf der Hinterhand. Schüsse donnerten und vermischten sich zu einem einzigen, ohrenbetäubenden Donnern. McQuades Pferd brach zusammen. Im letzten Moment konnte der Kopfgeldjäger die Steigbügel abschütteln und sich zur Seite werfen.

Einer der Kerle lag am Boden. Mit fliegenden Steigbügeln sprengte sein Pferd voll Panik davon. Das Tier des Blondhaarigen war außer Rand und Band und vollführte wilde Bocksprünge. Der dritte der Kerle bändigte seinen Vierbeiner mit einem Schenkeldruck und schlug den Sechsschüsser auf McQuade an.

Der Kopfgeldjäger war auf den Rücken gerollt. Mit dem Erkennen der Gefahr, die von dem dritten Mann des hartbeinigen Vereins ausging, wälzte er sich herum. Dort, wo er eben noch gelegen hatte, pflügte eine Kugel den Boden. Der donnernde Knall stieß über McQuade hinweg wie ein Gruß aus der Hölle. McQuade kam auf den Rücken zu liegen, richtete blitzschnell den Oberkörper auf und feuerte. Das Geschoss fegte den Burschen vom Pferd.

Behände kam McQuade hoch. Drei Sätze brachten ihn an das Pferd heran, von dem er eben den Kerl geschossen hatte. Seine Linke umklammerte das Sattelhorn, sein schriller, durchdringender Schrei versetzte das Tier in Panik und es raste wie von Furien gehetzt aus dem Stand los. McQuade wurde mitgerissen und stieß sich ab. Sicher landete er im Sattel, hart setzte er dem Pferd die Sporen ein. Rücksicht konnte er nicht nehmen. Der Tod streckte die knöcherne Klaue aus ...

MCQUADE LENKTE DAS Pferd, dessen Hufe den Boden kaum zu berühren schienen, zwischen zwei Hügel. Als er sich einmal umschaute, registrierte er, dass ihm einer der Kerle auf seinem Pferd hinterher stob.

Ein anderer zielte mit dem Gewehr auf ihn. Der Kopfgeldjäger riss das Pferd unerbittlich nach rechts. Das Peitschen des Schusses holte ihn ein, der Knall stieß zwischen die Anhöhen, zerflatterte und ging schließlich im Stakkato der trappelnden Pferdehufe unter.

McQuade sprengte um den Hügel herum und trieb das Tier den Abhang hinauf. Bevor er die Kuppe erreichte, zerrte er den Vierbeiner in den Stand, zog das Gewehr des Banditen aus dem Scabbard und rannte nach oben. Sein Verfolger galoppierte näher. Der Reitwind ließ sein Halstuch flattern und stellte die Krempe seines Stetsons vorne senkrecht auf. Aufgewirbelter Staub wölkte.

McQuade riegelte eine Patrone in den Lauf der Henrygun, hob das Gewehr an die Schulter und richtete den harten Blick über Kimme und Korn auf den Banditen, der sein Pferd mit dem langen Zügel vorwärts peitschte. Dann zog der Kopfgeldjäger durch. Der Knall wurde in die Tiefe geschleudert. Der Bandit riss brutal das Pferd zurück. Das Tier brach auf den Hanken ein und wieherte. Erneut schoss McQuade. Er wollte weder den Mann noch das Pferd töten. Der Bandit zerrte das Tier herum und stob den Weg zurück, den er gekommen war. McQuade hatte sein Ziel erreicht.

McQuade setzte seinen Weg fort. Hin und wieder trieb er das Pferd, das einem der Banditen gehört hatte, eine Anhöhe hinauf, um auf seiner Fährte zurückzublicken. Kerle wie die drei, denen er es gezeigt hatte, waren sicher nachtragend und ausgesprochen rachsüchtig. Sie waren wie wilde Tiere, für die es weder eine Zukunft noch eine Vergangenheit gab, die ausschließlich in der Gegenwart lebten und einem mörderischen Instinkt folgten.

Von Verfolgern war nichts zu sehen. Kein Grund für McQuade, die gebotene Vorsicht außer Acht zu lassen.

Der Kopfgeldjäger erreichte Carrizo. Staubschleier wirbelten über die Dächer der niedrigen Häuser. In den Pferchen und Koppeln am Rand des Ortes weideten einige Ziegen, Schafe, Pferde und Kühe. Hinter den Häusern gab es kleine Gemüsegärten, Schuppen, Ställe und

Scheunen. Diese Ansammlung von Hütten wirkte ärmlich. Abgestorbene Sträucher, die der Wind vor sich hertrieb und die wie Bälle hüpften, verfingen sich an Hausecken, in Gerümpel und Abfall – Tumbleweds.

Der Mietstall war ein windschiefer Schuppen, der geöffnete Torflügel hing schief in den Angeln. McQuade stieg vom Pferd, führte das Tier am Kopfgeschirr über die Lichtgrenze unter dem Tor und rief: »Hallo, Stall!«

Am Ende des Mittelganges öffnete sich eine Tür aus ungehobelten Brettern und ein bärtiger Mann zeigte sich. Er kaute auf einem Priem herum. Als er heran war, sagte McQuade. »Ich möchte mein Pferd für ein paar Stunden bei Ihnen unterstellen. Außerdem habe ich eine Frage.«

Der Stallbursche spuckte einen Strahl braunen Tabaksafts zur Seite aus. »Was für eine Frage?«

McQuade holte Abel Nelsons Steckbrief aus der Manteltasche, faltete ihn auseinander und hielt ihn dem Stallburschen hin. »Ich suche diesen Mann. Ist er in Carrizo aufgetaucht?«

Der Stallmann heftete seinen Blick auf das Blatt Papier. Nach einer kleinen Weile nickte er. »Ja, der war hier. Sein Gaul hatte ein Eisen verloren. Der Mister hatte es höllisch eilig. Ich habe seinem Pferd ein neues Eisen verpasst, und er ist sofort weitergeritten. Aber das ist schon einige Zeit her.«

McQuade verspürte Genugtuung. Er hatte vom Canyon aus die richtige Richtung eingeschlagen. Sein Instinkt hatte ihn nicht im Stich gelassen. Er faltete den Steckbrief wieder zusammen und steckte ihn ein. Dann nahm er sein Gewehr, verließ den Mietstall und suchte den Saloon auf.

McQuade setzte sich so, dass er durch das große Frontfenster die Main Street beobachten konnte. Der Keeper fragte ihn nach seinen Wünschen, er bestellte sich eine Mahlzeit und ein Glas Wasser. Als der Keeper das Getränk vor ihn hinstellte, ließ McQuade seine Stimme erklingen. Er sagte: »Ich bin zwei Meilen südlich von Carrizo drei Kerlen begegnet. Sie waren in diesem Ort und der Deputysheriff scheint sie zum Teufel gejagt zu haben.«

Das Gesicht des Keepers verfinsterte sich, seine Lippen sprangen auseinander: »Die drei sind Abschaum! Sie haben bei mir gegessen und getrunken und zogen nicht gerade die Samthandschuhe an, als ich Geld von ihnen forderte. Wenn Sanborn nicht rechtzeitig gekommen und eingeschritten wäre …«

»Ist das der Deputy?«

»Ja. Er gebot den Schuften mit der Parkergun Einhalt und jagte sie zur Stadt hinaus.«

»Ein mutiger Bursche, wie?«

Der Keeper nickte. »Sanborn spuckt dem Teufel ins Maul, wenn es notwendig ist. Haben die drei Halunken Sie ungeschoren gelassen?«

»Sie wollten mir mein Geld wegnehmen. Es ist ihnen schlecht bekommen.«

»Haben Sie sie …?«

»Nein. Einige Blessuren haben sie allerdings schon davongetragen.«

»Das nehmen diese Kerle nicht hin!«, entfuhr es dem Keeper fast entsetzt. »Ich verwette ein verlaustes Hemd gegen einen Monatslohn, dass diese Halsabschneider bald wieder in Carrizo aufkreuzen. Ich muss Ned Sanborn Bescheid sagen.«

Der Keeper hatte es plötzlich eilig. Er rannte aus dem Saloon. Ächzend und quietschend schlugen die Flügel der Pendeltür hinter ihm aus. Seine Schritte, die auf dem Vorbau ein trockenes Poltern hervorriefen, verklangen, als er auf die Straße sprang.

McQuade trank einen Schluck von dem Wasser. Auf der Straße rannten schreiend einige spielende Kinder vorbei. Die Stadt vermittelte den Eindruck von Ruhe und Frieden. McQuade sagte sich, dass dieser Eindruck möglicherweise trügerisch war. Er war sich sicher, dass der blondhaarige Bandit und seine Kumpane – falls sie aufgrund ihrer Verletzungen dazu in der Lage waren -, mit Hass in den Herzen und der Gier nach Rache in den Gemütern auf seiner Fährte ritten.

Es dauerte etwa fünf Minuten, dann kam der Keeper zurück, einen jungen Mann im Schlepptau, der eine abgesägte Schrotflinte am langen Arm trug. An der linken Brustseite seiner schwarzen Weste glitzerte das Symbol des Gesetzes. Im offenen Holster an seiner linken Seite steckte ein langläufiger, schwerer 45er Coltrevolver.

Der Keeper begab sich in die Küche, um McQuades Essen zuzubereiten, der Deputy hielt bei dem Tisch des Kopfgeldjägers an. »Ich bin Deputysheriff Ned Sanborn«, stellte er sich vor. »Wer sind Sie? Wo kommen Sie her und was ist Ihr Ziel?«

»Mein Name ist McQuade. Ich reite auf Abel Nelsons Fährte.«

»Nelson – ist das nicht der Kerl, der in Globe die Bank ausgeraubt und einen Kassier erschossen hat?«

»Richtig, Deputy. Er ist der Regierung fünfhundert Dollar wert.«

Die Brauen des jungen Gesetzeshüters zuckten in die Höhe. »Kopfgeldjäger, wie?«

Gleichmütig hob McQuade die Schultern und ließ sie wieder nach unten sinken. »Es ist ein Job wie jeder andere.«

»Das ist Ansichtssache«, knurrte der Deputy. »Matt hat mir erzählt, dass Sie einen Zusammenstoß mit den drei Vagabunden hatten, die ich aus der Stadt gewiesen habe.«

»Es sind Banditen. Sie wollten mich berauben. Zwei von ihnen musste ich von den Pferden schießen.«

»Ich nehme an, dass ...«

»Sie täuschen sich nicht, Deputy!«, unterbrach ihn McQuade und wies mit dem Kinn zur Main Street.

Der Deputy drehte sich halb herum. Seine Zähne knirschten übereinander, seine Backenknochen mahlten. »Die Kerle haben mir noch gefehlt!«, stieg es grollend aus seiner Kehle, dann schwang er herum und stiefelte zur Tür.

Es waren der Blondhaarige und einer seiner Kumpane. Der Bursche hockte nach vorne gekrümmt im Sattel und presste die linke Hand auf die rechte Schulter. Die Hand war voll Blut.

»Stopp!« Die Stimme des Deputys war klirrend. Das Wort trieb über die Straße und versank in den Geräuschen, die vom Leben in Carrizo zeugten.

McQuade sah, wie die beiden Banditen ihre Pferde parierten. Wieder erklang die Stimme des Gesetzeshüters. Er rief: »Ich habe euch Stadtverbot erteilt. Es war dumm von euch, in den Ort zurückzukehren.«

»Mein Freund ist verwundet«, erklärte der Blondhaarige. »Die Kugel steckt in seiner Schulter und muss raus. Gibt es hier einen Arzt?«

»Wo ist denn euer dritter Mann?«

»Derselbe Hurensohn, der Glenn die Kugel in die Figur knallte, hat meinen Freund Jim Dexter zu seinen Ahnen geschickt.« Jäher Hass wühlte in den Zügen des Banditen, die tödliche Leidenschaft wütete in seinen Augen.

»Es ist jener – hm, Hurensohn, den ihr niederträchtigen Halunken um sein Geld erleichtern wolltet!«, fauchte der Deputy und richtete die Schrotflinte auf den blonden Banditen. Als er die Hähne spannte, knackte es metallisch. Der blondhaarige Bandit zog den Kopf zwischen die Schultern. Das gehässige Glimmen in seinen Augen nahm an Intensität zu. Der Bandit belauerte den Deputy wie ein Wolf, der sich im nächsten Moment auf seine Beute stürzen würde.

Der Verwundete stöhnte lang anhaltend. Sein Mund war schmerzverzerrt. Die Qualen, die er durchlitt, zeichneten sein verschmutztes, verschwitztes Gesicht.

McQuade hatte sich erhoben und stand nun neben der Pendeltür im Schutz der Wand.

Erneut ertönte die Stimme des Deputys: »Es gibt in Carrizo keinen Arzt. Aber der Barbier versteht sich auf die Behandlung von

Schusswunden. Ich werde deinen Freund in die Obhut des Barbiers geben, Mister. Dich jedoch werde ich einsperren und …«

»Fahr zur Hölle, Sternschlepper!«, knirschte der Bandit und spornte sein Pferd an. Zugleich zog er den Revolver. Das Eisen schwang hoch, eine handlange Mündungsflamme stieß aus dem Lauf, die Kugel verfehlte den Deputy nur knapp und bohrte sich in den Rahmen einer der Pendeltüren, die wild zu schwingen begann.

Der Bandit jagte in halsbrecherischer Karriere die Straße hinunter. Er befand sich längst nicht mehr im Schusssektor der Schrotflinte. McQuade trat auf den Vorbau. »Ich konnte nicht feuern«, knirschte der Deputy, »denn dann hätte ich den Verwundeten getroffen. Sie sollten auf der Hut sein, McQuade. Der Bursche -« Ned Sanborn wies mit dem Kinn in die Richtung, in die der blondhaarige Bandit geflohen war, »- ist sicherlich nicht besonders gut auf Sie zu sprechen.«

»Sicher«, murmelte der Kopfgeldjäger. »Diese Sorte ist unberechenbar und gefährlich, vor allem kennt sie keinen Ehrenkodex. Wir werden sehen.«

»Ich bringe den Verwundeten zum Barbier«, gab der Deputy zu verstehen. »Wann werden Sie die Stadt verlassen, McQuade?«

»Sie können es wohl nicht erwarten, mich von hinten zu sehen?«

»Beantworten Sie meine Frage.«

»Sobald ich gegessen habe, reite ich weiter. Zufrieden?«

Wortlos tauchte der Gesetzeshüter unter dem Vorbaugeländer hindurch, sprang auf die Straße und stapfte zu dem Pferd mit dem verwundeten Banditen hin.

McQuade ging zurück in den Schankraum.

»NELSON HAT, NACHDEM Sie seinem Pferd ein neues Eisen verpasst haben, die Stadt verlassen«, sagte McQuade, als er eine Stunde später sein Pferd abholte. »Wissen Sie, in welche Richtung er geritten ist?«

»Ich sah ihn zum Fluss reiten«, versetzte der Stallbursche. »Er kann sich nach Prescott, Flagstaff oder auch nach Winslow gewandt haben. Dazwischen gibt es sicherlich einige kleine Nester wie Carrizo, aber es ist kaum anzunehmen, dass ein Bursche vom Kaliber eines Abel Nelson in einem Kaff wie diesem hier für längere Zeit aus dem Sattel steigt.«

McQuade stellte keine weiteren Fragen, zerrte das Pferd hinter sich her aus dem Stall, wurde einen Moment vom gleißenden Sonnenlicht geblendet, dann stieg er in den Sattel und trieb das Pferd mit einem leichten Schenkeldruck an.

Der Kopfgeldjäger ritt mitten in der Main Street. Aus dem Schatten eines Hauses trat der Deputy. »Einen Augenblick noch, McQuade.« Der Angerufene hielt an. Als der Deputy heran war, sagte er: »Der Mister mit den blonden Haaren, der wahrscheinlich um die Stadt herumschleicht wie der Fuchs um den Hühnerstall, heißt Butch Sloane. Das hat mir sein Kumpan verraten. Dessen Name ist Glenn Carter.«

»Werden die Kerle vom Gesetz gesucht?«

»Nein.«

»Werden Sie Carter einsperren, Deputy?«

Ned Sanborn verzog den Mund. »Erstatten Sie Anzeige gegen ihn?«

Nach kurzer Überlegung schüttelte McQuade den Kopf. »Ich kann nicht warten, bis er vor den Richter gestellt wird und ich gegen ihn aussagen kann. Ohne meine Aussage vor Gericht aber wird meine Anzeige sinnlos sein. Lassen Sie den Dummkopf laufen, Deputy. Er ist gestraft genug, und vielleicht war es ihm eine Lehre.«

»Halten Sie die Augen offen, McQuade.«

»Natürlich.« McQuade ritt weiter. Das Pferd trug ihn aus der Stadt. Jeder seiner Sinne war aktiviert, als er am Fluss entlang zwischen die Hügel zog. Sein Blick glitt ununterbrochen über die Hügelrücken hinweg, bohrte sich in die Einschnitte und suchte die Buschgürtel ab.

McQuade ritt wachsam und verspürte Anspannung. In ihm läuteten die Alarmglocken. Er ging davon aus, dass der Tag noch eine böse Überraschung für ihn bereithielt.

Aber nichts geschah.

Butch Sloane blieb wie vom Erdboden verschwunden.

Zwei Tage später, es war um die Mitte des Nachmittags, erreichte der Kopfgeldjäger einen kleinen Ort namens Long Valley. Auf dem kleinen Friedhof außerhalb der Stadt hatte sich eine Trauergemeinde versammelt. Die Main Street war menschenleer. McQuade saß beim Holm vor dem Saloon ab und schlang den langen Zügel lose um den Haltebalken, angelte sich das Gewehr und ging hinein. Es gab keinen einzigen Gast. Der Keeper saß an einem der runden Tische und las in einer vergilbten Zeitung. Er erhob sich, nachdem McQuade sich niedergelassen hatte, und kam heran. »Alles, was in dieser Stadt zwei Beine hat, befindet sich wohl auf dem Friedhof«, bemerkte McQuade.

Der Keeper nickte. »Eine tragische Sache. John Bellows neuer Revolvermann hat den Schmied erschossen, weil dieser ihn einen skrupellosen Coltschwinger nannte. Der Schmied war ausgesprochen beliebt in der Stadt, sein gewaltsamer Tod ging den Menschen in Long Valley ziemlich an die Nieren.«

»Wer ist John Bellow?«, erkundigte sich McQuade.

»Er besitzt eine Ranch am Fluss, fünf Meilen von hier. Eine ziemlich große Ranch. Bellows hat ein Problem mit den Siedlern, die vor einiger Zeit an den Fluss gekommen sind. Vor etwa sechs Wochen kam ein Mann namens Lane Stewart in diesen Landstrich. Er stieg in den Sattel der Southern Star Ranch. Vor zwei Tagen kam es hier im Saloon zum Streit zwischen ihm und dem Schmied. Am Ende floss Blut ...«

»Hat der Sheriff oder Marshal den Vorfall untersucht?«

»Es gibt hier keinen Gesetzeshüter. Außerdem wirft der Name Bellow einen riesigen Schatten – einen Schatten, in dem diese Stadt lebt. Selbst der Countysheriff wagt sich nicht an ihn heran. Bellows Wort ist in diesem Landstrich Gesetz.«

»Das Gesetz des Starken und Mächtigen, wie?«

Der Keeper nickte. »Bellows ist unduldsam, kompromisslos und hart wie Granit. Wer nicht sein Freund ist, ist sein Feind. Und seine Feinde vernichtet er gnadenlos und unerbittlich.«

»Erzählen Sie mir mehr von diesem Lane Stewart«, forderte McQuade. »Wie sieht er aus? Wie alt ist er ungefähr?«

»Mitte dreißig, würde ich sagen. Dunkel wie ein Indianer, gefährlich und tödlich wie Cholera. Er kann mit dem Sechsschüsser zaubern. Wenn du ihm in die Augen schaust, siehst du den Tod. – O verdammt!« Der Blick des Keepers wurde starr, in seinem Gesicht begann es nervös zu arbeiten. »Wenn man vom Teufel spricht ...«, entrang es sich dem Mann ächzend.

McQuade drehte sich halb herum und sah durch das Frontfenster die vier Reiter, die vor nicht einmal zwei Sekunden in das Blickfeld des Keepers gezogen waren. Drei von ihnen waren gekleidet wie Cowboys, der vierte trug einen dunklen Anzug, ein weißes Hemd, das am Hals von einer weinroten Schnürsenkelkrawatte zusammengehalten wurde, und auf seinem Kopf saß ein grauer Stetson.

McQuade war wie elektrisiert.

Er war sich sicher, Abel Nelson zu sehen.

Der Mörder hatte sich also auf der Southern Star Ranch verkrochen und sich einen neuen Namen verpasst.

Die Reiter saßen ab, banden ihre Pferde an den Holm und kamen in den Saloon. Ihre Schritte dröhnten auf den Dielen, ihre Sporen klirrten melodisch. Sie setzten sich an einen der runden Tische, der Mann, den McQuade für Abel Nelson hielt, rief barsch: »Bring uns Bier, Chandler. Wir sind am verdursten.«

Der Keeper schnitt ein Gesicht, als hätte man ihn mit einem Kaktus gefüttert, und beeilte sich.

»Bringen Sie mir ein Glas Wasser«, rief McQuade. »Ich war vor den vier Gentleman hier.«

Der Blick des Mannes, der sich hier Lane Stewart nannte, verkrallte sich regelrecht an McQuade. Das zornige Flackern in seinen Augen war wie eine Warnung vor drohendem Unheil. Seine barsche Stimme erklang: »Was ist dein Problem, Fremder?«

»Ich bin durstig, ganz einfach. Und ich will nicht warten, bis der Keeper euch bedient hat. Wer zuerst kommt, mahlt zuerst. Eine alte Binsenweisheit.«

»Hast du überhaupt eine Ahnung, mit wem du es zu tun hast?«

»Mit vier Kerlen, die sich für was Besonderes zu halten scheinen«, versetzte McQuade ruhig. Der Anflug eines Lächelns umspielte seinen Mund. »Ich glaube aber nicht, dass ihr etwas Besonderes seid.«

Die drei Cowboys starrten ihn ungläubig an. Sie konnten nicht begreifen, dass es jemand wagte, so mit dem Revolvermann zu sprechen.

Der Keeper blickte besorgt drein. Jeder Zug seines Gesichts drückte Unbehaglichkeit aus. Jetzt mischte er sich ein, indem er rief: »Ich bringe Ihnen das Bier, Mister Stewart. Sie müssen warten.« Seine letzten Worte waren an McQuade gerichtet.

Nach diesen Worten war es still im Schankraum. Die Atmosphäre schien plötzlich wie mit Elektrizität geladen zu sein. Der Saloon mutete an wie ein Pulverfass, dessen Lunte bereits brannte. Doch dann nickte McQuade. »In Ordnung. Geben Sie den Gentleman das Bier. Ich will keinen Streit.«

Er nahm mit diesen Worten der gefährlichen Stimmung im Saloon die Brisanz.

Stewart lachte rasselnd auf. »Sehr vernünftig, Fremder«, lobte er. »Darf ich Ihren Namen erfahren?«

»Vince McQuade.«

»Sie sprechen den unverkennbaren Texasslang. Wo kommen Sie her?«

»Meine Wiege stand in der Nähe von San Antonio.«

»Was hat Sie in diesen Landstrich verschlagen?«

»Wahrscheinlich der Wind des Schicksals«, murmelte McQuade. »Vielleicht war es auch Zufall …«

Stewart erhob sich und kam zu McQuades Tisch. Er bewegte sich mit raubtierhafter Geschmeidigkeit. An seinem rechten Oberschenkel war das Holster mit dem Sechsschüsser festgebunden. Der Patronengurt war aus schwarzem Büffelleder. Matt glänzten die Böden der Messinghülsen in den Schlaufen. »Darf ich mich zu Ihnen setzen, McQuade?«

Einladend wies der Kopfgeldjäger auf einen der Stühle, die um den Tisch gruppiert waren. »Bitte.«

Als Stewart saß, sagte er: »Sie geben sich wie ein Mann, der weder Tod noch Teufel fürchtet. Die Southern Star Ranch sucht couragierte Männer. Haben Sie Interesse?«

»Couragierte Burschen, oder Kerle, die mit dem Revolver umgehen können?«, fragte McQuade mit schleppender Stimme und einem hohen Maß an Ironie im Tonfall.

Stewart grinste hart und viel sagend. »Ich denke, Sie sind der richtige Mann für uns.«

McQuade erwiderte das Grinsen. Hier endete die Fährte, auf der er seit Globe geritten war. In ihm war eine seltsame Art von Genugtuung.

MCQUADE WURDE IN DER Mannschaftsunterkunft der Ranch ein Bett und ein Spind zugewiesen. Er erfuhr, dass Lane Stewart in einem kleinen Anbau wohnte. Der Revolvermann spielte auf der Southern Star eine herausragende Rolle.

McQuade wollte keine unnötige Zeit verstreichen lassen.

Es war Nacht und die wenigen Männer, die sich auf der Ranch befanden, schliefen. Die Dunkelheit hing vor den Fenstern wie ein schwarzes Tuch. Leise erhob sich McQuade. Er zog sich an, schnallte sich den Revolvergurt um und rückte das Holster zurecht, dann nahm er das Gewehr.

Einer der Männer sprach im Schlaf. McQuade hielt den Atem an. Der Mann wälzte sich herum und begann zu schnarchen. McQuade gab sich einen Ruck und bewegte sich lautlos wie eine Katze zur Tür. Es war hier drin finster wie im Schlund der Hölle. Die Tür quietschte leise in den Angeln, als McQuade sie öffnete. Ein kühler Luftzug streifte das Gesicht des Kopfgeldjägers. Dann trat er ins Freie und zog die Tür hinter sich zu. Tief atmete er durch. Vom Brunnen her wehte das Knarren des Windrades, das sich im Nachtwind drehte. Feines Säuseln erfüllte die Nacht.

Unter McQuades Sohlen mahlte Sand, als er den Hof überquerte. Das Stalltor war lediglich verriegelt. Der Riegel knirschte rostig, als ihn McQuade zurückschob. Das Tor knarrte, als er es aufzog. Der Geruch von Heu und Stroh und Pferdeausdünstung schlug ihm entgegen. Er schloss das Tor und riss ein Streichholz an. Im vagen Schein der kleinen Flamme konnte er die Laterne sehen, die an einem Nagel hing, der in den Balken beim Tor geschlagen worden war. McQuade nahm sie, klappte den Glaszylinder zurück und hielt die Flamme an den Docht. Er fing Feuer, flackerte und rußte, als aber der Kopfgeldjäger das Glas darüber stülpte, brannte die Flamme ruhig und der Lichtschein kroch auseinander.

McQuade legte seinem Pferd den Sattel auf, zäumte es und verstaute die Henry Rifle im Sattelschuh. Dann machte er sich daran, ein zweites Pferd zu satteln und zu zäumen, führte beide Pferde ins Freie und stellte sie hinter dem Ranchhaus bei einer Buschgruppe ab.

Dann begab er sich zu dem Anbau, den Lane Stewart alias Abel Nelson bewohnte. Dass es sich um den Banditen handelte, der in Globe die Bank überfallen und einen Mann getötet hatte, stand für McQuade fest.

Die Tür war nicht verschlossen. Stewart schien sich ausgesprochen sicher zu fühlen auf der Ranch. Es dauerte kurze Zeit, bis sich McQuades Augen den Lichtverhältnissen im Flur des kleinen Gebäudes angepasst hatten. Durch ein Fenster am Ende des kurzen Korridors fiel bleiches Mond- und Sternenlicht.

McQuade zog den Revolver. Seine Linke legte sich auf den Knauf der Tür zu dem Raum, in dem Nelson schlief. Die Tür ließ sich öffnen. McQuade glitt in den Raum. Auch hier sickerte fahles Licht durch das Fenster, so dass McQuade den Mann im Bett deutlich ausmachen konnte. Rasselnde, aber gleichmäßige Atemzüge verrieten, dass Nelson tief schlief.

McQuade spannte den Hahn des Revolvers. Klickend drehte sich die Trommel um eine Kammer weiter. »Nelson!« McQuades schneidende Stimme sprengte die Stille in dem Raum.

Abel Nelson fuhr hoch. »Was ... Was ist? Heh, ich ...«

»Endstation, Nelson!«, stieß McQuade klirrend hervor. »Ich werde dich nach Globe bringen, und dort wird man dich vor Gericht stellen. Steh auf und zieh dich an. Und versuch lieber nichts. Auf deinem Steckbrief steht tot oder lebendig.«

Abel Nelson atmete stoßweise. Es war, als ob er die Worte McQuades erst verarbeiten musste. Sein Blick hatte sich an dem Schemen festgesaugt, der zwischen ihm und der Tür stand. Matt schimmerte das Metall des Revolvers, den McQuade in der Hand hielt.

»Mein Name ist Stewart – Lane Stewart!«, gab der Mann im Bett schließlich zu verstehen. »Verdammt, McQuade, welcher Teufel reitet Sie?«

»Sicher. Hier heißt du Stewart. Ich frage mich, ob Abel Nelson auch ein angenommener Name ist. Egal, Stewart. Du wirst in Globe hängen. Hoch mit dir! Zieh dich an, oder soll ich dich im Nachthemd beim Sheriff in Globe abliefern?«

»Du dreckiger Aasgeier!«, brach es aus Nelsons Kehle. »Ich hätte dich im Saloon erschießen sollen, als du ...«

»Jetzt zeigst du dein wahres Gesicht, mein Freund. Vorwärts jetzt! Ich will hier keine Wurzeln schlagen.«

Nelsons Zähne knirschten übereinander. Wie von Schnüren gezogen erhob er sich, dem eisigen Wind seiner Gedanken ausgesetzt begann er, sich anzuziehen. Als er in die Jacke geschlüpft war, zischte er: »Bis Globe sind es hundert Meilen. Du glaubst doch nicht im Ernst, dass du es schaffst, mich da hinunter zu bringen.«

»Du redest zu viel, Nelson. Spar dir deinen Atem fürs Hängen. Und nun Marsch! Solltest du auf dumme Gedanken kommen, dann stell dich darauf ein, dass ich nicht fackeln werde. Wie ich schon sagte: Ich muss dich nicht unbedingt lebendig abliefern.«

»Dreckiger Bastard!«

Nelson setzte sich in Bewegung. McQuade trat zur Seite, der Bandit schritt an ihm vorbei und öffnete die Tür. Der Kopfgeldjäger schloss sich dem Banditen an und drückte ihm die Mündung des Sechsschüssers gegen die Wirbelsäule. »Die Pferde stehen hinter dem Haupthaus«, murmelte McQuade. Er war ein Bündel angespannter Aufmerksamkeit. Denn Abel Nelson war ein Mann, der mit allen Wassern gewaschen war. Und er würde sich nicht wie ein Hammel zur Schlachtbank führen lassen.

Sie erreichten die Pferde. Der schrille Schrei eines Kauzes trieb durch die Nacht. »Aufsitzen!«, gebot McQuade.

Abel Nelson wirbelte herum. Er setzte jetzt alles auf eine Karte. Aber McQuade reagierte ansatzlos und schlug mit dem Revolver zu. Mit einem verlöschenden Laut auf den Lippen brach Abel Nelson zusammen. Verkrümmt lag er am Boden. McQuade versenkte den Revolver im Holster, holte eine Schnur aus der Satteltasche, band Nelson die Hände und wuchtete dann den schweren Körper quer über den Rücken des Pferdes, das er für den Banditen gesattelt hatte. McQuade schwang sich in den Sattel, angelte sich die Zügel des anderen Tieres und ritt an. Im Schritttempo zog er in die Nacht hinein.

ALS ETWA ZWEI STUNDEN später die Sonne aufging und das Land in goldenes Licht tauchte, hatte McQuade mit seinem Gefangenen gut und gerne sechs Meilen zurückgelegt. Vögel begrüßten mit eifrigem Gezwitscher den jungen Tag. Wie ein Fanal stand die Sonne über den Hügeln und Bergen im Osten.

Abel Nelson war längst zu sich gekommen. Ihm schmerzte der Schädel von dem Schlag mit dem Revolver. Er fühlte sich wie gerädert, seine Muskeln und Knochen schmerzten. Und jeder Schritt des Pferdes jagte eine weitere Welle des Schmerzes durch seinen Körper. Er stöhnte gequält. Dann knirschte er: »Willst du nicht endlich anhalten? Du dreckiger Bastard! Oder möchtest du mich quer über den Pferderücken hängend nach Globe bringen?«

»Es liegt an dir selbst, Nelson«, knurrte McQuade ungerührt. Mitleid mit dem Banditen konnte er nicht empfinden. »Aber ich will kein Unmensch sein.«

McQuade hielt an, das Pferd mit dem Banditen blieb von selbst stehen. Der Kopfgeldjäger schwang sich aus dem Sattel, fasste Nelson unter die Beine und warf ihn mit einem kraftvollen Ruck vom Pferd. Abel Nelson krachte der Länge nach auf den Boden, der Aufprall presste ihm die Luft aus den Lungen. Wie ein Erstickender japste er.

McQuades Schatten fiel auf den Banditen. »Ich warne dich, Nelson«, grollte McQuade. »Wenn du noch einmal versuchst, mich aufs Kreuz zu legen, dann wirst du auf den nächsten Meilen bis Globe nicht mehr die Spur von Freude empfinden.«

Es klang unmissverständlich und endgültig.

»Die Hölle verschlinge dich!«, keuchte der Bandit, dann schüttelte ihn ein Hustenanfall, der ihm die Tränen in die Augen trieb. Er setzte sich auf.

McQuade ging vor ihm in die Hocke, legte die Unterarme auf die Oberschenkel und ließ die Hände zwischen den Knien baumeln. »Wo hast du das Geld versteckt, das du bei dem Bankraub erbeutet hast?«

Zwingend fixierte er Nelson. Sein Blick übte regelrecht Druck auf den Banditen aus.

»Das wüsstest du wohl gerne!«, blaffte Nelson. »Aber du beißt bei mir auf Granit, Menschenjäger. Das Geld befindet sich an einem sicheren Ort. Und wenn man mich aufhängt, wird es dort verrotten.«

Gleichmütig zuckte McQuade mit den Achseln. »Es ist auch gar nicht so wichtig. Es kommt nur darauf an, dass du deine gerechte Strafe erhältst. Kerle wie du sind die Luft nicht wert, die sie atmen.«

Mit einem Ruck drückte sich McQuade in die Höhe. »Steh auf, wir reiten weiter.«

»Eine Frage noch, McQuade. Was sollte dein Auftritt im Saloon, als du mich geradezu herausgefordert hast.«

»Man hat mir einiges über dich erzählt. Als ich in den Ort kam, wurde der Mann beerdigt, den du niedergeknallt hast. Dann sah ich dich und mir war klar, dass du der Mann bist, auf dessen Fährte ich reite. Ich wollte dich auf mich aufmerksam machen, dich beeindrucken. Denn ich wusste, dass die Southern Star Probleme mit den Siedlern hat. Und ich rechnete damit, dass man von Seiten der Ranch versuchen würde, mich anzuheuern. Ich wollte in deiner Nähe sein, Nelson. Nun, wie es sich gezeigt hat, habe ich nicht auf das falsche Pferd gesetzt.«

Abel Nelson starrte McQuade an. Ein hässliches Funkeln stieg aus der Tiefe seiner Augen. Sein Gesicht war nur noch eine Physiognomie des tödlichen Hasses. Seine Brust hob und senkte sich unter keuchenden Atemzügen.

McQuade spürte den Anprall dieses glühenden Hasses, aber es ließ ihn kalt. Er trat an sein Pferd heran, griff nach dem Sattelhorn, stellte seinen linken Fuß in den Steigbügel und schwang sich auf den Pferderücken. »Auf die Beine, Nelson. Wenn du in zehn Sekunden nicht im Sattel sitzt, läufst du nach Globe.«

Abel Nelson zerkaute eine lästerliche Verwünschung und erhob sich. Da ihm McQuade die Hände vor dem Leib zusammengebunden hatte, hatte er kein Problem, aufs Pferd zu steigen. Er trieb das Tier an …

Die Sonne stieg höher und höher und die Hitze drohte Mensch und Tier das Mark aus den Knochen zu saugen. Blutsaugende Fliegen, vom Schweißgeruch angezogen, piesackten Mensch und Tier. Das Land ringsherum war wild und trocken. Feiner Staub puderte die Blätter der Sträucher, die ein kümmerliches Dasein fristeten. Gegen Mittag erreichten sie einen Creek, der von Norden nach Süden floss. Er führte kaum Wasser. Die Uferbänke bestanden aus eingetrockneten, rissigen Fladen zusammen gebackenen Uferschlamms. Vereinzelt Büsche wuchsen auf beiden Flussseiten. Der Flussgrund war geröllübersät.

»Wir rasten hier«, erklärte McQuade und ließ sich vom Pferderücken gleiten. Sein Pferd stampfte in das seichte Wasser und begann zu saufen.

Abel Nelson saß ab, ging zum Fluss und kniete nieder. Mit den hohlen Händen schöpfte er Wasser und trank. Dann wusch er sich Staub und Schweiß aus dem Gesicht. Auch sein Pferd löschte seinen Durst.

McQuade wartete, bis Abel Nelson fertig war, dann sagte er: »Komm her, Nelson. Ich werde dich an einen Strauch binden. Bei Zeitgenossen wie dir kann man nicht vorsichtig genug sein.«

Abel Nelson spuckte aus und näherte sich dem Kopfgeldjäger. Seine Lippen waren fest zusammengepresst und bildeten nur noch eine dünne, blutleere Linie. Hart traten die Backenknochen im Gesicht des Banditen hervor. »Wir werden drei Tage unterwegs sein, McQuade«, knurrte der Bandit. »Irgendwann wirst du schlafen müssen. Irgendwann …«

»Freu dich nicht zu früh, Bandit«, versetzte McQuade eisig. »Setz dich!« Der Kopfgeldjäger wies auf eine Stelle am Boden neben einem Busch mit unterarmdicken Ästen.

Nelson tat, als wollte er der Anordnung nachkommen, im nächsten Moment aber warf er sich auf McQuade. Er schien geradezu zu explodieren. Und obwohl der Kopfgeldjäger wachsam war, wurde er von dem Angriff überrascht. Die zusammengebundenen Hände des Banditen packten ihn an der Hemdbrust, Nelson stellte ihm das Bein und McQuade verlor das Übergewicht. Er stürzte auf den Rücken. Ehe er sich herumrollen konnte, kniete Abel Nelson über ihm, die Hände des Banditen legten sich um seinen Hals und drückten ihn zusammen. Die Mordlust glitzerte in den Augen des Banditen. Seine Hände waren wie stählerne Klammern. Es gab kein Entgegenkommen und kein Erbarmen – es gab nur den mörderischen Hass und die tödliche Leidenschaft. Auf Abel Nelson fiel der Schatten des Galgens. Und das machte ihn zu einer den niedrigsten Trieben gehorchenden Bestie.

McQuade bäumte sich auf, zog das Bein an und versuchte, es zwischen sich und den Banditen zu bekommen. Sein Mund klaffte auf, alles in ihm schrie nach frischem Sauerstoff, seine Lungen begannen zu stechen. Kein Laut kam aus seiner Kehle. Die Brust drohte ihm zu platzen. Die dunklen Schatten der Benommenheit krochen auf ihn zu ...

Für einen Moment gewann bei McQuade der Überlebenswille die Oberhand und erfüllte ihn mit neuer Kraft. Seine Hände verkrallten sich in Nelsons Unterarmen und versuchten sie auseinanderzudrücken. Aber der Hass schien dem Banditen übermenschliche Kräfte zu verleihen. Er war wie in einem Rausch ...

Rote Kreise begannen vor McQuades Augen zu tanzen. Er sah die weitaufgerissenen Augen des Banditen über sich und den unumstößlichen Willen darin, ihn zu töten. Er hämmerte Nelson die Faust auf die Rippen, doch er merkte, dass in seinem Schlag keine Kraft mehr steckte. Panik begann sich einzustellen. Seine Lungen begannen zu stechen. Der Kopf drohte ihm zu bersten. Plötzlich - er befand schon auf der Schwelle zur Bewusstlosigkeit -, lockerte sich der brutale Griff an seinem Hals. Nelson kippte nach vorn, landete auf McQuade und rollte zur Seite.

Rasselnd holte der Kopfgeldjäger Luft. Schwindel erfasste ihn, als sich seine Lungen füllten. Dann begannen die wogenden Nebelschleier vor seinen Augen zu zerreißen. Er konnte kaum einen Gedanken fassen. Das erste, was sein träge arbeitender Verstand erfasste, wir die Mündung eines Revolvers. Eine triumphierende Stimme erklang:

»Damit hast du nicht gerechnet, McQuade, wie? Es ist die Stunde der Vergeltung. Schätzungsweise wirst du den Tag verfluchen, an dem dich deine Mutter geboren hat.«

Aus den Nebeln der Benommenheit schälte sich das Gesicht Butch Sloanes. Das faunische Grinsen im Gesicht des blondhaarigen Banditen traf McQuade wie ein eisiger Guss. Der Magen krampfte sich ihm zusammen. Sein Schicksal schien sich in einer Sackgasse verfahren zu haben. Alles in ihm lehnte sich dagegen auf. Aber die Situation sprach eindeutig gegen ihn. Ein dumpfer Laut, ein Stöhnen, ein Aufbäumen gegen das Begreifen, dass er keine Chance hatte, entrang sich ihm.

Butch Sloane schlug zu. Vor McQuades Augen schien die Welt zu explodieren. Dann versank er in einer absoluten Finsternis. Sein Denken riss schlagartig.

MCQUADE KAM ZU SICH. Im ersten Moment begriff er gar nichts. Mit dem stupiden Ausdruck der Verständnislosigkeit starrte er hinauf zum ungetrübt blauen Himmel. In seinem Schädel hämmerte es und tobte der Schmerz. Sein Mund war trocken, in seinen Ohren war ein seltsames Rauschen – es war das Rauschen seines Blutes.

Dann setzte die Erinnerung ein. Die Erkenntnis fuhr ihm eiskalt in die Glieder. Seine Augenlider zuckten sekundenlang wie im Fieber. Er lag am Boden. Über seinem Kopf waren seine Hände an den armdicken Ast eines Strauches gefesselt. Butch Sloane und Abel Nelson waren weg, und mit ihnen die Pferde. McQuade zerrte an seinen Fesseln. Tief schnitten sich die dünnen Lederschnüre in die Haut an seinen Handgelenken ein. Das Blut konnte nicht mehr richtig in seine Hände zirkulieren und er verspürte Taubheit in den Fingern. Eine Woge von Benommenheit spülte durch sein Hirn, ein Taumel erfasste ihn, vor seinen Augen schien sich die Welt zu drehen, und eine zweite Welle der Benommenheit erfasste ihn wie eine graue, alles verschlingende Flut. In seiner Brust kämpfte sich ein Gurgeln hoch, das in der Kehle erstickte.

McQuade schloss die Augen und lag ruhig. Das Schwindelgefühl ebbte ab. Es gelang ihm, Ordnung in sein Denken zu bringen. Er schaute nach dem Stand der Sonne und kam zu dem Schluss, dass er nicht sehr lange bewusstlos gewesen war. Er zwang sich zu Ruhe und Besonnenheit. Minutenlang lag er völlig reglos am Boden. Schließlich wälzte er sich auf den Bauch und richtete sich in eine kniende Stellung auf. Die Fesselung ließ es zu. Jede Bewegung löste stechende Schmerzen in McQuades Kopf aus. Er war wie betäubt, jeglichen Gedankens, jeglichen Willens beraubt. Er handelte nur noch automatisch. Seine Bronchien pfiffen. Sein Kinn war auf die Brust gesunken. Er verharrte einige Zeit in dieser Stellung. Der Schmerz wurde erträglicher, die Nebel in seinem Gehirn begannen sich zu lichten.

McQuade begann, die Handgelenke in den Fesseln zu drehen, um die Schnur zu lockern. Er bewirkte damit nur, dass sich das dünne Leder noch tiefer in seine Haut einschnitt. Es hatte keinen Sinn. Er seufzte ergeben. Die Erkenntnis, dass er verloren war, wenn niemand vorbei kam und ihn befreite, legte sich tonnenschwer auf sein Gemüt. Und eine eiskalte Hand schien ihn zu berühren. Er setzte sich. Schweiß rann über sein Gesicht und brannte in seinen Augen. Quälender Durst setzte ihm zu. Kehle und Mundhöhle waren pulvertrocken. Das Schlucken bereitete ihm Mühe.

Stunde um Stunde verging.

Plötzlich sickerten Geräusche heran, die McQuade schlagartig aus seiner Betäubung rissen. Es waren Hufschläge. Das Pochen näherte sich schnell. Schon bald konnte McQuade auch das Klirren der Gebissketten und das Knarren des Sattelleders vernehmen. Und dann bogen vier Reiter um eine Buschgruppe herum. Sie sahen McQuade und fielen ihren Pferden in die Zügel. Als sie ihre Überraschung im Griff hatten, sprangen sie aus den Sätteln, banden die Pferde an und kamen näher.

»Sieh an!«, stieß einer hervor. »McQuade. Wo hast du denn Stewart gelassen?«

Es waren Reiter der Southern Star Ranch, die der Spur der beiden Reiter gefolgt waren, nachdem das Verschwinden des Revolvermannes und McQuades am Morgen festgestellt worden war.

»Stewards richtiger Name ist Abel Nelson.« Tonlos brachen die Worte über McQuades rissige Lippen. »Er hat vor einigen Wochen in Globe die Bank ausgeraubt und einen Kassier erschossen.«

Die Weidereiter starrten McQuade an, als hätte er etwas völlig Unsinniges von sich gegeben. Fassungslosigkeit prägte ihre Mienen. In ihren Gesichtern arbeitete es. Einer sagte schließlich: »Dann hast du ihn also entführt, McQuade.« Der Mann nickte wiederholt, als wollte er damit seine weiteren Worte bestätigen. »Nun, wir haben uns schon gedacht, dass etwas nicht stimmt. Denn freiwillig hätte Stewart niemals seine Unterkunft ohne sein Schießeisen verlassen.« Der Sprecher kratzte sich hinter dem Ohr und pfiff zwischen den Zähnen. »Du bist dir sicher, dass es sich bei ihm um Abel Nelson handelt?«, fragte er dann und musterte McQuade herausfordernd.

Der Kopfgeldjäger wies mit dem Kinn auf einige Papierfetzen, die verstreut am Flussufer auf dem Boden lagen. »Das sind die Reste seines Steckbriefes. Nelson hat ihn wohl zerrissen, nachdem er ihn bei mir fand. Wollt ihr mich nicht losschneiden?«

Einer der Weidereiter holte aus der Satteltasche ein Messer und durchtrennte die Lederschnur, mit der McQuades Hände gefesselt waren. Mit Vehemenz zirkulierte das Blut in seine Hände und löste in den Fingerkuppen ein schmerzhaftes Stechen aus. McQuade erhob sich und massierte seine Hände und die Handgelenke.

Einer der Cowboys ergriff das Wort. »Was ist geschehen? Du hast eine ziemliche Beule und eine Platzwunde an der Stirn. Du warst gefesselt und dein Holster ist leer. Hast du Stewart – ich meine Nelson - am Ende unterschätzt?«

»Ein Strauchdieb namens Butch Sloane hat ihn befreit. Ich habe ihn und seine Kumpane vor einigen Tagen ziemlich übel auflaufen lassen, und er ist mir gefolgt. Ich weiß nicht, ob er sich mit Nelson verbündet hat. Vielleicht will er sich auch die Prämie verdienen, die für Nelsons Ergreifung ausgesetzt worden ist.«

»Und nun?«

»Ich brauche ein Pferd, einen Revolver und ein Gewehr«, antwortete McQuade. »Natürlich nur leihweise. Ich werde alles zurückgeben.«

Der Weidereiter, der soeben die Frage gestellt hatte, blickte skeptisch drein. »Pferde und Waffen sind Eigentum der Southern Star. John Bellow wird nicht begeistert sein, wenn wir sein Eigentum einfach aus der Hand geben.«

»Er bekommt alles wieder!«, versicherte McQuade mit Nachdruck im Tonfall.

Die Männer wechselten fragende Blicke. Schließlich sagte einer: »In Ordnung, McQuade. Ich gebe dir den Gaul, den ich reite, außerdem kannst du meine Kanone und die Henrygun haben. Der Teufel hole dich, wenn du mir das Zeug nicht zurückbringst. Bellow wird Ersatz von mir verlangen. Und er wird mich von der Ranch jagen.«

»Du hast mein Wort«, erklärte McQuade mit fester, präziser Stimme. »Ich bringe das Pferd und die Waffen zurück.«

Der Cowboy zog den Revolver aus dem Futteral und reichte ihn dem Kopfgeldjäger. »Geh sorgsam damit um«, murmelte der Mann. »Es ist eine gute Waffe.«

DIE SPUR FÜHRTE AM Fluss entlang nach Norden. Es war die Fährte dreier Pferde. Sie zeichnete sich deutlich im hohen, verstaubten

Gras ab. Die beiden Banditen rechneten wohl nicht mit Verfolgung, denn sie hatten nicht versucht, ihre Spur zu verwischen.

Das Land, durch das McQuade ritt, war hügelig und karg.

Als der Fluss einen leichten Knick nach Nordosten machte, führte die Fährte von ihm weg. Die Sonne näherte sich dem Ende ihrer Umlaufbahn. Die Schatten waren lang. Plötzlich parierte McQuade das Pferd. Weit vor ihm waren am Himmel schwarze Punkte zu sehen. Kreisend zogen sie ihre lautlosen Bahnen über einer bestimmten Stelle.

»Aasgeier«, murmelte McQuade. »Todesvögel. Was mag sie angezogen haben?«

Er trieb das Pferd an und ließ es traben, folgte den Windungen zwischen den Hügeln und konnte die Aasfresser am Himmel immer deutlicher ausmachen. Schließlich sickerte ihr Krächzen an sein Gehör. Und dann sah er, was die Geier angelockt hatte. Ein Mann lag reglos im Gras. Einige der Geier hatten sich in seiner Nähe niedergelassen. McQuade zog mit einem Ruck das Gewehr aus dem Scabbard und hebelte eine Patrone in die Kammer. Ein leichter Schenkeldruck, und das Pferd unter ihm setzte sich in Bewegung.

Die Geier wurden auf den Reiter aufmerksam. Sie drehten die hässlichen Köpfe auf den nackten Hälsen und beobachteten ihn mit starren Augen. Der Kopfgeldjäger jagte eine Kugel über sie hinweg. Einige der großen Vögel erhoben sich flügelschlagend in die Luft.

Bei dem Reglosen sprang McQuade vom Pferd und ging auf das linke Knie nieder. Er drehte ihn auf den Rücken und – schaute in das Gesicht Butch Sloanes. Der große, blutige Fleck auf Sloanes Hemdbrust sprang ihm regelrecht in die Augen.

McQuade fühlte den Puls des Banditen. Sloane lebte. Der Kopfgeldjäger holte seine Wasserflasche vom Sattel, schraubte sie auf, schob seine linke Hand unter den Kopf des Besinnungslosen, hob ihn etwas an und setzte ihm die Öffnung der Canteen an die trockenen Lippen.

Sloane begann zu schlucken, seine Lider zuckten, schließlich schlug er die Augen auf. McQuade zog die Hand mit der Flasche zurück. Ein Stöhnen entrang sich dem Banditen, er bewegte die Lippen, ein unzusammenhängendes Gestammel kam über seine Lippen, Speichel rann aus seinem Mundwinkel, Schweißperlen glitzerten auf seiner Stirn.

»War das Nelson?«

Sloane musste zweimal ansetzen, dann entrang es sich ihm. »Er – er versprach mir die Hälfte des Geldes, das er bei dem Bankraub erbeutet hat.« Das Sprechen bereitete dem verwundeten Banditen Mühe. Die Worte waren nur als kaum verständliche, gurgelnde Laute über seine bebenden Lippen gekommen. »Ich – ich habe ihm vertraut. Er – er knallte mir die Kugel ohne jede Vorwarnung in die Brust. Die Pest an den Hals ...« Der Rest des Satzes verlor sich in einem unverständlichen Gemurmel. Sloane atmete rasselnd. Seine Hände, die neben seinem Körper auf der Erde lagen, zuckten unkontrolliert.

Das Gesicht des Banditen war vom nahen Tod gezeichnet. McQuade nagte an seiner Unterlippe. Die Fährte führte jetzt nach Südosten und verschwand über eine Anhöhe.

»Gib mir zu trinken«, röchelte der Sterbende. »Bitte ...«

McQuade ließ den Banditen noch einmal trinken. Gefühl und Verstand trugen in seinem Innersten einen verbissenen Kampf aus. Das Gefühl sagte ihm, dass er den sterbenden Banditen nicht einfach hier liegen lassen durfte. Der Verstand hämmerte ihm ein, dass er keine Zeit verlieren durfte, wenn er die Spur des Mörders nicht verlieren wollte. Ein Zwiespalt war in ihm aufgerissen, schwer trug er an seiner Unschlüssigkeit.

Da bäumte sich Sloane plötzlich auf. Ein Schwall Blut brach aus seinem Mund. Er fiel zurück, stöhnte und sein Mund klaffte auf. Dann lag er still. Seine Augen brachen und das Gesicht drückte nur noch die endlose Leere des Todes aus.

Das Schicksal hatte einen blutigen Schlusspunkt unter ein unseliges Banditenleben gesetzt.

McQuade schraubte die Flasche zu und hängte sie an den Sattel. Er hatte keine Möglichkeit, den Toten zu bestatten. Es blieb ihm nichts anderes übrig, als ihn den Aasgeiern zum Fraß zu überlassen. Es war das harte Gesetz der Wildnis. Fressen und gefressen werden ...

Der Kopfgeldjäger saß auf und folgte der Spur. Und er schlug sein Nachtlager erst auf, als die Finsternis so dicht war, dass er kaum noch die Hand vor den Augen erkennen konnte.

MCQUADE RITT, SEIT ein heller Streifen über dem östlichen Horizont den Sonnenaufgang ankündigte. Er war zu dem Schluss gekommen, dass Abel Nelson in die Gegend von Carrizo wollte. Der Kopfgeldhäger vertraute seinem Instinkt, verließ die Fährte, ritt etwa zwei Meilen nach Osten und wandte sich dann nach Süden. Er ließ das Pferd laufen. Das Tier war ausdauernd und zäh. Um es nicht zu verausgaben, ließ der Texaner es von Zeit zu Zeit im Schritt gehen, damit es sich erholen konnte. Er kam schnell vorwärts. Als die Sonne hoch im Zenit stand, rastete er eine Stunde, dann brach er wieder auf. Das Pferd hatte sich gut erholt und neue Energien geladen.

Die Meilen schmolzen unter den Hufen des Tieres. Am Abend hielt McQuade bei einem Bach an, ließ das Pferd saufen und anschließend weiden. Er aß etwas Pemmican und trank dazu Wasser. Ehe die Nacht so richtig hereinbrach, war er wieder auf dem Trail. Erst gegen Mitternacht hielt er an, um sich und dem Pferd ein Paar Stunden Ruhe zu gönnen ...

Am frühen Nachmittag des folgenden Tages lag Carrizo vor ihm. McQuade ritt nicht in die Stadt hinein, sondern schlug auf der Kuppe eines Hügels zwischen dichtem Buschwerk sein Camp auf. Er wusste nicht, ob seine Entscheidung, die Spur zu verlassen und nach Carrizo zu reiten, die richtige war. Die Unsicherheit war quälend. Die Zeit verrann nur zähflüssig. Die Ungeduld in McQuade wuchs und brachte seine Nerven zum Schwingen. Die Unsicherheit verstärkte sich und bereitete ihm fast körperliches Unbehagen.

Die Sonne stand über dem Horizont im Westen. Nach und nach versank sie. Goldene und purpurfarbene Wolken begleiteten den Sonnenuntergang. Ein einsamer Stern schimmerte im Westen.

Es war ein Trugschluss, anzunehmen, dass Nelson nach Carrizo trailt!, durchfuhr es McQuade. Du hast versagt. Der Schurke ist längst über alle Berge. Zur Hölle damit!

Es waren unerfreuliche, bittere Gedanken, die durch seinen Verstand zogen und ihm zusetzten.

Plötzlich stutzte McQuade. Er kniff die Augen zusammen. Hoch oben im Norden war über einer Bodenwelle ein Reiter aufgetaucht. Er führte zwei Pferde mit sich. McQuades Kinn wurde kantig.

Es war kein Trugschluss!, zuckte es durch seinen Kopf. Dein Instinkt hat dich nicht im Stich gelassen, McQuade. Das Gesicht des Kopfgeldjägers zeigte den Ausdruck einer finsteren Genugtuung.

Der Reiter näherte sich. Er schlug jedoch nicht den Weg in die Stadt ein, sondern ritt an Carrizo vorbei. McQuade folgte ihm zu Fuß.

Nelsons Ziel war der Boot Hill der Stadt, der in einer Mulde zwischen den Hügeln von den Bürgern Carrizos angelegt worden war. Einige Holzkreuze und Grabsteine waren zu sehen. Das eine oder andere Grab war mit Blumen geschmückt, viele der Grabstätten waren vom Unkraut überwuchert. Es gab auch einen ziemlich frischen Grabhügel. Bei dem stieg Abel Nelson vom Pferd. Er bückte sich und wühlte mit den bloßen Händen das lockere Erdreich auf, schließlich zog er zwei Satteltaschen, die mit breiten Lederriemen verbunden waren, heraus. Er öffnete eine der Taschen und griff hinein. Seine Hand fühlte Dollarnoten. Ein zufriedenes Knurren löste sich in der Kehle des Banditen.

Leise wie ein Schatten näherte sich McQuade dem Mörder und Bankräuber von hinten. Er hielt das Gewehr an der Hüfte im Anschlag.

Sein Zeigefinger lag um den Abzug. Die kalte Entschlossenheit kerbte dunkle Linien in seine Mundwinkel.

Abel Nelson richtete sich auf und wandte sich den drei Pferden zu – und er sah den Mann, der sich ihm bis auf zwanzig Schritte genähert hatte. Erkennen und Begreifen waren eine Sache des Augenblicks. Mit einer Verwünschung auf den Lippen ließ er die Satteltaschen fahren und griff zum Revolver – der Waffe, die er McQuade abgenommen hatte, nachdem er sich mit Butch Sloane einig geworden war.

McQuade ging nicht das geringste Risiko ein. Als Nelsons Hand den Knauf des 45ers umklammerte, traf ihn die Kugel des Kopfgeldjägers. Es war ein furchtbarer Schlag gegen die Brust, sein Oberkörper schien in einem Flammensturm zu zerplatzen. Sein gequälter Aufschrei erstickte im Ansatz. Wankend hielt er sich drei – vier Sekunden auf den Beinen, dann drehte er sich halb um seine Achse und brach zusammen.

Der Knall verhallte. Lastende Stille folgte – die Stille des Todes.

McQuade ließ die gebotene Vorsicht nicht außer Acht. Nach seinem Schuss hatte er sofort wieder repetiert. Er war bereit, dem Banditen ein zweites Stück Blei zu servieren.

Aber von Abel Nelson ging keine Gefahr mehr aus. Das Geschoss hatte seinem Leben ein Ende gesetzt. Am Boden lagen die Taschen mit dem erbeuteten Geld. Es hatte ihm kein Glück gebracht. Er hatte für seine Verbrechen bezahlt. Das Schicksal hatte ihm eine blutige Rechnung präsentiert.

MCQUADE HATTE DREI Pferde im Schlepptau. Quer über den Rücken eines der Tiere hing, in eine Decke eingewickelt, der tote Bandit. Hinter seinem Sattel hatte der Kopfgeldjäger die Satteltaschen mit dem Geld festgeschnallt. Sein Ziel war Globe. Danach wollte er nach Long Valley zurückkehren, um das Eigentum der Southern Star Ranch zurückzubringen. Und dann …

Es stand in den Sternen. Aber McQuades Weg war vorgezeichnet. Es würde ihn wieder auf die Fährte irgendeines Verbrechers treiben. Und er würde ihr folgen, bis er das Wild, das er jagte, gestellt hatte. Es war seine Berufung ...

ENDE

Über den Autor

Unter dem Pseudonym Pete Hackett verbirgt sich der Schriftsteller Peter Haberl. Er schreibt Romane über die Pionierzeit des amerikanischen Westens, denen eine archaische Kraft innewohnt - eisenhart und bleihaltig. Seit langem ist es nicht mehr gelungen, diese Epoche in ihrer epischen Breite so mitreißend und authentisch darzustellen.

Mit einer Gesamtauflage von über zwei Millionen Exemplaren ist Pete Hackett (alias Peter Haberl) einer der erfolgreichsten lebenden Western-Autoren. Für den Bastei-Verlag schrieb er unter dem Pseudonym William Scott die Serie "Texas-Marshal" und zahlreiche andere Romane.

Hackett ist auch Verfasser der neuen Serie "Der Kopfgeldjäger". Sie erscheint exklusiv als E-book bei CassiopeiaPress.

Don't miss out!

Click the button below and you can sign up to receive emails whenever Pete Hackett publishes a new book. There's no charge and no obligation.

https://books2read.com/r/B-A-HBQB-ZVMQ

BOOKS 2 READ

Connecting independent readers to independent writers.

Did you love *Pete Hackett Western Special Dezember 2017 - Vier Wild-west-Romane: Sammelband*? Then you should read *10 Marshal Western August 2016* by Pete Hackett et al.!

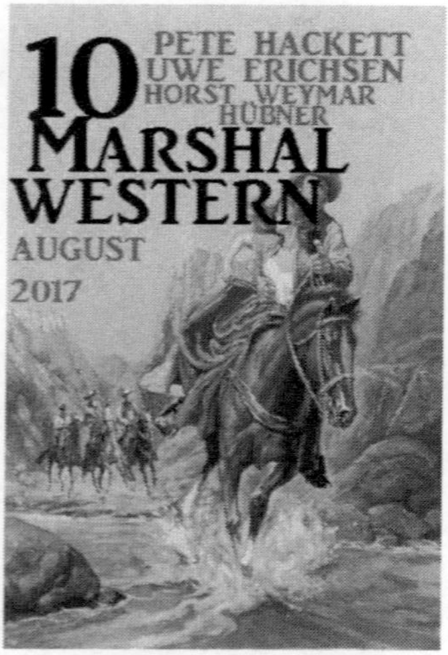

Dieses Buch enthält folgende Western:

Horst Weymar Hübner: Blutrote Wüste

Pete Hackett: Marshal Logan und der gefährlicher Auftrag

Pete Hackett: Marshal Logan und der Trail des Verderbens

Pete Hackett: Schatzsucher des Todes

Pete Hackett: Und ich gab den Stern zurück

Pete Hackett: Marshal Logan und der blutige Trail

Pete Hackett: Bruderhass

Pete Hackett: Marshal Logan und die tödliche Quittung

Pete Hackett: Marshal Logan im Fadenkreuz des Todes

Uwe Erichsen: Wenn Grainger die Falle stellt

Also by Pete Hackett

Alfred Bekker
Der Pharao und die Götter: Fünf Ägypten Romane
Cassiopeiapress Krimi Sommer: 12 Krimis:

Alfred Bekker präsentiert
Juli-Killer 2017: 8 Krimis für die Ferien

Alfred Bekker's Krimi Stunde
Harte Typen: Fünf Krimis
So grausam: Das Extra Krimi Riesen-Paket August 2017 - 1200 Seiten Spannung
Sechsmal Mord für den Strand: Sechs Kriminalromane

Alfred Bekker Thriller Sammlung
Der 1081 Seiten Krimi Hochspannungs-Koffer für den Urlaub

Cassiopeiapress Western Extra-Edition

Clayton - ein Mann am Scheideweg: Die ganze Western Saga
Chad Everett - wie eine Ladung Dynamit

Pete Hackett
Die Cops vom NYPD #2: Tödliche Altlasten

Standalone
Cassiopeiapress Western Roman Trio #4
Sieben glorreiche Western #2
Das heiße Spiel von Dorothy & Die wilde Louella & Weidekrieg: Drei Western
Der Kopfgeldjäger McQuade, Band 66-70: Fünf Western
Cassiopeiapress Western Roman Trio #5
Zieh den Colt, Jim! Vier Western
Jack the Ripper II: Gesamtausgabe
Sieben glorreiche Western #4
Ein Leben für zwei Millionen Dollar: Gesamtausgabe
Nicht nur die Guten werden auferstehen: Die ganze Zombie Saga
Schnelle Colts #2
Schnelle Colts #3: Vier Western
Die Tote im Unterholz: Oberpfalz-Krimi
Cassiopeiapress Western Roman Trio #1
Die Western Bibliothek: 14 Romane
Schnelle Colts #4
Sieben Super Western #1
Sieben Super Western #2
Meister des Horrors - Das zweite Buch
Fünf Super Krimis #3
Sieben glorreiche Western #7
Geburtstag - Sterbetag: Oberpfalz-Krimi

Krimis für das Frühjahr 2016
Sieben glorreiche Western #9
Der Satan hat noch einen Trumpf im Ärmel
Sieben glorreiche Western #10
Die Erben des Bösen
Die Rache des Dämons: Ein Dorf-Krimi
Weg des Unheils, Band 1-4 (Western-Sammelband)
U.S. Marshal Bill Logan Band 1-8: Sammelband
Horror-Koffer #3: Zehn Gruselromane
Sieben glorreiche Western #13
Nevada Western Doppelband #4
Blutspur nach Westen
Championship des Todes: Owen Burke #60
Dein ist die Rache, Carrie
Sieben glorreiche Western #16
Die Cops vom NYPD #1: Nichts war ihnen heilig
Die Cops vom NYPD #3: Im Fadenkreuz des Terrors
Die Cops vom NYPD - Drei Fälle
Der Kopfgeldjäger #84: McQuade und die rachsüchtigen Brüder
Der Kopfgeldjäger #85: McQuade und die Schwester des Bravados
Der Kopfgeldjäger #86: McQuade und der Schafzüchterclan
Marshal Logan und der Quacksalber: U.S. Marshal Bill Logan - neue Abenteuer #17
Marshal Logan und der Hass des Siedlers: U.S. Marshal Bill Logan - neue Abenteuer #16
Es kann der Frömmste nicht in Frieden morden: Oberpfalz-Krimi
Unheilvolle Schönheit: FBI Special Agent Owen Burke #61
Rote Schwerter - dunkle Magie: 1500 Seiten heroische Fantasy
McQuade - in die Hölle und zurück: Der Kopfgeldjäger 90
Western Extra Sammelband Vier Romane Juni 2017
Die August Krimi Bibliothek: 1603 Seiten Thriller Spannung
Acht Super Western Juli 2017
American Legends 12 historische Western

Hart ermittelt: Acht FBI Krimis
14 Sommermörder - 14 Super Strand Krimis
14 Western für den Sommer 2017 - 1500 Seiten Spannung
Drei Action Thriller - Einsatz der Spezialisten
Cassiopeiapress - Sieben glorreiche Western #3
Acht Krimis - Mördersommer 2015
10 Marshal Western August 2016
Herbst Killer 2015: Sechs Krimis
Schwert und Magie: Zwei Fantasy Sagas
9 Top Western September 2017 - Knallhart und bleihaltig
5 Fälle für Agent Burke - Sammelband Nr.1 (FBI Special Agent)
Der Oktober ist mörderisch: 9 Morde,9 Krimis
Eiskalte Morde für den Urlaub: Zehn Krimis
Sieben glorreiche Western # 1: Cassiopeiapress Spannung
Acht mal eiskalt ermordet - Acht Kriminalromane auf 1000 Seiten
Der Tote im Karpfenteich
Zombies - Das Buch der Apokalypse
15 Marshal Western Oktober 2017
Drei hammerharte Krimis #2: Nochmal drei Morde
Fiese Killer: Krimis für die Ferien
Mörder stellen sich nicht vor: Zehn Krimis
13 Montana Top Western Oktober 2017
Auftrag für Spezialisten: Drei Action Thriller
Cassiopeiapress Western Roman Trio #3: Drei Western in einem Band
Fünf scharfe Western # 1: Cassiopeiapress Spannung
Ermordet und kalt abserviert: Acht Krimis
11 Arizona Gunfighter Western - Sammelband November 2017
Sammelband 7 Texas Gunfighter Western November 2017
Western Top Star Sammelband Dezember 2017 - Vier Wildwest-Romane
Pete Hackett Western Special Dezember 2017 - Vier Wildwest-Romane: Sammelband

About the Publisher

Cassiopeiapress, Uksak, BEKKERpublishing, Alfredbooks und **Alfred Bekker präsentiert** sind Imprints von **Alfred Bekker,** www.AlfredBekker.de

Postmaster@AlfredBekker.de

Printed by Amazon Italia Logistica S.r.l.
Torrazza Piemonte (TO), Italy

56296796R00125